무도회의 수첩

무도회의 수첩

초판 1쇄 찍은날 2014년 1월 10일
초판 1쇄 펴낸날 2014년 1월 15일

지은이 김순련

펴낸이 최윤정
펴낸곳 도서출판 나무와숲 | 등록 2001-000095
주소 서울특별시 송파구 올림픽로 336 1704호(방이동 대우유토피아빌딩)
전화 02)3474-1114 | 팩스 02)3474-1113 | e-mail : namuwasup@namuwasup.com

값 18,000원
ISBN 978-89-93632-28-6   03810

* 잘못 만들어진 책은 구입하신 서점에서 바꿔 드립니다.

무도회의
수첩

글·그림 **김순련**

1995 Dora Soonyun Kim

나무와숲

김순련 화백은 지난 2013년 7월 11일
향년 86세를 일기로 소천하셨다.

이 책은 생전에 기획되고 편집되었으나 여러 사정으로
김 화백의 생전에 빛을 보지 못하다가 이제야 펴내게 되었다.

이화여대 미대 서양화과 1기 졸업생으로 한국 화단의 중진으로
활동하던 김 화백은 1972년 가족들과 함께 미국으로 건너가
세상을 떠나시기 전까지 그곳에서 창작 생활을 지속해 왔다.

따뜻한 가슴, 따뜻한 색감으로 새와 꽃, 풍경 등 자연을 즐겨 그려
'새와 꽃의 화가'로도 불린 김 화백은 여학사협회 창단 회원,
녹미회 회장, 목우회 이사로 활동한 한국의 1세대 여류화가였다.
1960년 국립중앙공보관 화랑에서의 개인전을 시작으로
10여 회의 개인전을 가진 바 있다.

이 책은 김 화백이 일제 치하, 해방 전후, 6·25 등을 겪으며
자신의 파란만장했던 삶에서 소중하고 귀한 기억들을 한 올씩
끄집어내어 수려한 필체로 담담하게, 때로는 격정적으로
회고하고 있다. 여기에 실린 글들은 미주 한국일보와
중앙일보를 비롯한 여러 매체에 실렸던 것이다.

그리울 때는 그림으로…

- 도라 김순련 선생을 그리며 -

장 소 현 (시인)

하늘나라에는
언제나 고운 꽃 흐드러지게
피어 있겠지요
그래서 무지개가 그렇게도
향기롭지요.

하늘나라에는
지금도 온갖 새들 춤추며 불러대는
노래 소리 요란하겠지요
그래서 비가 내리면 그렇게도
반갑지요.

봄꽃 온누리에 가득하면
무척 그리워지겠지요, 보고 싶겠지요
새들 춤추며 노래하는 숲에 가면
문득 그리워 두리번거리겠지요.
가을 들녘 한가득 코스모스 하늘거리는 날
또는 나무들 모두 옷 벗고 잠들 무렵이면
또 사무치게 그리워서 울먹이겠지요.

한평생 아름다움만 생각하며
소녀 같은 얼굴로 꽃처럼 수줍게 웃으며
그렇게 맑게 사셨으니,
이제 하늘나라에서 붓을 들어
마음껏 그리세요, 편안하게…

그리고
좋은 그림 만들어지면
무지개나 보슬비로
살며시 내려보내 주세요.
못내 그리울 때
살며시 꺼내 볼 수 있도록.....

그림은
그리움입니다.

아름다움은
온누리 덮을 만큼
넓고
아름다움은
죽음을 이길 만큼 깊지요.

그러니 부디
아름다움으로 영원토록
그림과 함께 살아 계시기를…

가끔 좋은 그림
내려보내 주시기를…

그림은
그리움입니다.

책을 내면서 ···5

무도회의 수첩

나의 8 · 15 ··· 13
신사참배 ·· 17
친일파 ·· 21
정신대 ·· 25
창씨개명 ·· 29
첫사랑 ·· 33
해방군 ·· 38
임진강 ·· 42
신탁통치 ·· 47
사흘 ·· 51
새벽송 ·· 56
나의 1 · 4후퇴 ······································ 60
철도연대 ·· 65
친구 성희 ·· 70
4월 바보 ··· 75
무도회의 수첩 ······································ 79

이화 이야기

나의 학창시절 ······································ 85
김활란 박사 ·· 89
과거사 ·· 96
눈물 젖은 밥 ·······································101
'도라짱'이라는 별명 ································105
도시락 ··109
시가행진 ··113

그해 여름 ·· 118
빚진 자 ··· 123
노란 우산 ·· 127
내가 우는 까닭 ·· 131

어머니의 빨간 구두

할아버지 ·· 139
두만강 ··· 147
아버지날에 ··· 152
도피행 ··· 157
두문동 ··· 162
어머니의 빨간 구두 ·· 166
축구와 할아버지 ··· 171
어머니의 아들 ·· 175
이산가족 상봉과 삼촌 ······································· 180
언니와 나 ·· 184
이런 결혼 ·· 189
우리 집 ··· 193
퍼레이드 ·· 197
그림의 추억, 설탕 한 봉지 ································· 200
어머님 전상서 ·· 203
나의 소망 나의 기도 ·· 207
6월에 떠난 사람 ··· 211

미술계 한담 閑談

운보와 우향 ·· 217
스승 김인승 화백 ·· 221
천경자의 환상여행 ·· 225

그 동상은 미술작품입니다 …………………… 230

은사 심형구 화백 …………………… 235

미술계 한담 …………………… 240

모델 …………………… 252

삼류 화가의 변 …………………… 256

예고 출신 '5인전' …………………… 269

한국종합전람회 …………………… 272

개인전 …………………… 275

사진 속의 여인

고향이 어데십니까 …………………… 281

독도와 다케시마의 차이 …………………… 285

실향민 …………………… 289

흥남부두와 미국 군함 …………………… 294

어떤 영웅 …………………… 299

남과 북 …………………… 304

신상옥 감독 …………………… 307

감자 …………………… 312

몰라서 그랬심더 …………………… 316

사진 속의 여인 …………………… 321

시카고에서 온 전화 …………………… 325

거울을 보며 …………………… 330

라디오를 들으며 …………………… 334

버스는 즐거워 …………………… 339

삶과 문화 …………………… 343

연보 …………………… 346

무도회의 수첩

나의 8·15

신사참배

친일파

정신대

창씨개명

첫사랑

해방군

임진강

신탁통치

사흘

새벽송

나의 1·4후퇴

철도연대

친구 성희

4월 바보

무도회의 수첩

흑의 여인 20호 Oil on canvas 1987

나의 8·15

해마다 8·15 광복절은 어김없이 찾아오지만, 그 시대를 산 사람으로서 나는 그 엄청난 민족적 사건에 대해 할 말이 없어 영 체면이 서지 않는다. 그 자초지종은 다음과 같다.

1945년 여름 서울에서 전문학교에 다니던 나는 방학을 맞아 청진의 집으로 내려갔다. 일본군이 입추의 여지 없이 들어찬 기차는 섰다 가다 하면서 22시간이나 걸려 겨우 고향 역에 닿았다.

뛸 듯이 기뻐하며 집에 도착하니, 어머니는 몇 달 만에 만난 딸이 영 반갑지 않은 기색이었다. 그리고 방공모솜을 넣은 어깨까지 내려오는 모자와 철모, 그리고 구급약이 든 비상용 가방을 꺼내놓고 "경성이 더 안전할 텐데……"라며 걱정스러워하셨다.

어두워지니 공습경보가 울리고 라디오에서는 "적의 B-29 ○○대가 청진을 향해 북진 중입니다" 하는 다급한 목소리가 울려 나왔다. 동생이 벌떡 일어서더니 방공모와 철모를 뒤집어쓰고 구급가방을 어깨에 메며 달려나갔다.

나는 동생이 하는 대로 뒤따라 뛰었다. 방공호에 앉아 한숨도 자지 못한 채 먼 곳에서 나는 쾅, 쾅 폭격 소리를 세는 사이 다시 날이 밝아 왔다.

다음 날도 또 그다음 날도, 밤마다 어김없이 B-29기가 날아왔다. 우리는 방공호로 줄달음쳤다가, 해제 사이렌이 울리면 다시 나오고, 또다시 뛰어나 갔다가 돌아오는 일을 밤새 반복했다. 그러다 보니 낮에는 곯아떨어져 끼니 도 제대로 먹지 못한 채 비몽사몽 헤매는 악몽의 나날이 계속되었다.

그렇게 한 달쯤 지났을까. 공습이 멈췄다. 라디오에서는 "적기가 히로시 마에 신형 폭탄을 투하, 인명피해가 났다"는 짤막한 보도가 나왔다. 그것이 일본 패망의 신호탄이었으나 우리는 알 턱이 없었다.

공습이 뜸해지자 어머니는 우리 자매의 혼숫감을 분산시키자며 비단을 꺼내어 짐을 꾸리셨다. 그 시대에 어디서 어떻게 구하셨는지 그 정성이 놀라 웠다. 그러나 어머니와 내가 그 땡볕에 손수레를 끌고 밀며 뛰었던 삼십 리 길은 물질의 허무함을 제대로 깨닫게 해주었다. 우리는 다시는 그 비단들을 보지 못했다.

터벅터벅 집으로 돌아오니 혼자 집을 지키던 동생은 보이지 않고, 언니가 남긴 쪽지가 있었다. 당시 동나남고등여학교 교사이며 기숙사 사감이던 언 니는 급하게 갈겨쓴 쪽지에 "소련의 개입으로 피난 명령이 내려 학생들을 모 두 차에 태워 보내고 와보니 동생 혼자 있어서 마지막 남행열차로 동생만 데 리고 떠납니다"라고 써놓았다.

바다 쪽에서 벌써 함포 사격이 시작되었고 소련 비행기가 날아다녔다. 라 디오는 "피난을 떠나시오. 산 쪽으로 가시오!" 하고 여러 번 반복하더니 뚜 두둑 하고 끊겼다. 내가 들은 마지막 일본 방송이었다.

드디어 시가전이 시작되었다. 어머니와 나는 미숫가루만 타먹으며 며칠 밤낮 지하실에 박혀 있다가 결심했다.

"이렇게 앉아서 굶어 죽느니 가다가 잡히는 한이 있더라도 나갑시다."

우리가 일대 결심을 하고 쌀, 김, 오징어 따위 먹을거리를 조금씩 챙겨 지하실을 나선 것이 1945년 8월 14일 아침이었다. 그날 이후 나는 정든 나의 청진 집에 다시는 가보지 못했다.

수성천에 이르렀을 때 등골이 오싹해지는 광경을 보았다. 일본 군인들의 시체가 강둑을 끼고 죽 누워 시커멓게 썩어 가고 있는 것이었다. 대일본제국이 자랑하던 무적 황군 명예로운 전사들의 모습이었다.

우리는 라디오에서 들은 대로 밤이고 낮이고 산 쪽을 향해 걸었다. 도중에 말을 타고 가는 후루가와 지사를 만났는데, 평소에 하늘같이 높게만 보이던 도지사가 수행원도 없이 혼자서 가고 있었다. 게다가 우리에게 친절히 "이 길을 따라 북으로 가서 연사역에서 기차를 타면 남쪽으로 무사히 갈 수 있다"고 알려주었다. 나는 너무 놀라워 믿을 수가 없었다.

발바닥이 부르터 더 이상 못 걷겠다고 어머니에게 매달리던 어느 날, 드디어 수만 명이 들끓는 연사역에 도착했다. 그날이 8월 18일이었다. 우리는 그동안 무슨 일이 일어났는지 아무것도 몰랐던 것이다.

내가 광복을 맞이한 순간은 언제쯤이었을까? 참숯 굽는 산판에서 흰밥 얻어먹던 날이었을까, 철모가 너무 무거워 개울가에 내던지던 날이었을까?

"히로히토의 항복 소리를 라디오에서 듣고 거리로 달려나와 아무나 얼싸안고 눈물을 흘리며 만세를 불렀다"는 이야기가 나올 때마다 내가 왠지 부끄럽고 약해지는 이유가 여기에 있다.

A Tree Oil on canvas 2006

신사참배

얼마 전 모 신문에 실린 사진 한 장이 집요하게 나의 생각을 붙들고 놓아 주질 않는다. 이 사진은 스무 명쯤 되는 후줄근한 국민복 차림의 남성들이 신궁 앞에 서서 찍은 것인데, 설명인즉 "한국 목회자들이 군복을 입고 일본 나라 신궁 앞에서 기념촬영을 하고 있다. CBS 제공"이었다.

나는 그 시대를 산 사람으로서 국민복과 군복 구별도 못하는 세대들이 제법 알은체하며 자기들 잣대로 마구 휘저어 대는 세상을 어떤 눈으로 봐야 할지 자꾸 우울해진다. 일본이 어떤 나라인데 제 나라 군복을 함부로 아무에게나 입히겠는가?

이 옷은 '국민 총동원'이라 외치며 자유와 사치를 뿌리 뽑기 위해 통일시킨 그 당시 남자들의 일상 외출복으로, 지금의 '점퍼'와도 같이 언제 어디로 가든 이 옷 한 벌만 걸치면 되는 것이었다.

모양새만 보고 군복으로 착각하였다면, 말초신경이나 곧추세우고 함부로 단정 짓지 말고 차분히 그 시대를 깊이 있게 연구해 봄이 어떨까? 삐뚤어진 시각으로 '목회자들이 일본에 아첨하고 군복까지 입고 신사참배를 다녔구나. 나쁜 사람들!' 그런 감정을 끌어내기 위해 하지 않으면 좋겠다.

나는 이 사진을 보고 가슴이 몹시 아팠다. 마치 도살장에 끌려온 양들의 모습이 아닌가? 그들이 목회자였으므로 그러하다.

당시 보통사람들에게 '신사참배'란 일상생활의 일부였다. 시험 때가 오면 새벽마다 신사참배를 가는 부지런한 아이들이 있을 정도로 교회에서 기도하고 절에 가서 불공을 드리는 식으로 신사참배를 다녔었다. 학교에서 매달 한 번씩 전교생이 줄지어 신사참배를 나설 때에는 소풍이라도 가듯 즐거웠다. 남녀노소 할 것 없이, 심지어 불교·유교 등 다른 종교의 지도자들까지도 그저 그런 것으로 알고 따르며 살았다. 그때는 그런 시대였다.

그런데 유독 기독교가 문제가 된 것은 '십계명' 때문이었다. 사진 속의 목회자들은 믿는 집 아이들이 신사참배에 가서 '다른 신에게 절하지 말라'는 하나님의 말씀을 지키기 위해 멋쩍게 서 있는 듯한 모양새였다.

목회자들을 불러들이고 심문을 하고 위협도 하고 회유도 했을 것이다. 신사 앞에 줄지어 세우고 구령을 걸었다는 말도 들렸다. 눈 딱 감고 머리를 숙이면 교회는 산다. 그러나 끝까지 거부하며 감옥에 간 극소수의 목회자들은 십계명을 지켰으므로 지금껏 칭송을 받고 있다. 신자로서 마땅히 할 일을 했을 뿐인데 영웅이 된 셈이다.

자기만의 신앙을 고집한 탓에 교회가 문을 닫고 교인들이 울부짖으며 거리를 헤매는데, 감옥에 들어앉아 편히 콩밥 얻어먹고 기도하며 자기만족에 빠져 있는 그런 지도자들이 내게는 이기주의자로 보인다.

일제 말기 그 험한 시기에 갈 길 몰라 헤매는 양떼들을 위해 자신의 신앙

적 양심은 가슴 깊이 묻어 두고 교회 문을 활짝 열어 한국 기독교의 맥을 지키며 끝까지 교인들을 보살핀 분들을 나는 존경한다.

이 기사에서는 또 "교회 종을 팔아 군자금을 댔다"고 쓰여 있으나, 그건 뭘 모르는 소리이다. 당시 교회뿐만이 아니라 전국 방방곡곡 사찰들을 뒤져 문화재가 아닌 종은 모조리 다 걷어 갔다. 무기를 만드는 원료로 쓰기 위해서였다. 가정집도 예외는 아니어서 식기나 제기까지 놋으로 된 것은 깡그리 걷어 갔으니, 해방 직전 우리 집 찬장에는 놋그릇이 하나도 없었다.

사진을 보니 필시 허울 좋은 이름으로 '신궁 참배 순회 여행'쯤으로 동원이 되었겠지만 넓은 여관방에 머리를 맞대고 두 줄로 누워 잠을 청할 때 이분들은 어떤 기도를 드렸을까? 감시가 두려워 울부짖을 수도 없었을 터이니 가슴을 쥐어뜯으며 소리 없이 베개를 적시는 길밖에 없었을 것이다. 이러한 것을 헤아릴 수 있을 만큼 이 사회가 성숙해질 때까지 '친일'이다 '신사참배'다 따질 자격은 아무에게도 없다.

수족관 Oil on canvas 2003

친일파

그날은 '지뀨 세쯔'라고 하는 당시 일본 천황 부인의 생일이었다. 내가 살던 읍에는 공립소학교가 둘 있었는데 우리 조선인이 다니는 학교와 또 하나는 일본인 학교였다. 해마다 지뀨 세쯔가 오면 두 학교의 여자애들만 합동으로 신사참배를 가게 되어 있었다.

교장실에서 나를 부른다고 하여 가슴 두근거리며 조심조심 들어갔다. 교장선생이 말씀하셨다.

"금년 지뀨 세쯔에는 영광스럽게도 우리 학교에 기회를 주었으니 대표로 나가 잘해 주세요"라면서 종이 한 장을 내게 건네주고, 다시 받는 연습을 시키는 것이었다. 나는 교장 선생이 하라는 대로 그 단순한 동작을 몇 번이고 반복해야만 했다.

신사에서 국경일이나 중요한 행사가 있을 때 식순에 따라 '다마구시호-뗑'이란 절차가 있는데 저명인사가 걸어 나와 아카시아 나뭇잎같이 생긴 잎사귀 한 개를 정중하게 제단에 바친다. 그 일을 조선학교 생도인 나에게

시킨다고 하니 감히 짐작이나 했으랴!

그런데 만약 그날의 내 모습이 사진에 찍혀 어느 창고에서 나왔다 하자. 떠들기 좋아하는 요새 젊은 사람들 눈에 어떻게 비칠까? '어린 것이 이런 짓까지 하며 친일을 했구나, 끔찍하다!' 그런 말이 귓전에 들리는 것 같다.

사실 그때 내가 원해서 나간 것은 아니라고, 완전히 타의로 6학년 여자반 반장이었기에 교장실에 불리어 갔던 것뿐이라고 나는 말할 수 있다. 그러니 이미 세상을 떠난 분들, 지금의 잣대로는 접근하기조차 어려운 처지에서 오해만 받고 번민하다 간 말없는 애국자들은 또 얼마나 많을까? 요즘 한국에서 이슈가 되고 있는 친일 문제는 가볍게 따질 일이 아니다. 시간이 걸리더라도 학자들에게 맡겨야 한다.

나는 일제강점기를 사는 동안 이 일을 빼고도 친일파로 몰릴 만한 일을 몇 가지 더 남긴 기억이 있다. 여고 4학년 때1943년 교장실에 불려 가니 처음 보는 손님이 기다리고 있었다.

그는 자신을 지방 신문사의 편집자라고 소개하면서 이번에 조선과 대만에서 시행되는 '해군 지원병 모집'에 관한 감상과 지원자들을 격려하는 글을 써달라고 했다. 교장 선생은 상냥한 웃음을 지으며 내 얼굴을 들여다보면서 오늘은 수업에 안 들어가도 좋으니 특별실에 가서 글을 써가지고 오라고 하셨다. 나는 참으로 열심히 썼다. 그 내용을 일일이 기억은 못하지만, 요즘 사람들이 그 글을 본다면 이를 갈며 덤벼들 것이다.

2차 대전이 일본에게 점점 불리하게 돌아가자 그해 겨울에는 '학도지원병' 제도를 발표하였다. 그때도 같은 신문사에서 '오빠가 학병에 나가게 된 학생들의 글을 보내 달라'고 부탁이 왔던 모양이었다. 나는 오빠가 없으면서 학병으로 가는 오빠에게 밤을 새워 간절한 편지를 써야만 했다. 그리고 60년도 더 흘렀다.

얼마 전 라디오에서 친일파들이 쓴 글이라며 읽어 주는데 나는 오랫동안 까맣게 잊고 있던, 그때 내가 쓴 치졸한 문장과 똑같은 글들을 들으며 내 귀를 의심할 수밖에 없었다. 이게 어찌된 일일까?

"천황 폐하의 일시동인의 귀한 배려로, 내선일체 일본과 조선은 한몸이라는 뜻의 따뜻한 은혜를 입고 사는 우리들은……."

교육자, 학자, 문필가 등 조선의 쟁쟁한 지성들이 쓴 글이 여고생 작문 수준밖에 안 된다는 말인가? 이분들이 자신의 생존을 위해 이런 어휘들을 나열했을까? 아니다. 식민지 가여운 중생들의 머지않은 장래를 내다보며 그 시대가 그어 놓은 테두리 안에서 극도로 유치하게 아부하는 시늉을 했으며 일본이 원하는 글로 철저히 위장했다고 나는 본다.

우리는 그 점을 곱씹어 보며 신중하게 시간을 두고 접근할 필요가 있다고 생각한다. 그분들이 당신들보다 생각이 모자라서 그런 글을 썼겠는가? 다수의 뜻으로 모처럼 국권을 맡은 당신들이 이 시점에서 꼭 해야 할 일이 무엇인가? 머리를 싸매고 대한민국을 잘 만들 궁리만 하기를 바란다. 그리고 국민과 더불어 똘똘 뭉쳐 세계로 뻗는 일이 더욱 시급한 일인 줄 안다. 과거에 얽매여 허우적거릴 짬이 없다. 과거사를 묻는 일은 전문가들의 몫이라고 본다.

눈길 Oil on canvas 1993

정신대

해방 다음 해였던가. 한 친구가 내 귀에 입을 바짝 대고 속삭였다.

"저 ㅅ 말이야, '데이신따이' 출신이야. 우리 학교에서 쟤 하나 갔는데, 아무도 몰라. 어쩌다 나만 알게 됐지만……."

"일선에 가서 붕대도 감고, 공장에서 일도 하게 된다던 데이신따이 말이지? 우리 학교에선 아무도 안 갔지만, 그게 어때서?"

"야, 순진하구나! 붕대를 감는다고? 이건 1급 비밀이니까 아무한테도 말하면 안 돼! 실은 말이야……."

나는 그녀의 입을 막았다.

"안 들을래! 너 한 사람만이 안다는 비밀을 내가 꼭 알 필요는 없다고 봐. 복잡한 건 싫어. 나는 너무 바쁜 고학생이야."

ㅅ 은 자기 얘기를 하고 있는 줄도 모르고 이쪽을 보고 미소를 보내고 있었다. 그녀는 말수가 적고 온순한 성격에다 공부도 잘했다. 그날 이후 졸업할 때까지 나는 ㅅ 의 비밀에 대해 더 알려고 하지 않았다.

1949년 졸업을 하고 몇 달 지났을 때, 내가 교사로 있는 여고에 베레모를 삐딱하게 쓰고 나타난 ㅅ은 재학 시절의 그녀가 아니었다. 재잘재잘 말도 잘 하고 웃기도 잘 했다.

"나 유학 가려고 영어 공부 시작했어. 너는 졸업하면 바로 유학 보내 준다고 소문이 자자하더니 왜 이러고 있어?"

"김옥길 선생님이 미국으로 떠나시면서 귀국할 때까지 영어 공부 잘 하고 있으라고 하시더라. 그런데 나는 엄마 때문에 어떻게 하는 것이 좋을지 모르겠어. 38선을 넘어오시느라 너무 고생이 심하셨거든."

ㅅ은 집이 가깝다며 다시 오겠다고 손을 흔들며 사라졌다. 그리고 오십 년이란 긴 세월을 두고 우리는 다시 보지 못했다. 소문에 의하면 죽었다고도 했고 흑인 병사를 따라갔다고도 했으나, 확인해 볼 길이 없었다.

그런데 몇 해 전 한국에 갔을 때 느닷없이 화랑에 나타난 ㅅ은 나이보다 훨씬 젊어 보였다.

"오십 년 만에 왔더니 옛날 서울은 완전히 땅속에 꺼져 버린 것 같아. 신문에 전시회 소식이 났기에 어떤 그림을 그리는지 궁금해서 달려왔지."

"부끄러운 대로 아직도 이 꼴이야. 발표를 안 하면 다음에는 잘 해보겠다는 희망을 가질 수 없을 것 같아서…… 근데 왜 오십 년이나 안 돌아왔지? 나도 뭐 자주 오진 못하지만……"

"어머니 때문에 그랬어. 너는 내 딸이 아니니 어디 가서 죽어 버리라고 늘 그러셨거든. 이제 어머니가 돌아가시고 나니 갑자기 와보고 싶어졌어."

몹시 반가웠지만 무슨 말을 해야 할지도 모르겠고, 함부로 아무 말이나 물어 볼 수도 없었다. 어디 사느냐고 했더니 그냥 '동부'라며, 아들 자랑을 늘어놓았다.

"열심히 키웠더니 지금 뉴욕 유명 로펌에서 변호사를 하고 있어."

내가 주소와 전화번호를 주면서 "전화번호 줄래?" 했더니 "내가 걸게"
하고 헤어진 뒤로 아직까지 소식이 없다. 그녀는 왜 정신대에 지원했을까?
대개 가난한 집 딸들이 돈 때문에 갔다는데, ㅅ 은 그렇지 않았다. 해방 후
4년 동안 학비를 댈 수 있는 집안 출신이 아닌가? 내가 지금 짐작되는 것은
그 나이 또래가 겪는 가슴앓이 때문이 아니었을까 싶기도 하다.

나도 경험했으니 말인데, 우리 집은 소실이 들어와 함께 살았다. 아버지
와 첩이 쓰는 방 바로 옆방이 어머니 방이었고, 그 다음 방을 내가 썼는데,
밤중이면 어머니가 흐느끼는 소리가 들려오곤 했다. 나는 그런 집이 싫어서
어디 멀리 가버리고 싶었지만 엄두가 나지 않아 고민만 하다 말았다.

ㅅ 에게는 어떤 고민이 있었던 걸까? 집을 뛰쳐나가 일생을 송두리째 망
쳐 버릴 만큼 대단한 일이었던 걸까? 그녀는 현실을 벗어나고 싶어서 그랬을
지도 모르겠다. 종군간호부를 도와 붕대도 감고 간단한 일을 하면 된다니까,
군수공장에서 쉬운 일을 배워서 할 수 있다니까 학교에서 근로봉사 나가던
기분으로 갔을 것이다. 당시 우리 또래가 듣고 있었던 것이 그 수준이었으니
까. '정신대'가 '종군위안부'로 불리게 될 줄은 상상도 못했던 일이었다.

육십 년 전에 내 귓전에 대고 ㅅ 얘기를 들려준 친구는 이미 세상을 떠나
고 말았으니 더 확실한 것은 알 도리가 없다. ㅅ 이 서울에 있는 일본대사관
앞에서 시위하는 종군위안부 할머니들 속에 끼지 않은 것만 해도 다행인지
모른다. 과거를 완전히 지워 버리고 강한 의지로 새 인생을 자랑스럽게 살고
있는 그녀가 존경스럽다.

꽃이야기 Oil on canvas 2003

창씨개명

일제 때 창씨개명을 했네, 안 했네 하며 친일의 척도로 삼는 이들이 있다는 말에 웃음이 절로 나왔다. 왜 그렇게 모를까? 창씨개명은 우리 조선인들의 선택사항이 아니었다. 미국에 와서 '잔', '메리' 하며 영어 이름을 한 개씩 덧붙이는 것하고는 근본적으로 다른 것이었다.

1940년 2월에 시작하여 해방된 1945년 여름까지 조선인의 95%가 창씨개명을 했다는 통계가 있다고 한다. 조선인으로 한반도에 태어났으니 가슴속에 어떤 생각을 품고 살든지 창씨개명을 불가피한 일로 받아들이며 살았다는 얘기가 된다.

나는 일제 36년의 절반을 살았던 사람이다. 소화 15년이니까 서기로는 1940년 봄, 고등여학교에 들어간 날 입학식이었다. 호명을 하는데 '가나에 에미요 상' 하고 부르니 '하이' 하고 대답하는 학생이 있었다.

함경북도와 주변 각처에서 조선인 자녀들만 뽑혀 오는 공립 여학교였는데 느닷없이 일본 이름을 부르고 대답을 하니 전혀 예상치 못했던 우리는 그만

키득키득 웃고 말았다. 그래서 첫날부터 야단을 맞았다.

"조용히 해!"

가나에 에미요가 쉰다섯 명 중에서 유일하게 일본 애가 되고 만 것은 그녀로서도 어쩔 수 없는 이유가 있었기 때문이었다. 덕망 높고 자산가인 아버지가 도회의원이어서 그해 2월에 내려진 일본식 씨명제氏名制를 울며 겨자 먹기로 따를 수밖에 없었던 것이다. '지도층은 솔선수범해야 한다'는 총독부 명령에 따라 1차로 창씨개명을 하게 된 것이다.

입학식 때 단 한 명뿐이던 일본 이름이 차차 늘어나기 시작하였다. 학교에서는 복도에 긴 종이를 붙여놓고 구 성명姓命과 새로 지은 일본식 씨명氏名을 나란히 써넣으며 서로 새 이름을 빨리 익히라고 독려했다.

여름방학이 끝나고 학교에 돌아왔을 때 아래층 긴 복도에는 전교생 220명의 이름이 두 가지로 쫙 적혀 있었다. 즉 전원 창씨개명이 끝났다는 얘기이다. 새 이름들을 살펴보면 제법 일본식으로 세련된 느낌을 주는 것도 간혹 있었으나 대부분의 이름들은 자기 성에다 가문의 내력이나 본에서 글자 하나를 떼어 붙였거나 파자를 써서 근본을 짐작할 수가 있었다.

김가는 가네모도金本, 가네시로金城, 가네야마金山, 가나우미金海, 가나에金江, 개성 김가인 나는 개성이 고려의 수도 송도였으므로 솔 송松 자를 붙여 가나마쯔金松라고 지었다는 말을 듣고, 그 성씨가 어찌나 촌스럽게 들리던지. 내심 크게 실망했다.

그러나 이 창씨개명 작업을 계기로 그때까지 집안의 금기로 되어 있던 고려 최후의 저항 선비들 '두문동 72인' 중의 한 분이 우리 가문의 선조라는 말을 처음으로 듣고 긍지를 느끼며 감격해 뒷방에 들어가 울었다.

이런 점에서 볼 때 일본은 공연히 서둘러 긁어부스럼을 만든 격이라 하겠다. '김'이나 '이아무개'라고 부를 때보다 더 구체적으로 민족의 핏줄을 일깨워 주었으니 말이다. 이씨들은 은근히 조선조의 후예임을 내비쳐 구니모도 國本, 리노이에李家 등으로 창씨를 한 사람이 많았던 것으로 안다.

일제는 우리 민족에게 이런 짓을 시켜 놓고 얻은 것이 무엇이었을까? 손뼉치며 재미있어 하려고 한 일은 아닐 테고, 후손들이 세계무대에 나가 따돌림당할 수도 있다는 것을, 정치 하는 사람들이 짐작하지 못했다는 것은 일본의 비극이 아닐까?

'이름을 걸고' 맹세하며, '정말 그랬다면 성을 갈겠다'고 큰소리치며 살던 우리 민족이 성을 갈 수밖에 없었던 당시 어른들의 단장의 고뇌를 후손들은 따뜻한 마음으로 이해하고자 노력해야 한다.

창씨개명을 했으니 친일파라고? 이제 그런 가시 돋친 말은 집어치우자.

꽃과 소녀 Oil on canvas 1996

첫사랑

내가 다닌 초등학교는 한 학년에 3학급씩이었다. 1, 2반은 남자아이, 3반이 여자아이 반이었다. 그런데 5학년이 되니 남자반 아이들이 갑자기 이상해졌다. 휘파람 소리도 들려오고 상스러운 노래를 큰 소리로 부르고 공연히 웃으며 여자반 복도를 후다닥 뛰어 지나가는 등, 전에 없던 일을 벌였다.

어느 날 방과 후 운동장에서 줄넘기를 하며 노는데 남자애들이 지나갔다. 힐끔 보니 1반 교실 복도에서 가끔 벌을 서고 있는 모습을 본 일이 있는 강경희라는 장난꾸러기가 눈에 띄었다. 그리고 1반 반장도 함께 걷고 있었다.

우리는 못 본 척하고 계속 놀고 있는데 경희가 1반 반장 어깨를 잡고 내 쪽으로 확 놀리며 "너도 반장이니까 3반 반장 네 마누라 해라!" 하는 게 아닌가. 도대체 그게 무슨 뜻인지 얼른 감이 오지 않았으나 그 녀석의 행동이 왜 그렇게 부끄러웠던지 모르겠다. 마누라 어쩌고 하던 그 한 마디가 마법의 끈인 양 나를 옭아매어 그 후부터는 1반 쪽을 제대로 쳐다보지도 못했다.

1939년에 6학년이 되었다. 1반 반장 함춘주는 우리 언니가 6학년 때 담임이셨던 함언주 선생의 동생이라는데, 그 근처에 사는 친구는 이런 말을 했다.

"집이 가난해 형님 집에 와 있는데 함 선생 부인이 구박을 해서 늘 아기를 업고 길에 나와 서 있는데 언제나 쓸쓸해 보이는 불쌍한 애야. 그래도 공부는 언제 하는지 또 반장이 된 걸 보니 1등이었나 보지?"

1등은 반장, 2등은 부반장이었는데, 그 친구의 말을 듣고 보니 어쩐지 안됐다는 생각이 들었다.

6학년 1반에 김용식이라는 친척 애가 우리 집에 놀러왔다.

"우리 반장 말이야. 나더러 3반 반장이 너네 친척이냐고 묻더라. 그 녀석 그런 줄 몰랐는데 바람둥이인가 봐."

그 말을 들은 나는 공연히 가슴이 뛰며 숨이 가빠지는 것 같았다. 이상한 일이었다. 내가 왜 이럴까?

우리 고장에서는 해마다 6월 10일이면 포스터 대회가 열렸는데 내가 그린 포스터가 중앙통 '가와이 상회' 큰 유리창에 붙었다는 말을 듣고 친구 김전옥과 함께 보러 가는 길이었다. 그런데 웬 남자아이가 큰 유리창에 붙어 서서 하염없이 포스터를 쳐다보는 모습이 시야에 들어왔다. 1반 반장 춘주였다. 그는 우리를 보더니 도망치듯 뛰어가 버렸다.

우리 학교는 6학년 1반 반장을 '전체 급장'이라고 불렀다. 그래서 조례 때면 전교생을 향해 "차렷, 교장선생님께 경례!" 하고 구령을 하게 된다. 나는 매일 아침 춘주의 우렁찬 구령 소리를 들으면서 그를 점점 좋아하게 된 것 같았다.

졸업하던 날 춘주와 나는 나란히 서서 '도지사상'을 탔다. 춘주와 그렇게 지근거리에서 보기는 처음이었다. 그리고 우리는 각각 다른 도시로 진학을 했다. 우리 일가는 나의 졸업과 동시에 청진으로 옮기게 되었던 것이다. 그 후 4년 동안 보지 못했지만, 말 한마디 주고받은 일 없는 그를 나는 잊지 못했다.

여학교를 졸업하고 나서 나는 동경 '여자미술학교'와 '제국여자전문학교' 가사과 합격통지를 받았다. 그러나 아버님은 "B-29 공습이 심하니 지금 동경에는 못 보낸다"고 막으셨다. 그때 나는 가다가 죽는 한이 있어도 꼭 가겠다며 단단히 마음을 먹었다.

그리고 보니 '마지막으로 함춘주를 한번 봤으면!' 하는 간절한 마음이 일었다. 그래서 아홉 시간이나 걸리는 기차를 탔다. 고향에 가서 김용식을 만나면 그의 소식을 알 수 있을 것 같았다. 어떻게 그런 용기가 났을까.

그런데 막상 용식을 만나니 춘주 얘기부터 꺼낼 수가 없었다. 친척들 소식도 듣고 이런저런 얘기를 하다가 돌아오는 차편만 알려주고 헤어졌다. 다음 날 뭣땜에 이곳까지 왔는가, 정말 이렇게 돌아가야 하나, 허탈한 기분으로 역에 나오니 건너편에서 청년이 된 함춘주가 이쪽을 보고 서 있었다.

얼마나 보고 싶었는데! 마구 달려가 매달려도 시원찮을 판에 나는 얼굴이 화끈거려 그를 외면한 채 서둘러 홈으로 빠져나왔다.

'내가 동경에 간다고 용식이가 귀띔을 해줬구나. 지금 이렇게 쌀쌀맞게 구는 게 아닌데 어쩌면 좋지?'

곧 기차가 오고 사람들이 우르르 몰려드는 바람에 간신히 올라탔다. 기차가 움직이기 시작하는데 춘주가 뛰어와 계단에 한쪽 발을 올려놓고 위를 살피더니 훌쩍 올라탔다. '아, 그가 나를 찾아왔구나!' 가슴이 터지도록 기뻤다.

바로 등 뒤에 서서 나를 내려다보고 있는 것을 그의 숨소리로 알아차렸으나 나는 똑바로 앞만 보고 서 있었다. 이윽고 그가 내 왼쪽 어깨를 흔들었다.

"저, 3반 반장 하던 분인가요?"

나의 태도가 하도 냉랭해 보이니 긴가민가 싶어 확인을 하는 모양이었다.

"네, 그래요."

짤막하게 대답하고 곧 후회했다. 화제가 이어지게 대답해야 했는데······.
그는 묵묵히 서 있더니 이름 모를 간이역에서 "사요나라!" 하고 내렸다.

山 A   24 x 18cm Oil on canvas 1994

해방군

해방이 되고 아마 한 달쯤 지났을까? 소련군의 함포 사격 때문에 피난을 갔다가 다시 이리저리 옮겨 다니다 함경남도 외가에 가서 비로소 해방이 된 것을 알았다. 동네사람들은 해방군이 온다고 이른 아침부터 손에 손에 괴상한 깃대를 만들어 들고 읍내로 몰려가더니 저녁때가 되어서야 돌아왔다.

"온통 노란 털을 뒤집어쓰고 눈알까지 뇌래 가지구 원 그게 어디 사람입데?"

소련군 선봉대에 대한 소박한 소감이었다.

어느 날 아주머니를 따라 읍내 장터 구경을 갔다. 나는 지방 도시에서 성장했기 때문에 한 곳에서 매일매일 물건을 파는 시장밖에 몰랐으므로 한 달에 몇 번 날짜를 정하고 선다는 장터 구경은 처음이었다.

서민적이고 어딘지 낭만적인 것 같기도 한 분위기가 마음에 들어 살 것도 없으면서 이리저리 돌아다니며 공연히 값을 물어 보고 만져도 보면서 술렁이는 장터 기분을 만끽하고 있었다. 그런데 느닷없이 탕! 탕! 하는 총소리가 들려오는 것이 아닌가.

'와 ~' 하고 겁에 질린 군중들은 걸음아 날 살려라 하고 골목을 향해 줄달음치고, 영문도 모르고 함부로 움직일 수도 없어서 두리번거리던 나는 혼자 넓은 장터 한복판에 서 있게 되었다.

헌데 이게 웬 변고인가? 저만치 떨어진 곳에 후줄근한 국방색 옷을 걸친 빨간 곱슬머리의 젊은 남자가 총 끝을 하늘에 꽂고 이쪽을 노려보고 서 있는 게 아닌가. 전신이 오싹해지며 등에 식은땀이 흘렀다.

1초, 2초, 10초…… 영겁과도 같은 긴 시간이었다. 골목골목마다 긴장된 얼굴들이 이쪽을 지켜보고 있었다. 그중에서도 벌겋게 상기된 아주머니의 납작한 얼굴이 금방 통곡이라도 터져 나올 듯이 일그러져 있는 것이 똑똑히 보였다.

나는 어쩐 일인지 점점 기분이 착 가라앉는 것을 느끼며 심호흡을 하고 태연하게 남자 얼굴을 똑바로 바라보며 서 있었다. 호랑이에게 잡혀도 정신만 똑바로 차리면 산다던가.

이윽고 소련군 사병은 총부리를 내리고 한발 한발 내가 서 있는 쪽으로 다가오기 시작했다. '이제 영락없이 잡히는구나. 그런데 왜? 나는 잡힐 이유가 없잖아. 만약 나를 끌고 가겠다고 하면……?' 만가지 생각이 섬광과도 같이 머리를 스쳤다.

나는 움푹 팬 남자의 눈언저리에 시선을 똑바로 둔 채 전신을 잔뜩 오므리고 방어 태세를 취하였다. 초긴장 속에 환히 트인 장터가 온통 잿빛으로 보였다. 군중들은 저 철부지 처녀가 드디어 '노스케'의 제물이 되는구나!, 하며 낭패스러운 얼굴로 지켜보고 있었을 것이다.

물론 도와주려고 나서는 사람은 아무도 없었다. 그런데 웬일인가? 그 남자는 내 옆을 지나쳐 가면서 한번 힐끔 보고 엷은 미소를 던졌을 뿐, 그냥 큰길 쪽으로 뚜벅뚜벅 사라져 버렸다.

아주머니는 쏜살같이 달려와 내 손목을 덥석 잡았다.

"아니 네가 어쩌면 그리도 대담하냐. 노스케가 얼마나 무서운데……."

힐책을 하면서도 내가 무사한 것이 기뻐서 몇 번이나 내 손등을 두들겼다. 그날의 해프닝은 그 소련군 사병이 물건 값을 깎으려고 했는데 장사꾼이 깎아 주지 않자 엄포를 놓은 것이라고 한다. 나는 이유도 모르고, 아무 상관도 없는 내가 도망갈 필요가 있겠는가 하는 생각과 어디가 안전할지도 모르면서 함부로 뛸 수도 없어 그 자리에 서 있었을 뿐인데, 모르는 사람들까지 몰려와서 저마다 한마디씩 했다.

"그 처녀 참 대담하군."

"거 참, 훌륭한 조카를 뒀소."

나는 그날 일촉즉발의 위기를 담력으로 모면한 소영웅 대접을 받았다. 이것이 내가 본 해방군 제1호와 얽힌 한 토막 옛이야기이다. 사십 년이 지난 지금 돌이켜보니, 웃음이 절로 난다.

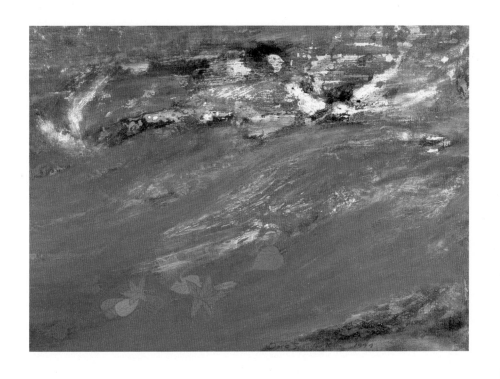

流 Oil on canvas 1994

임진강

화물차가 덜커덩 하고 큰 소리를 내더니 천천히 미끄러지며 섰다. 머리를 돌리니 전곡全谷이라는 역 이름이 보인다. 젊은 역원이 메가폰을 입에 대고 큰 소리로 외치며 달려오고 있었다.

"다 왔습니다. 모두 내리세요."

나는 옆에 앉은 이화여전에 다녔다는 분에게 물었다.

"선배님, 이제 우리는 어떻게 하면 되지요?"

막연하고 불안하기만 한데 그분은 태연하게 동문서답을 하고 있었다.

"지난번에는 철원역에서부터 걸었는데 오늘은 전곡까지 실어다 주네. 임진강 철교가 38선이니까 소련 군인들이 지키고 있을 거야. 무슨 수를 쓰든 임진강을 건너야 해."

선배님은 가족을 다 서울에 데려다 놓고 정리할 것이 있어서 고향에 다시 갔다 오는 길인데 이번이 두 번째라고 했다.

"자, 38선을 넘으려면 배가 고파서는 안 되니까 우선 뭐든지 사먹도록 합시다."

하더니 저쪽에 앉은 할아버지에게 명령조로 부탁을 하는 것이었다.

"짐이 없어 보이는데 점심 사드릴 테니 제 짐 좀 들어 주세요."

하더니, 청년 한 사람에게도 같이 가자고 한 후 나더러 일어서라고 했다.

밥집에 들어서자 선배님은 심각한 표정을 지으며 말을 꺼냈다.

"중요한 얘기니까 잘 들어 보세요. 정보에 의하면 요 며칠 동안 남쪽이 고향인 가족에게는 철교를 건널 수 있게 해준대요. 우리는 이제부터 가족이 되는 겁니다. 아저씨와 저는 부부이고, 젊은이는 아들, 학생은 며느리, 알았지요? 38선을 넘을 때까지 우리는 가족입니다. 따로따로 저 끔찍한 임진강을 숨어서 건너기보다는 이 방법이 통하면, 아니 틀림없으리라 믿어지는 게 38선 바로 코앞까지 우리를 차로 실어다 줬잖아요? 가족 딸린 딱한 사람들 추워지기 전에 고향에 보내주자는 취지가 아닐까 짐작이 가는데……."

"그럼 소련병들에게 어떻게 우리가 한가족이라고 믿게 하나요?"

청년이 물었다.

"저에게 엉터리 증명서가 있어요. 소련병이 한문을 알 리가 없지요. 적당히 몇 자 내리쓰고 큼직한 도장을 꽉 찍은 비상용 종이를 갖고 다녀요."

"나는 볼품도 없고 너무 늙었는데 댁의 남편이라고 믿어 줄까요?"

할아버지는 걱정이 앞서는 모양이지만, 아무도 대답을 하지 않았다.

식사를 마친 우리는 철교가 있다는 쪽을 향해 한참 걸어갔다. 철길 양쪽에 가족 단위로 보이는 사람들의 물결이 넘쳐나고 있었다. 저 멀리 앞쪽을 내다보니 높은 기둥에 백열등이 켜 있고 저 멀리 시커먼 철교가 아스라이 보였다.

네 사람은 꼼짝 않고 앉아 있었다. 어느새 해가 뉘엿뉘엿 지고 있었지만 우리 차례는 오지 않았다.

"오늘은 그만 한다고 하네요. 어두워지면 위험하니까."

앞쪽에 앉아 있던 사람들이 일어서면서 말했다. 선배님은 우리 세 사람을 몰고 다시 밥집으로 갔다.

한밤중에 왁자지껄 떠드는 소리가 들렸다. 좁은 방 안에 생판 모르는 사람들과 있으니 잠을 제대로 잘 수가 없어 밖으로 나가 보았다. 사람들이 안내원을 기다리는 눈치였다. 나는 안내원하고 같이 임진강을 건너면 이 밤 안으로 남쪽으로 갈 텐데 싶어서 거기 앉아 있는 사람들이 부러워서 물어 보았다.

"38선을 넘겨주는데 얼마 받는데요?"

"여자는 안 됩니다. 험한 산을 넘어야 하고 임진강 물은 얼마나 센데요."

"저 여자 분도 안내원을 기다리는 것 같은데요?"

했더니,

"그 여자는요, 남편이 가니까 죽어도 같이 죽는다고 저러고 있다고요."

다음 날 아침 새벽같이 철길로 나갔다. 벌써 많은 사람들이 기다리고 있었다. 대표 되는 이가 일어서서 종이를 펼쳐 보이면, 소련병은 아는지 모르는지 머리를 끄덕끄덕하고 손을 든다. 그러면 한 무리가 철교 쪽으로 빠져나간다.

선배님의 정보는 확실했다. 침목 위에 깔린 판자에 발을 올려놓는 순간 눈물이 핑 돌았다.

'나는 고향을 영영 버리는 거다!'

어쩌면 그렇게도 가느다란 판자가 끝없이 멀리 뻗어 있는 건지……. 한 발 삐꺽하면 흔적도 없이 임진강 물귀신이 될 판이다. 금방 누가 쫓아와 뒷덜미를 잡아챌 것 같아서 목구멍에서 쇳내가 나도록 앞만 보고 죽어라 뛰었다. 천 길 임진강 물은 요동치며 시커멓게 흐르고 있었다.

드디어 서커스의 외줄타기 같은 곡예가 끝났다. 와! 남쪽 땅이다!

1945년 10월 21일 아침, 마의 38선을 나는 이렇게 넘었다.

공원 Oil on canvas 2003

신탁통치

아마 12월 하순쯤이었던 것 같다. 덕수궁에서 '미소공동위원회'라는 것이 열렸다. 해마다 겨울이 오면, 일본이 패망하고 해방이 되던 그해 겨울에 있었던 일들이 떠오른다.

북위 38도를 경계로 남북으로 나누어 주둔하고 있던 미국과 소비에트 연방 두 나라가 머리를 맞대고 의논한 결과를 발표했다. "조선을 지금 바로 독립시키는 것은 시기적으로 적당하지 않으니 5년간 신탁통치를 할 것이다" 라는 것이었다.

지금 와서 그 당시의 사회상을 돌이켜보면 정말 한심하기 짝이 없다. 정치 좋아하는 우리 겨레는 하룻밤 사이에 정당을 몇 개씩 만들었다. 아침에 일어나 보면 전선주나 외벽에 새 삐라가 붙어 있었고, 다음 날에는 또 다른 삐라가 붙어 있어서 끼리끼리 모여 으르렁대는 꼴이 가관이었다.

정당마다 첫머리에 '당수 이승만' 혹은 '위원장 김구' 하는 식으로 알 만한 거물급 이름을 올려놓고 그 밑에는 각기 다른 이름들을 나열해 놓았다.

점잖은 어른들이 밤새 이 정당 저 정당으로 옮겨 다닌 꼴이 되니, 웃기는 얘기가 아닌가?

이승만 박사를 비롯한 미국에서 돌아온 애국자들, 상해 임시정부의 김구 선생을 필두로 한 쟁쟁한 독립투사들, 지하에 숨어 있던 사상가들, 그리고 일본이 하는 짓을 오냐오냐 받아 주는 척하면서도 가슴에 적개심을 품고 견디던 소시민들까지 어느 한 사람 독립을 갈망하지 않은 사람이 있었으랴.

해방은 곧 민족의 독립이라 굳게 믿었는데 석 달, 넉 달 미루더니 겨우 신탁통치냐! 실망과 분노가 뭉쳐 반탁운동을 대대적으로 펼치게 되었다.

뒤죽박죽 저마다 정치 한다고 날뛰는 한심한 이 나라 사람들을 5년간이나 꽉 잡아놓고 훈련시킨 후 주권을 주자고 나선 미소공동위원회에 맞서서 남과 북에 사는 우리 겨레는 한목소리로 신탁통치를 반대하기로 단단히 합의를 보았다고 했다.

그날은 몹시 추웠다. 동대문운동장에서 궐기대회가 있은 후, 서울역까지 시위 행진을 하게 되었는데 진두지휘를 맡은 청년이 고려대 학모를 쓰고 있었다. 그는 장갑을 낀 손으로 양쪽 귀를 감싸고 하! 하! 입김을 내뿜으며 분주히 뛰어다니고 있었다.

그날 이후 그 학생을 직접 보지는 못했지만, 여러 해가 지난 후 신문에서 사진을 보고 그 청년이 이철승 씨라는 것을 알게 되었다.

시위대 선두에는 태극기가 앞서게 되어 있었다. 일찌감치 '이대에서 여덟 명 나오라'는 연락을 받았던 터라 우리는 시키는 대로 대형 태극기 주위를 잡고 걸었다. 연도에는 많은 시민들이 나와 환성을 질렀고, 우리는 신이 나서 '신탁통치 결사반대'를 외쳐 댔다. 날씨는 추웠지만 견딜 만했다.

남대문이 저만치 보이는 곳까지 왔을 때 느닷없이 왼편 남산 쪽에서 드르륵드르륵 하고 총성이 들려왔다. 당황해서 행진을 멈추고 대열이 흩어지게 되었다. 우리는 태극기가 너무 커서 간단히 처리할 수 없었던 터라 쩔쩔매고 있었는데, 미군 기마대가 달려왔다. "뛰어라! 하바 하바~" 그들은 다급히 소리를 지르며 대열을 큰길에서 옆 골목으로 유도했다.

우리는 몹시 화가 났다. '그래, 이놈들아, 자네들 명령에 맞서서 떨치고 일어나니까 말 타고 총 쏘며 쫓아온 거구나, 나쁜 놈들!' 우리는 무턱대고 그렇게 믿어 버렸고 억울한 마음에 분통을 터뜨리며 흩어질 수밖에 없었다.

그리고 다음 날, 우리는 어처구니없는 사실을 알게 되었다. 전날까지도 남북이 합심하여 '반탁운동'에 나서기로 약속해 놓고 북에서 갑자기 '찬탁'으로 돌아섰다는 것이었다. 남산에서 총을 쏜 것은 김일성의 지령에 의해 공산주의자들이 한 일이라니 기가 막혔다. 어쩌면 그럴 수가! 우리를 도와주기 위해 위험을 무릅쓰고 달려온 미군 기마대를 오해하고 미워한 자신이 몹시 부끄러웠다.

그날의 무차별 총격으로 이대생 몇 명인가가 세브란스 병원에 실려 갔는데 의과 양기순은 중상이라고 했다. 아주 좋은 학생이었는데, 훗날 부상 후유증 때문에 학교를 그만두게 되었다는 얘기를 들었을 때 '왜 우리는 이래야 하니?' 나는 손을 맞잡고 오열을 삼켰다.

그 시대를 산 사람 말고 누가 그 시대를 안다고 감히 말할 수 있으랴.

COSMOS 24 x 18cm Oil on canvas 1994

사흘

1950년 6월 25일, 설교를 끝낸 한경직 목사님께 장로 한 분이 쪽지를 들고 나와 전하자, 목사님은 종이를 펴보며 말씀하셨다.

"일선에서 휴가 나온 군인들은 본부대로 속히 돌아오라는 긴급 명령입니다. 길에 나가면 군 트럭이 대기하고 있으니 아무 차나 타면 된답니다."

넓은 본당은 금방 수군대는 교인들의 목소리로 시끌시끌해졌으나 목사님의 축도로 이내 조용해졌고 예배는 끝났다.

밖에 나오니 잿빛 하늘이 음산하게 드리워져 있고 보슬비가 내리기 시작했다. 무슨 일이 벌어진 걸까? 38선에서의 소요 사건은 가끔씩 있던 일이었지만, 교회에서 광고를 하고 트럭을 동원해 휴가 나온 군인들을 싣고 가다니 예삿일이 아니었다. 불길한 생각을 억누르며 집에 돌아와 서둘러 라디오를 켰다.

"38선 전역에서 인민군이 공격해 오고 있다. 휴가 중인 장병들은 즉시 귀대하라!"

잡음이 심했으나 같은 말을 하도 여러 번 되풀이하니 사태의 긴박함을 온몸으로 느낄 수 있었다. '드디어 김일성이 쳐들어오는구나. 정말 큰일났다.' 언뜻 얼마 전에 읽은 육사 교장 김홍일 장군의 논문이 떠올랐다.

"우리 대한민국 측에서는 걸핏하면 서울에서 아침을 먹고 점심은 평양에서, 그리고 신의주에서 저녁을 먹는다느니 하며 큰소리를 치고 있는데 실제로는 이북보다 여러 가지 면에서 훨씬 뒤지고 있으니 정신 차려야 한다."

각 부분별로 조목조목 숫자를 들어 가며 군사력을 비교한 논문이었다. 그 글을 읽고 아찔해하던 일이 순간 번개같이 떠올랐다. 이제 저들이 쳐들어왔다니 열세인 국군이 저들과 맞서서 과연 이 전쟁을 이길 수 있을까?

탱크를 앞세운 인민군 주력부대가 서울을 향해 노도와 같이 밀려오는데 라디오에서는 "서울 시민은 동요하지 말라!"고 외치며 김석원 부대가 해주를 점령했다느니 용감한 백골부대가 옹진반도로 진격했다느니 하며 정부를 믿고 서울을 지키자는 것이었다. 우리는 꼼짝 않고 집에 있었다.

6월 27일.

억수같이 비는 쏟아지고 밤은 깊어만 가는데 작은 보따리를 머리에 인 우리는 한강대교를 향해 걷고 있었다. 빗물이 모여 이제는 제법 넓은 강처럼 되어 버린 큰길 중앙에는 후퇴하는 군 트럭이 지친 나머지 눈도 못 뜨고 머리를 떨군 군인들을 콩나물 시루같이 담고 기어가듯 천천히 움직이고 있었다. 그건 마치 장례식 행렬같이 느껴졌다.

우리는 대로변 양쪽을 꽉 메운 피난민들 틈에 끼여 발목까지 차는 물살을 가르며 앞사람의 뒤꿈치를 쫓아 부지런히 발을 옮겼다. 비는 폭우로 변해 사정없이 내리쏟아지고 있었다. 머리를 드니 트럭 위에 앉아 있는 군인들

철모를 때리고 부서지는 빗방울이 뒤따라오는 차 헤드라이트 불빛을 받아 칠흑 같은 밤하늘에 뿌옇게 피어오르는 광경이 그지없이 아름다웠다.

그래서 더 처참하고 슬펐던 그날 밤 일을 잊을 수가 없다. 전쟁이란 이런 것인가. 우리를 지켜 줘야 할 저 군인들은 맥없이 눈을 감고 트럭에 실려 지나가는데 우리는 대체 어디로 가겠다고 이렇게 서두르는가. 가슴에 뜨거운 것이 치밀어오르며 눈물이 쏟아졌다. 그때 하늘에 큰 불기둥이 치솟더니 굉음이 울려퍼졌다. '으악!' 하고 지르는 소리에 모든 움직임이 정지되는 듯했다.

한강대교가 폭파되는 순간, 나는 한참 동안 하늘을 쳐다보며 서 있었다. 앞에서부터 무리가 흩어지기 시작했다. 우리는 어디로 가야 하나? 막연히 남이 하는 대로 남쪽을 향해 걷고 있을 뿐, 우리가 갈 만한 곳은 처음부터 없었다. '38따라지'인 우리에게 연고지 같은 것이 있을 리 없었다.

어머니는 앞장서서 발을 떼며 혼잣말로 중얼거렸다.

"집으로 가자. 이 사람들이 돌아오면 우리가 집에 있어야지."

그때 형부와 남편은 둘 다 육군 대위였다. 사흘 만에 서울이 점령당하고 붉은 세상이 되고 나니, 우리 가족은 떠나야 했다. 반장이 오더니 작은 목소리로 일러 주었다.

"이북에서 온 사람, 군인, 경찰 가족을 골라내어 끌고 가니 피하세요."

시누님이 피난처를 얻어 주셨는데 그 집 주인은 이미 떠났고 서로 모르는 사람들이 방을 하나씩 차지한 채 북새통을 이루고 있었다. 저쪽 방에 있는 남자가 와서 우리 짐을 보자고 했다. 그리고 어머니의 성경책을 보더니 태워 버리라고 명령했다. 어머니는 "생명의 말씀을 어찌 태우겠느냐"면서 남이 보지 못하도록 간수할 테니 눈감아 달라고 애원하셨다.

남자는 도끼눈을 뜨고는 어머니 손에서 성경을 낚아채더니 변소 쪽으로 갔다. 뭇 피난민들의 대소변이 뒤섞여 악취가 진동하는 재래식 변소, 그 속에 풍덩 소리를 내며 내동댕이쳐지던 어머니의 손때 묻은 성경. 우리는 소리를 죽여 가며 오래오래 울었다. 지금도 그날 생각을 하면 목이 멘다.

백합 Oil on canvas 1991

새벽송

새벽녘에 잠을 깨우며 아스라이 합창 소리가 들려왔다.

성탄절 새벽, 일 년에 단 한 번 들려오던 '새벽송'을 못 듣게 된 지 꽤 오래
됐다. 성탄절을 맞이하니 대전에서 피난 생활을 하고 있던 시절 난생처음으
로 '새벽송'에 참가했던 일이 생각난다. 1953년의 일이니 양 손가락을 몇 번
꺾었다 폈다 해야 하나.

당시 대전에는 제일교회라는 큰 교회와 내가 나가던 중앙교회, 두 교회가
있었다. 우리 중앙교회에는 피난민이 비교적 많아서 찬양대원은 거의 서울
출신이었다. 여성 지휘자인 김원주 집사님은 대단한 열정가로, 사방에서 굴
러들어온 30여 명의 대원들을 얼마나 닦달했던지 우리는 그 시골에서 알아
줄 이 없는 명곡 중의 명곡 '메시아'를 불렀다.

'할렐루야'가 끝나자 감정이 북받쳐 눈물을 닦으며 아래를 보고 서 있는
데 좌중에서 "일어납시다!" 하는 소리가 들렸다.

'헨델'이 뭔지, 귀찮은데 왜 이러는지 모르는 할머니들까지 돗자리 위에

모조리 일어서서 박수를 쳤다. 의자도 못 들여놓은 중앙교회에서 오합지졸 엉망진창인 합창대를 이끌고 피난민 지휘자인 김원주 집사님이 해낸 것이다.

6·25와 1·4후퇴 그리고 정전이 된 지 몇 달이 지났지만 다들 서울로 못 돌아가고 있는 형편이었다. 그러나 일선에서 총성이 멎었으니 이제는 살 생각만 하면 되었다. 그래서 다들 꿈이 있고 행복했다.

크리스마스 이브에 특별한 행사가 있었는지 없었는지는 기억이 잘 나지 않지만, 찬양대원들이 교회에 모여 '새벽송'을 듣던 일은 잊히지 않는다. 전 교인 가가호호 빠뜨리지 않고 넓은 대전 시내를 샅샅이 돌며 109장 '고요한 밤'과 115장 '기쁘다 구주 오셨네' 두 곡을 번갈아 부르며 다녔다. 다들 얼마나 반가워하는지 우리가 미처 당도하기 전부터 앞문을 활짝 열고 기다려 주는 집도 많았다.

하늘이 희뿌옇게 밝아 올 무렵 마지막으로 도착한 곳은 교회에서 제일 가까운 우리 집이었다. 밤새 얼마나 걸었던지……. 그래도 우리는 지칠 줄 몰랐다. 지휘자와 두세 명이 30대였고 여타 대원들은 모두 20대였으니 한창 나이 아닌가?

평소 교회에서 지낼 때와는 달리 여러 시간을 함께 자유롭게 보내게 되니, 분위기도 점차 화기애애해져 더 좋았다. 김원주 집사님이, 끝 집이니까 덤으로 몇 곡 더 부르자면서 자꾸만 팔을 휘두르며 끝내 놔주지 않았다. 나는 그런 마음이 정말 고마웠다.

우리는 뜨뜻한 방에 들어가 몸을 녹이며 어머니가 밤새 끓여 놓은 팥죽을 먹었다. 어찌나 식성들이 좋은지 두세 그릇씩 거뜬히 비웠다. 식사가 끝나도 일어설 생각을 하지 않았다. 어머니는 밖이 추운데 다들 쉬다 가라고 권하셨다.

　노래판이 벌어졌다. 누가 어떤 노래를 불렀는지 기억에 없으나 아직까지도 잊히지 않는 노래가 하나 있어 가끔 머리에 떠올리며 혼자 웃곤 한다.

　바리톤 정씨가 벌떡 일어섰다.

　"술 잘 먹는 아들놈을 술독에다 파묻어 놓고, 그 이튿날 열어 보니 안주 달라 손짓하네. 러키세븐 러키세븐 럭키 럭키 럭키 럭키 세븐……."

　'새벽송'을 끝내고 돌아온 예수쟁이 입에서 뜻밖의 술타령이 나오는 바람에 모두들 손뼉을 치며 얼마나 웃어 댔는지 모른다. 정씨는 그때 미국 유학을 떠날 준비 중이라고 들었는데, 혹시 지금쯤 LA에 살고 계시지는 않는지……

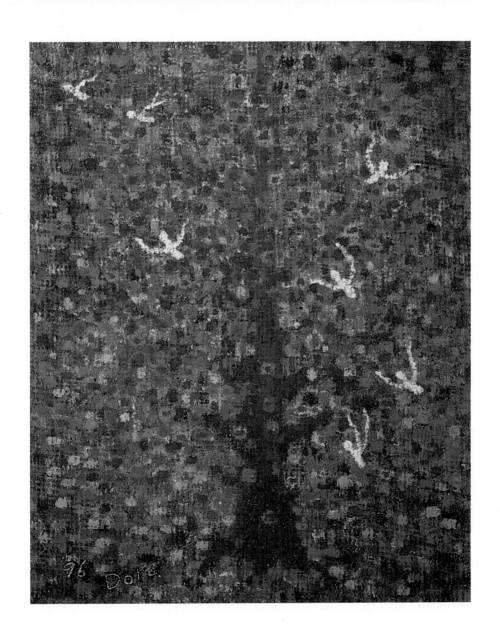

Family   10½ x 8½ Oil on canvas 1996

나의 1·4후퇴

'끼익!' 하고 지프차가 서는 소리가 났다. 철모를 쓴 낯선 군인들이 들어서더니 한마디 던지고는 홀쩍 가버렸다.

"아기만 안고 문 앞에 서 있다가 신숙 선생이 타신 트럭이 오면 얼른 타십시오. 짐은 안 됩니다."

신숙 선생은 김구 선생이랑 함께 귀국하신 상해 임시정부 요원으로, 남편의 누님 내외가 만주에 사실 때 가까이 모시고 뒷바라지를 하셨던 인연으로 우리 결혼식 주례를 서 주셨던 분이다. 제헌국회의원이셨던 그분에게 시누님이 아기가 있으니 도와주십사 청을 드렸다는 사실을 나중에 알았다.

어머니는 아기를 꼭 싸서 안겨 주시며 "한 사람이라도 먼저 피할 수 있어 잘됐다"고 하셨지만, 얼마나 죄송하던지…….

기저귀 가방을 들고 아기를 가슴에 품은 채 나는 부산에 도착했다. 그리고 영주동에 있는 서양화과 후배인 덕수네 집에, 방학 때 놀러가던 것처럼 "어머니!" 하고 들어섰다.

덕수 어머니는 "아이고, 니 올 줄 알았데이. 알라는 언제 낳았노?" 하시며 얼른 아기를 받아 안으셨다. 덕수 어머니는 가까이에 방을 얻어 주시고 우선 필요한 살림살이를 빈틈없이 챙겨 주셨다.

피난살이의 가장 큰 어려움은 물 고생이었다. 늘어서 있는 긴 줄 끝에 아기를 업은 채 양동이를 들고 서 있다가 물을 겨우 받아와 쌀을 씻고 그 물에 기저귀를 담그고……. 말이 아니었다.

그런 와중에 아기가 몹시 울어 기저귀를 열어 보니 설사였다. 기저귀를 갈아 주고 젖을 물리면 조금 빨다가 울고, 기저귀를 열어 보면 설사였다. 기저귀가 동이 났는데 아기는 젖도 안 빨고 도리질하며 울어대니…….

아기를 전적으로 어머니에게 떠맡기고 학교에만 나가던 엉터리 엄마였던지라, 이럴 땐 속수무책이었다. 다리를 뻗고 앉아 울고 말았다. 그때 덕수 어머니가 나타나셔서 말씀하셨다.

"야야, 퍼뜩 알라 업고 병원에 가야지. 울고 앉아 있으면 어야노!"

추상 같은 한마디를 던지시더니, 산더미같이 쌓여 있던 젖은 기저귀를 걷어 안고 나가셨다. 너무 고마워서 그 뒷모습에 후광이 비치는 것 같았다. 지금 생각하면 코미디 같은 나의 영주동 피난 생활은 이런 일이 있은 후 얼마 가지 않아 끝났다. 시누님 내외분이 화물차 지붕 위에 올라타고 부산진에 도착하셨다며 "함께 있이야 마음을 놓을 거 같다"고 연락해 오신 것이다.

매부님은 용의주도한 분이셔서 피난 열차가 김해역에서 오랜 시간 서 있을 때 곡창 지대에서 출하하는 흰 쌀을 세 부대나 사서 화물차 꼭대기에 싣고 오셨다. 나는 여름 내내 서울에서 피해 다니다가 폭격 소리에 놀라 아기를 조산하고 보리죽도 배부르게 못 먹었던 터라, 쌀 포대만 보아도 흐뭇했다.

물은 어딜 가든 여전히 부족했다. 그러나 시누님이 아기를 무척 좋아해 잘 보살펴 주셨고 내게 관대하게 대해 주셨으므로 편안한 마음으로 모든 일을 혼자서 해낼 수 있었다. 집안 살림을 해보지 못했던 나는 그때 비로소 허드렛일을 익힐 수 있었던 것 같다.

일선에서는 일진일퇴의 피비린내나는 격전이 벌어지고 있었지만, 후방에 있는 우리는 편히 지내고 있었다. 남편은 어디쯤 가 있을까. 소식이 끊긴 지 4개월인데…….

매부님은 매일 바깥에 나가서 정보를 듣고 오셨다.

"중공군은 무기도 없이 나팔만 한 개씩 들고 일렬횡대로 뻣뻣하게 선 채 천천히 큰 바다에서 파도가 밀려오듯 나팔을 불면서 걸어온대요. 총을 쏘면 앞줄에 선 놈이 쓰러지고, 바로 뒷줄에 있던 놈이 시체를 밟고 나와 그놈이 맞으면, 그 뒤에 서 있던 놈이 또 시체를 밟고 나와 끝도 없이 쓰러지고 나오고를 반복하면서 확실하게 한 걸음씩 전진을 해온다는군요. 이쪽 무기는 좋지만, 총을 쏴도 다가오니 당해낼 수가 없대요. 그게 바로 모택동의 '인해전술'이랍니다."

매부님은 그렇게 말씀하시며 나를 바라보셨다. 나는 그 상황을 제법 심각하게 받아들였다. 그리고 '전사 통지서가 날아든다 해도 결코 흐트러진 모습을 보이면 안 된다'고 맘속으로 단단히 다짐했다.

육군 대위와 결혼하고 나서 얼마 지나지 않아 6·25가 터졌으니 사실 군에 대해 아는 것이 별로 없었다. '군인이란 일단 유사시 자기 목숨을 내던져야 한다'는 일반적인 상식 외에는…….

매부님이 어느 날 호외 한 장을 들고 오셨다.

"이북 피난민이 십만 명이나 미군 수송함에 실려 오는 바람에 거제도가 터질 지경이라는군. 사람들이 흥남 부두에서 군함에 실어 달라고 아우성을 치니, 세브란스 출신 군의관이 '동족으로서 나만 이 배를 타고 갈 수 없다'며 함대 사령관에게 울면서 매달렸대. 미 육군 10군단 사령관 아몬드 소장은 기자가 질문을 하자 '나라의 귀중한 군비를 태워 버리고 적국의 인민을 싣고 왔으니 나는 군법회의에 설 각오를 하고 있다'고 답변하더래. 대단한 인간애에다 군인 정신이 투철한 훌륭한 미국인이야!"

몇 달 후 남편은 "민간인이 살 수 있는 후방에 있으니 이리 오라"며 기별을 보내왔다. 그리고 나는 그곳에서 LST를 타고 온, 눈빛이 또렷한 1천여 명의 부하를 거느린 남편과 살아서 다시 만났다.

환희(헤리에게)　65.2 x 53.0cm Oil on canvas 1998

철도연대

내가 어렸을 때 큰어머니께서는 "저 애가 볼우물이 저리 들어가니 타관 물을 먹게 생겼어"라고 걱정스럽게 말씀하시곤 했다.

그렇지만 나는 그 말씀이 싫지 않고 단물을 꿀꺽 마시는 듯한 기분이 들었다. 그래서 어른들이 장난으로 "너 왜 볼이 쏙 들어가니?" 하면 "타관 물 먹으려고요~" 하며 신나게 뛰어다녔던 기억이 난다.

지금 생각해 보니 1950년 12월 말에 시작한 나의 1·4후퇴 피난 생활은 자그마치 열다섯 곳을 옮겨 다니고 나서 끝이 났다. 1956년 봄에 세 아이의 엄마가 되어 서울로 돌아왔으니 큰어머니가 계셨더라면 한숨을 쉬시며 '저 보라니까, 쟤가 볼우물 땜에 고생이잖아' 하셨을지도 모를 일이다.

부산진 시누님 곁을 떠나 아기를 데리고 기저귀 가방을 들고 도착한 곳은 경북 영천이었다. 그 지역에 사시는 어른이 피난민을 위해 내놓은 아래채 두 평쯤 되는 방에는 국방색 면이불 한 채와 담요 두 장이 나를 기다리고 있었다.

강둑에 높이 세워진 고풍스런 기와집 마당에서 저 아래 강을 내려다보니 모래 위를 혼자 뛰어다니며 놀고 있는 사내아이가 눈에 띄었다.

그때 인기척이 나서 돌아보니, 건장한 체격의 하사관이 경례를 부치며 말했다.

"선임 하사관 이중창 상사입니닷. 인민군이 퇴각할 때 철로는 물론 모든 차량을 파괴하고 도망가는 바람에 물류 소통이 완전히 마비되어 전투에 지장이 생겼습니다. 우리 철도연대는 조속히 동해선을 복구하기 위해 피난민 중에서 철도와 관계되는 기술자를 모아 조직한 부대이며, 연대장은 이 대령님이고 제1대대장이 김 소령님입니다."

남편이 소령으로 진급했다는 걸 그때 비로소 알게 되었다.

"우리는 전투부대는 아니지만 단기훈련으로 철저히 교육을 받았습니다. 자기가 지니고 있는 기술로 나라에 크게 이바지할 수 있다는 자부심과 대대장님을 존경하고 따르려는 마음이 뭉쳐 사기가 대단합니다."

나는 평소에 서툰 농담이나 하며 실실 웃고 지내던 남편 얼굴을 떠올리며 속으로 웃음이 났다.

"안동의 겨울은 유별나게 추운데 우리는 그곳에 가서 훈련을 받았습니다. 빙판 위에 가마니를 한 장씩 펴고 담요를 두 장 깔고 덮고 자야 했는데, 사병들은 몸이 단련되어 잘 견디며 잠을 청하는데 장교님들은 추워서 잠을 잘 수 없었던 모양입니다. 담요 남은 것 있으면 더 달라고 하시기에 대대장님께도 담요를 한 장 더 덮어 드렸더니 벌떡 일어나셔서 저를 책망하셨습니다. '전체 대원에게 골고루 더 줄 수 있으면 나도 한 장 더 다오. 적탄이 날아오면 사병이나 장교나 똑같이 다 맞게 돼 있다'는 것이었습니다. 훈련도 식사도 사병과 같이 하시니, 다들 이런 상관은 처음이라고 합니다. 사모님이 오셨는데 여느 피난민들에게 하는 만큼만 하라고 명령하셔서 좀 있다가 취사병이 밥과 콩나물국을 날라올 예정입니다. 양해 바랍니다."

저녁때 남편이 왔길래 "안동에서 추위 땜에 힘들었다면서요?" 했더니,

"아, 정말 춥더라. 아무리 잠을 청해도 잘 수가 있어야지. 허리를 웅크린 채 떨다가 겨우 새벽녘에 꾸물대고 있으면 기상나팔을 부는 거야. 벌떡 일어나 담요를 걷으면 가마니 밑에 언 땅이 녹아서 물이 질펀해. 제1대대는 정규 한국군이 1할 정도이고 LST를 타고 온 철도 기술자와 고급 인력이 천여 명이나 돼. 군속 중에는 이북 정부에서 국장을 지낸 사람까지 있어. 나이도 나보다 위인 사람이 많아서 바짝 정신 차리고 단단히 규율을 잡아야 하니, 솔선수범하는 수밖에……. 대대장인 내가 하니, 당신들도 할 수 있다고……."

백사장에서 혼자 놀던 아이가 살금살금 대문 안으로 들어섰다. 그 뒤에서 아이 이름을 부르며 쫓아들어온 아이 아버지가 내게 미안하다며 인사를 했다. 나는 그날 이 부자의 기막힌 얘기를 들었다.

열차 기관사인 그는 남쪽으로 오는 것이 꿈이었다. 부부가 아이를 한 명씩 업고 흥남 부두에 도착해 보니 이미 막판 아수라장이었다. 그는 딸애를 업고 있는 아내를 부두에 세워 둔 채, 거기 있는 자루를 비우고 다섯 살짜리 사내애를 얼른 집어넣고 배 사다리를 밟았다.

다행히 들키지 않고 거제도에 내렸지만, 아이가 딸린 사람을 써주는 데가 없었다. 마침 군에서 철도 관계 일을 하던 사람을 찾는다는 소식을 듣고 찾아가 매달렸는데, 옥신각신하는 광경을 보고 있던 장교가 다가오더니 말했다.

"아버지는 군속으로 뽑고, 아이는 내 심부름을 하게 하면 되지. 이 추위에 부자가 나가서 굶어 죽어야겠냐."

아이 아버지가 말했다.

"그 장교가 우리 1대대장님입니다."

철도연대는 그해 여름에 해체된 것으로 기억한다.

여름 12호 Oil on canvas 1988

친구 성희

여학교 때 내 뒷자리에 앉았던 성희는 비슷한 나이인데도 우리보다 성숙해 보였다. 같은 교복을 입어도 멋들어졌다. 평소에는 조심조심 약간 떨리는 듯한 말투가 부자연스럽게 들렸지만, 유행가를 부를 때는 사뭇 달랐다. 살살 녹이듯이 간드러지게 부르는 목소리가 참으로 아름다웠다.

나는 2학년이 되자 기숙사를 나와서 청진동 집에서 통학을 했는데, 성희와 같은 역에서 타고 내리다 보니 자연히 성희와 더 가까워졌다.

성희는 한겨울에도 교복만 입은 채 코트를 안 입고 다녔다. "뚱뚱해 보일까 봐 멋을 부리느라 저런다"며 수군대는 친구들도 있을 정도였다. 그래도 그녀는 전혀 개의치 않는 듯했다. 그녀는 무용에도 소질이 있었으며 공부도 열심히 했다.

우리가 4학년이 되었을 때 동경으로 유학을 갔던 언니가 돌아와 체육과 무용을 가르치는 교사가 되었다. 언니는 성희가 무용도 잘하고 체조도 잘한다며, 성적도 좋으니 자기 후배로 동경여자체전에 추천하고 싶다고 했다.

언니는 그 학교에서 조선인 학생에게 한 번도 준 적이 없는 수석으로 졸업을 한 터였다. 언니는 모교의 명예를 위해 아무나 보낼 수는 없으니, 먼저 나더러 성희의 뜻을 물어 보라고 했다.

그러나 성희는 집안 형편이 어려워 상급학교에 진학할 수 없다고 했다. 언니는 성희의 소질이 아깝다며 자기 월급으로 성희 학비를 대주는 문제를 어머니에게 의논했다. 어머니도 평소에 그녀를 좋게 보셨으니 찬성이었다. 내가 성희에게 그 말을 전했을 때 성희가 내 손을 꼭 쥐며 눈물을 글썽이던 일이 생각난다.

그런데 이변이 생겼다. 진학 상담을 하느라 언니와 마주 앉은 성희가 털어놓은 사실 때문이었다. 어렸을 때 성희는, 어머니가 남의 집 소실로 들어갈 때 따라 들어갔다고 한다. 그런데 새아버지가 성희를 마땅찮게 생각하는 바람에, 학교에 다니긴 하지만 내복도 오버코트도 없이 다닌다고 하더란다. 친구들은 그런 사정을 전혀 모르고 있었는데…….

"세상에 영하 30도 추위에 옷이 없어서 그러고 다녔다니!"

언니도 나도 몹시 놀랐다. 우리 자매는 그녀를 더 동정하게 되었으나 어머니의 생각은 달랐다.

"그 엄마가 정말 나쁜 여자구나. 아무리 사정이 있다 해도 첩살이 하면서 하나뿐인 딸을 엄동설한에 벗겨서 내보낸다니, 그게 어디 어미냐? 첩 노릇하려면 제 몸은 말끔히 차려입고 있을 텐데……. 성희에겐 안됐지만 우리 집에서 첩의 딸을 돕는 일은 반대다!"

어머니는 아버지의 소실 문제로 독이 잔뜩 오른 분이라 단호했다. 그 후나는 일체 모르는 일로 하고 언니가 잘 수습을 하긴 했으나 두고두고 마음이 찜찜했다. 몇 달 후 우리는 졸업을 하게 되었고 그렇게 헤어졌다.

그리고 해방 후, 내가 이화여대에 온 것을 알고 성희가 사각모를 쓰고 찾아왔다. 중앙여자대학에 다니는데 이대 성악과로 옮기고 싶다는 거였다. 그러나 이화여대처럼 까다로운 학교에서 아무 힘도 없는 내가 그녀를 도와줄 길이 없었다.

1946년 봄, 한동안 어렵게 지내던 내게 좋은 기회가 찾아왔다. 당장 기숙사로 들어오라는 허가를 받게 된 것이다. 신촌에 들어가면 시내에 나오기가 쉽지 않을 것 같아서 그동안 궁금했던 성희를 찾아가 보기로 했다.

그녀는 마침 책장사를 나가려던 참이라며 신간 서적을 서른 권가량 쌓아 놓고 나를 맞았다. 우리는 할 말은 서로 속에 담아 둔 채 한참 동안 앉아 있었다. 그때 성희가 불쑥 내뱉듯이 한마디 했다.

"유행가 가수나 될까 봐."

지내기가 무척 힘든 모양이었다. 순간, 이대 성악과에 다니고 싶다던 그녀의 말이 떠올랐다.

"야, 그래도 어떻게 유행가 가수가 되려고 하냐? 너는 무용도 잘하고 오페라 가수감인데……."

그녀를 추켜세우며 힘이 나게 해주고 싶어서 한 말이었다. 그런데 내가 두고두고 후회하는 것은 그때 '유행가 가수면 어때서?' 하는 내 솔직한 마음을 그대로 전해 주지 못한 것이다.

'그래, 너 참 간드러지게 잘 넘어갔잖아. 진짜야, 단박에 성공할 거다. 해봐라, 해봐!' 그렇게 말을 해줬더라면 성희는 그 길로 큰 성공을 거두었을 테고, 고달픈 인생길에서 불행하게 요절하지는 않았을 것을…….

그녀는 얼른 말을 바꾸어 말했다.

"서점에서 부탁해서 저녁에는 이거 팔러 나가야 해."

나도 책 열댓 권을 나누어 들고 둘이 명동에 나갔다.

어두워지니 제법 공기가 쌀쌀했다. 성희는 땅바닥에 보자기를 펴고 책을 쌓은 후, 나를 보고 씩 웃더니 큰 소리로 외쳤다.

"고학생입니다 ―. 책 사주십시오."

한참 후 멀쑥하게 생긴 청년이 와서 책장을 뒤적뒤적하더니,

"어두운데 들어가요. 이런 거 왜 해요?" 하며 한 권을 사들고 돌아섰다.

청년이 저만치 간 후에 그녀가 화난 목소리로 말했다.

"자식, 이런 거 왜 하느냐고? 38선을 넘어와서 나는 아무도 없단 말이야!"

그날 밤 헤어진 후, 나는 그녀를 다시는 보지 못했다. 고생고생 하다가 학교를 그만두고 결혼했다는 소식만 들었다. 그리고 몇 해가 지나고 나서 부산 피난지에서 의처증이 심한 남편의 매질에 못 이겨 영도다리에서 몸을 던졌다는 말이 들려왔다. 성희야!

수국 Oil on canvas 1991

4월 바보

1946년 4월 1일 아침, 첫 시간에 강의실에 들어오신 청강 선생님이 칠판에 'April Fool'이라 쓰시고 우리를 향해 "이게 무슨 뜻인지 아는 학생?" 하셨지만 아무도 입을 열지 못했다.

선생님 말씀인즉 그날따라 좀 늦은 듯해 부지런히 미술과를 향해 오시다가 영문과 교수 박마리아 선생님을 만났다고 한다. 가볍게 인사하고 지나치려는데 "김 선생님!" 하고 부르시더니, "총장 선생님께서 김 선생님을 찾으시는 것 같던데요"라고 하셨다.

바짝 긴장한 청강 선생님은 본관 총장실로 달려갔다. 김활란 박사님은 웃으시면서 "선생님도 속으셨군요. 벌써 여섯 분이 다녀갔어요" 하시더란다. 1년에 단 하루, 거짓말을 해도 탓하지 않는 날이라니 얼마나 통쾌한 일인가! 해방이 되고 밀려들어오는 서양 문화를 이렇게 한 가지씩 우리는 익혀 갔다.

그다음 해 3월, 기숙사 사무실에 앉아 '금년에는 나도 한번 장난을 쳐봐야지' 벼르고 있는데, 마침 자수과 친구가 수틀을 겨드랑이에 끼고 현관에 들어섰다. 수틀이라……. 좋은 소재라는 생각이 들었다. 나는 소등 종을 치고도 방에 올라가지 않고 사무실에 꼼짝 않고 앉은 채 사랑에 목마른 청년이 되어 수자에게 연애편지를 썼다.

'수틀을 끼고 지나가던 수자 씨의 다소곳하고 아리따운 모습을 잊을 수가 없어 한번 만나고 싶다. 오는 4월 1일 정오, 서대문 네거리 신촌 쪽 코너에 수틀을 끼고 서 있어 달라'는 내용이었다. 나는 수틀을 끼고 길거리에 서 있을 수자의 모습을 상상만 해도 너무 즐거웠다.

4월 1일 수자는 학교에 나오지 않았다. 재밌는 일이 벌어진 걸까. 아니다, 상대가 없는데 무슨 일이 생겼을라고. 저걸 어째! 수틀을 들고 우왕좌왕하는 수자의 모습이 머리에 떠오르자 '이건 웃어넘길 일이 아니구나' 수자에게 죄스러워 잠시도 견딜 수 없어 행여나 하고 기숙사로 달려갔다.

그녀는 방에 누워 있었다. "어디가 아프냐?"고 물었더니 가슴을 가리키며 웃고 있었다. "나 처음 연애편지 받아 봤거든. 근데 그 자식이 나오지 않은 거야" 하며 편지를 보라고 했다. 나는 무척 가책을 느꼈으나 어쩔 수 없이 내가 쓴 편지를 펴서 읽는 척했다.

"나 수틀은 안 갖고 갔어. 그저 어떤 녀석인가 한번 보려고 나간 것뿐이야." 나는 속으로 '이 맹추야, 4월 1일이라고 내가 강조해서 썼는데 그걸 눈치채지 못하다니……' 하며 털어놓고 싶었지만, 처음 받은 연애편지라며 가슴앓이를 하고 누워 있는 그녀에게 그렇게 한다는 것이 가혹한 것 같아 아무 말도 못하고 말았다.

1955년 봄 우리는 대구에 있었는데, 남편의 상관이 전속되어 그분의 집을 지켜 드리게 되었다. 집세가 없으니 청소라도 잘 해드려야지 싶어 열심히 걸레를 밀고 다녔다. 그런 내가 보기에 안됐던지 남편은 적당히 하라며 아주 유능한 장교가 있는데 그 부인이 대구 출신이니 여자끼리 사이좋게 지내 보라고 했다.

대구에는 아는 사람이 없는 데다 ○부인은 대학을 서울에서 다녀 서로 잘 통했다. ○부인은 분홍 저고리를 입고 며칠씩 모델을 서주기도 했다. 우리는 점점 친해져 스스럼없이 지내게 되었는데, ○부인은 성격이 소탈하고 두뇌가 명석해 시도 잘 지었다.

어떤 날은 현관문을 들어서며 "오는 길에 시상이 떠올랐어요" 하며 한 구절을 뽑았다. 그러면 나도 몇 가지 낱말을 엮어 한 구절을 이어 놓고는 둘이 마주 보며 하하하 웃곤 했다. 그렇게 우리는 죽이 척척 맞았다.

4월 1일 아침, ○부인에게 장난을 치고 싶어서 쪽지에 몇 자 적어 운전병 편에 보냈다. 정말 하지 말았어야 할 장난이었다. '어떤 여인이 사내아이를 데리고 와서 애 아버지가 ○○○라고 하더라. 4월 1일'이라고 써놓은 것이다.

한참 있다 ○부인이 사색이 되어 현관에 나타났다.

"그 애 어디 있어요. 우리 남편 애 말이에요."

'큰일났구나, 내가 왜 그런 거짓말을 꾸몄을까! 분명히 4월 1일이라고 큼지막하게 썼는데……' 나는 사과부터 했다.

"용서하세요. 4월 바보놀이 한다고 꾸며 댄다는 게 지나쳤어. 미안해요."

"아이를 못 낳아 본 여자에게 그런 농담은 너무했어요."

아직 이십대인데 못 낳는다고 단정하는 것은 너무 빠르다는 생각이 들었지만 나쁜 장난을 친 죄로 아무 말도 못했다. 단단히 혼이 난 나는 다시는 그런 짓을 하지 않았다.

Gigi   10″ x 8″ Oil on canvas 1995

무도회의 수첩

고물 상자를 정리하다 보니 누렇게 찌든 신문 한 장이 나왔다. 1982년 12월 11일자 〈한국일보〉 '문학사 탐방' 26호인데, 김용성 작가가 쓴 글이었다. 아마 그때 신문이 오자 제목만 훑어보고 더 자세히 읽어 볼 양으로 접어두었던 것을 이리저리 돌아다니느라 20여 년이나 지난 지금에서야 눈에 띈 모양이다.

대문짝만 한 '민족의 비극과 병행한 갈등의 궤적'이란 타이틀 위에 동그라미를 치고 붙어 있는 '황혼의 노래의 이석훈'이란 활자를 보았기 때문이었을 것이다. 내가 이석훈 작가를 만난 것은 단 한 번뿐인데, 그날 이 작가의 장남인 호우와 세 사람이 나란히 앉아 〈무도회의 수첩〉이란 프랑스 영화를 본 기억이 새롭다.

호우를 알게 된 데는 다음과 같은 연유가 있었다.

호우가 다니던 서울대 신문사 대표가 기숙사에 와서 나더러 "아무 말이라도 좋으니 우리 신문에 한마디 써달라"고 했다. 그런데 "나는 우리 학교를 대표할 만한 학생이 아니니 쓸 수가 없다"고 돌려보낸 것이 화근이 되어 "이대 기숙사 도라짱이 도도하고 무섭다 하니 말 좀 나눠 보자"며 예닐곱 명의 서울대 학생들이 우르르 몰려온 일이 있었다.

그중에 의대생이 한 명 있었는데 대표의 소개에 의하면 대단한 문학청년으로 이름이 호우라고 했다. 나는 "호랑이에게 날개까지 달렸으니 천하무적이라 할 수 있겠으나 몸이 그렇게 커서야 하늘을 날 수 있을까 모르겠네" 하고 싱거운 소리를 한마디 했다. 그랬더니 다들 배를 움켜잡고 웃는 바람에 따지러 왔던 분위기가 확 녹아 버렸다.

호우는 그들 중에서 가장 키가 크고 체격도 좋았으나 얼굴을 붉히는 모습이 애송이로 보였다. 며칠 후 호우로부터 편지가 왔다. '금남의 성'에서의 반나절이 너무나 행복했노라며 자기는 장남인데 남동생만 셋이고 여자 동기가 없으니 누님으로 모시고 싶다는 내용이었다.

나는 기숙사에서 하는 일이 너무 많았다. 종을 치고, 사무를 보고, 잔심부름도 너무 많았으며, 학교 공부도 해야 했다. 다른 학교 학생 때문에 시간을 낭비할 수 없다는 생각에서 그의 편지를 무시해 버렸다. 호우는 비슷한 편지를 두어 번 더 보낸 후, 하루는 자기를 좀 도와 달라면서 두둑하게 쓴 편지를 전하고 갔다.

그것을 열어 본 나는 섬뜩한 생각이 들었다. 마치 우울증 걸린 사춘기 소년이랄까. 인생에 대한 불안감, 마음에 없는 의학 공부를 부모님 얼굴을 봐서 억지로 하고 있는 괴로움 등등으로 한때 자살까지 생각했었다며 질서정연하게 아름다운 문장으로 호소하고 있었다.

"벌써 새벽이 왔나 봅니다. 전차 지나가는 소리가 들립니다."

말미에 적혀 있는 글을 보고 '이 학생 안 되겠구나. 의대생이 공부는 접어두고 편지쓰기로 밤을 새우다니……' 그래서 회답을 하기로 했다.

나는 처음부터 '호우'라고 불렀다. 2년이나 손아래 '소년'에게 딴 마음이 없다는 뜻이었다. 그리고 두뇌 명석하고 성실한 성격의 문학청년이 곁에 사람이 없어 혼자 속앓이만 하고 있는 것이 안됐다 싶어 격려해 줘야겠다는 생각에서였다.

지금 돌이켜보면 웃음이 절로 나는데, 그날도 편지를 두둑하게 써가지고는 부치지 않고 들고 왔다. 우편으로는 날짜가 걸리니 그때 기분을 그대로 전하고 싶어서 들고 왔다고 했다. 러시아 문학에 심취해 있었던지 열어 보니 이런 대목이 있었다.

"트로이카를 타고 누님과 끝없는 설원을 달리고 싶습니다."

나는 웃음이 나는 걸 참을 수가 없었다.

"이봐요, 호우! 나는 추위에 약하거든. 트로이카는 감기 걸릴까 봐 사양하겠어. 꼭 덩치 큰 어린애라니까."

그는 고모님을 어머니보다 좋아한다면서 "냉면을 해줄 테니 친구를 데리고 오라 하셨다"며 자꾸만 조르는 통에 따라갔다. 종로 뒤쪽 한옥에서 평양식 냉면을 맛있게 먹고 나서 고모님이 개구리참외를 깎으시며 "글 쓰는 이석훈이래 내 동생이야"라고 말씀하셔서 호우가 문장력이 좋은 것은 내력이구나 생각했다.

그러던 어느 날 〈무도회의 수첩〉이란 영화가 들어와 기숙사에서는 야단이 났다. 나는 표 살 돈이 모자라 단념하고 있었는데, 호우가 헐레벌떡 달려와 영화를 보러 가자고 하기에 따라나섰다.

당시 서소문에는 자연장이란 다방이 있었는데 그가 앞서서 다방에 들어가더니 자욱한 담배 연기를 헤치고 맨 끝 테이블로 가더니 "아버지, 누님을 모셔왔어요" 하지 않는가?

하얀 정복을 입은 해군 소령이 내 쪽을 보고 있었다. 사전에 아무 말도 못 듣고 영화를 보자는 말에 좋아라 따라 나섰던 나는 그의 어처구니없는 행동에 화가 났으나 절체절명! 도리 없이 공손히 머리를 숙였다.

길 건너 동양극장에 가서 나란히 앉아 영화를 보고 기숙사에 돌아온 나는 호우가 보낸 엄청나게 많은 편지들을 꺼내 보며 결심했다.

'그는 여자 친구가 필요해졌으나, 나는 아니다. 어울리는 하급생을 찾아주고 누님 노릇에 종지부를 찍기로 하자.'

호우를 마지막 본 것은 내가 약혼한 것을 알고 축하한다며 왔을 때이니, 1950년 초였을 것이다. 6·25가 터지고 적이 퇴각하며 대학병원의 의대생들을 몰고 갔다는데, 아직껏 그의 소식을 아는 사람이 없다.

이화 이야기

나의 학창시절
김활란 박사
과거사
눈물 젖은 밥
'도라쨩'이라는 별명
도시락
시가행진
그해 여름
빚진 자
노란 우산
내가 우는 까닭

꽃다발 가슴에 안고　20호 Oil on canvas 1986

나의 학창시절

내가 어렸을 때 우리 아버님은 잡지에 난 김활란 박사의 사진을 가리키며 "김활란 박사처럼 되라"고 말씀하셨다.

사진 속의 김활란 박사는 까만 치마에 흰 저고리를 입고 동그란 테 안경을 쓰고 있었는데, 둥근 얼굴에 여자인지 남자인지 가늠하기 힘든 머리 모양을 하고 약간 웃고 있는 모습이었다. 어린 마음에 '꼭 중같이 생겼다'고 생각했지만, 그 말을 입 밖으로 해본 적은 없었다.

그런데 지금 생각해봐도 우스운 일은, 김활란 박사의 본받아야 할 수많은 조건들은 다 빼놓고 하필이면 그 독특한 머리 모양만 수십 년 동안 '손이 안 가서 좋다'는 이유로 따라하고 있는 것이다.

이대에는 채플 시간이 있어서 오전 수업이 끝나면 전교생이 우르르 대강당에 모여 예배를 보았다. 당시의 이화동산은 자연미의 극치라 할 수 있었으며, 하늘을 찌를 듯한 노송이 빽빽이 들어서 있고 철철이 갖가지 꽃들이 피어 늘 향기를 내뿜고 있었다.

젊기만 했던 우리는 채플 시간이고 하나님이고 안중에 없었다. 그저 빨리 끝내고 그 아름다운 자연 속에서 환담을 하며 점심을 나누고 싶은 마음에 긴 설교 시간이 짜증이 날 뿐이었다. 나는 노트 모퉁이에 설교하는 김활란 박사의 모습을 스케치한 후 '이화암주지지구梨花庵主持之區'라는 그림 제목까지 붙여 옆으로 돌렸다. 다른 과 친구들은 어쩌면 그렇게 꼭 닮았느냐고 키득거리며 좋아했다.

38선을 넘어온 나는 기숙사 사무실에서 사감을 돕는 일을 하며 고학을 한 까닭에 다른 학생들은 경험하기 쉽지 않은 색다른 경험도 할 수 있었다. 하루는 총장공관에서 "지금 당장 오라"는 전화가 걸려왔다. 그런 일은 좀처럼 없는 일이어서 왠지 모르게 불길한 예감이 떠올라 답답한 가슴을 누르며 건너편 언덕 위에 있는 석조전까지 단숨에 뛰어갔다.

제일 먼저 눈에 띈 것은 방 한가운데 놓여 있는 동그란 밥상이었다. 밥상 위에는 몇 가지 반찬과 물 대접이 네 개, 밥공기 네 개, 수저 네 벌이 있었고 그 둘레에 김활란 박사와 항상 김 박사를 도와주시던 이정애 선생, 기숙사 사감이었던 김옥길 선생 세 분이 앉아 있었다.

그분들은 어리둥절한 표정으로 가쁜 숨을 몰아쉬며 방 입구에 버티고 서 있는 나를 재미있다는 듯이 쳐다보시더니, 빈자리에 앉으라고 하셨다. 세 분은 몇 분 안에 내가 달려오는지 내기를 하셨던 모양이다.

사택미인이란 칭호로 흠모를 받던 절세가인 이정애 선생은 겨우 밥 반 그릇을 드시고 수저를 내려놓으셨다. 이 선생은 위가 좋지 않아서, 밥만 드시면 주먹으로 가슴을 통통 치며 "내려가라, 내려가라!"고 하셨다.

김활란 박사는 한 공기를 드시고 "잘 먹었다"고 하시며 물 대접을 드셨다.

나는 슬금슬금 눈치를 보며 두 그릇을 비웠다. 이정애 선생의 네 배나 먹었으나, 더 먹고 싶은 것을 가까스로 참고 수저를 놓아야 하는 자신이 원망스럽기까지 했다. 그리고 옆자리를 보았다. 김옥길 선생은 나보다 한 술 더 떠 밥그릇을 비우고, 또 비우고, 네 그릇째 깨끗이 비운 후, "그만 먹지 뭐" 아쉬운 듯이 물을 꿀꺽꿀꺽 마시고 있었다.

눈물나게 황송했던 세 분과의 식사 시간이 그립다. 그때로 돌아가고 싶다.

벤치 Oil on canvas 1996

김활란 박사

라디오 방송에서 김활란 박사를 도마에 올려놓고 난도질을 하고 있다.

"내선일체內鮮一體를 부르짖으면서 대학생들을 학병에 가라고 강연을 하고 돌아다녔으며, 자진하여 창씨개명을 했고, 우리 아들들의 씨를 말리는 징병 제도를 찬양하던 친일파……"라며 청산유수와도 같이 말하고 있다. 앞이 아찔해지며 더 이상 아무 소리도 귀에 들어오지 않는다.

이화학당은 미국 선교사가 세운 학교이며 고종 황제가 이름을 지어 주셨다는 이유로, 일제강점기에 골수 반일 소굴로 찍혀 철저히 미움을 받았다. 그리고 1943년 총독부가 내린 전시교육 임시조치령에 의해 전문학교 교육을 정지당하고 이화라는 이름조차 쓰지 못하다가 1945년 4월, 경성여자전문학교라는 이름으로 학교를 다시 시작하게 되었다.

학교가 다시 문을 열기 두어 달 전에, 조그만 손가방을 들고 신촌역에 내려 철로를 건너서 이화동산 언덕 황톳길을 걸어서 올라가던 기억을 더듬으며 나는 지금 이 글을 쓰고 있다.

그 촌뜨기 여학생은 경성여자전문학교 3년제 후생과 입학시험을 보러 함경북도 청진에서 20여 시간 기차를 타고 올라온 터였다. 나는 면접 때 오랫동안 흠모하고 존경하던 김활란 박사를 처음 뵈었다. 정면에 김활란 박사님, 왼쪽에 일본인 고모도高本 부교장, 오른쪽에는 젊은 남자 선생이 앉아 있었는데 그분이 내게 물었다.

"왜 경성여자전문학교에 응시할 생각을 했습니까?"

"김활란 선생님을 존경하기 때문입니다."

"왜 김 교장님을 좋아합니까?"

"제가 어렸을 때부터 저의 부친이 김활란 박사와 같은 사람이 되라고 하셨습니다. 그래서 무조건 마음속으로 흠모하고 있었습니다."

"좋아요, 나가시오."

이렇게 하여 나는 이화와 인연을 맺게 되었다.

지금 생각하면 부친은 지나칠 정도로 열렬한 김활란 박사의 팬이었던 것 같다. 신문이나 잡지에 난 김 박사 사진을 모아 나에게 주셨고, 어디서 얻은 정보인지 사소한 일이라도 시시콜콜 꿰뚫고 계셨다.

한번은 어머니와 이런 대화를 나누시는 걸 들은 적도 있다.

"총독부에서 그놈들이 김 박사를 불러 왜 단발머리를 하느냐고 물었대. 김 박사가 편리해서 한다고 하자 단발은 서양식이라 보기가 안 좋다며 머리를 길러 쪽을 지라고 했다나."

창씨개명 때에도 마찬가지였다.

"아마기 과쯔랑天城活蘭이라! 얼마나 멋진 이름이야. 총독부에서 창씨개명을 안 한다고 난리를 치며 지도자는 솔선수범해야 한다고 독촉을 하니,

그 길로 돌아와 아마기天城라고 지었대. 정면으로 도전한 거야. 그 속뜻도 모르고 총독부 녀석들은 드디어 김활란이도 일본 이름을 지었다고 안심하고 있겠지."

부친의 의기양양하던 얼굴이 아직도 눈에 선한데, 김활란 선생님은 가시고 친일을 했다는 자료가 나왔다고 저 야단들이니……. 점잖은 양반들이 떼를 지어 이화여대로 쳐들어갔다던가, 이제부터 간다던가. 어떤 단체인지는 잘 몰라도, 회원 대부분이 일제강점기 때 코흘리개였거나 아직 태어나지 않았을 성싶은 연세인 듯하다.

그 험한 시대를 살아온 사람들이 그럴 수밖에 없었던 고통을 조심스레 헤아리고 이해하며 겸허한 자세로 더 깊이 파고들어 연구하면 좋겠다. 평안한 자유 천지에 앉아 현재의 시각으로 옛날 꼬투리를 물고늘어진다면 선비답지 않다는 생각이 든다.

이번에 발견되었다는 친일 강연 원고를 김 박사님이 여러 사람들 앞에서 읽으셨을 터이지만, 김 박사님의 생각은 아니었을 것이다. 내가 이렇게 자신 있게 말할 수 있는 까닭은, 김 박사님의 일본어 실력이 강연 원고를 작성할 정도로 만족할 만한 수준이 아니었기 때문이다. 그래서 나는 그 원고가 딴 사람이 쓴 글이었다고 확신한다.

1945년 4월 5일 입학식 날이었다. 그동안 김활란 박사에 대해 품고 있었던 오랜 환상이 다 깨질 정도로, 일본어로 말씀하신 교장의 신입생 환영사는 수준이 떨어지는 것이었다. 외부에 나가서 하시는 강연은 고모도 부교장이나 문장력이 좋은 이정규 선생님이 대필하여 깨끗이 정서를 한 후, 읽는 연습을 하고 나가셨다고 들었다.

1939년 일본은 미국 선교사들을 추방했다. 그때 아펜젤러 교장의 뒤를 이어 어린 나이에 갑자기 교장직을 맡게 되었을 때 김 박사는 밤새워 울며 기도했다고 한다. 그리고 어떤 희생을 치르더라도 학생들을 지키겠노라고 맹세하셨다고 한다. 학교를 살리기 위해서는 총독부의 지시를 마다할 수 없는 상황이었다. 순회 강연을 나가라고 하면 그들의 구미에 맞게 글재주가 있는 사람이 쓴 글을 들고 다니며 강연을 해야 했고, 머리를 기르라 하면 머리를 기르고, 몸뻬왜 바지, 고무줄을 넣은 다리 부분이 불룩하게 생긴 작업복 바지를 입으라고 하면 통자루 바지를 만들어 입고 다녀야 했으며, 일본 이름을 지으라고 하면 '나는 하늘에 속한 활란'이라는 속뜻을 품는 것으로 자신을 위로하며 창씨개명을 해야 했다.

혹자는 이광수 선생은 친일 한 것이 부끄러워 두문불출하고 참회록을 썼는데, 왜 김활란 박사는 반성하지 않고 해방이 되자 처음부터 계속 활개를 치고 다녔느냐고 한다. 두 분이 다 특출한 인물로 식민지 시민으로 살기엔 아까운 분들이란 공통점을 갖고 있다.

이광수 선생이 개인적인 사정으로 친일을 했는지는 모르지만, 김활란 박사의 경우는 또 달랐다. 이 나라 장래가 걸린 여성 교육을 위한 한 방편이었음을 알아야 한다. 학교가 학생들을 수용하지 못하고 문을 닫게 되면, 학교를 떠날 수밖에 없는 처녀들은 모조리 정신대에 끌려갈 위기 상황이었음을 왜 모르는가. 그때는 그런 시대였다.

내 나이 칠순이 넘으니 매사에 자신이 없고 조심스럽기만 하다. 그런데도 구태여 이 글을 쓰는 이유는 지금 생존해 있는 사람 중에서 김활란 박사에 대해 나만큼 알고 있는 사람이 몇 명 되지 않으리라는 생각에서이다.

해방이 되자 그분의 실력을 국가가 필요로 했다. 자성한다고 들어앉아 있을 틈이 어디 있었으랴. 그리고 그에게는 수천 명이나 되는 이화의 딸들을 보살펴야 할 의무가 막중했다.

당연한 얘기이긴 하지만, 가난한 나라의 대사였으니 국제대회에 나가실 때도 결코 편안한 출장길은 아니었다. 예산이 부족해 숙소를 정할 수가 없었던 그는 졸업생 집에 머물러야 했다. 새벽에 일어나 몇 시간씩 운전해 회의장까지 선생님을 모셔다 드렸다는 동창들의 얘기를 나는 여러 차례 듣고 마음이 아팠다. 그는 자신의 사정이나 건강도 개의치 않고 국가가 필요로 하면 어떤 일이든 마다하지 않았다. 그런 분들의 노고로 대한민국은 기틀을 잡을 수 있었다고 생각한다. 그것이 어찌 대통령이나 부자들을 위해서였겠는가? 그런 분에게 '항상 민족과 민중을 박해하는 편에 선 여성'이라니 기가 막힌다.

나는 1945년 여름방학 때 집에 내려갔다가 해방을 맞았다. 그리고 '이화'라는 이름이 부활해 미술과가 생겼다는 소식을 듣고 화가가 되겠다는 일념으로 38선을 넘었다. 그리고 다행히도 학비 걱정 없이 기숙사에서 김옥길 사감을 모시고 일할 수 있었다.

그때 학생들에게 '도라쨩'이란 별명을 얻었는데, 평생 따라다니는 그 별명이 나는 싫지 않았다. 열심히 그림을 그리며 공부했고, 선생님들이 필요로 하는 일은 무엇이든지 부지런히 해내며 매일매일이 즐거웠다. 어려운 시기에 하늘같이 여기던 분들과 사사로이 어울리며 식사도 하고 용돈을 받으며 지내온 시간이 지금 생각해 봐도 꿈만 같다.

총장 사택에 심부름을 가면 양지 바른 곳에 총장님 어머님이신 박도라 여사가 앉아 계셨다.

"학생은 시집가요. 우리 총장은 시집도 못 가고 쯧쯧……."

나는 부친이 바라시던 김활란 박사와 같은 사람은 되지 못했다. 그 대신 박도라 여사 말씀대로 시집을 가서 가족이 생기게 되었고, 첫 번째로 태어난 손녀 이름을 헬렌Helen이라고 지었다. 이제 헬렌이 잘 자라 김활란 박사처럼 국제적인 활동을 하는 코리언 아메리칸 헬렌 김이 되어 주기를 간절히 바랄 뿐이다.

Wildflowers Oil on canvas 2008

과거사

책장을 넘기다 이런 대목이 눈에 띄었다.

"어떤 날 거리에 나가 보니 거리는 방공연습을 하느라고 야단이고, 소위 민간 유지들이 경찰의 지휘로 팔에 누런 완장을 두르고 고함 치며 싸우고 있었다. 몽양 여운형은 그런 일에 나서서 **뺑뺑** 돌기를 좋아하는 사람으로 그날도 누런 완장을 두르고 거리거리를 활보하고 있었다. 대체 몽양이란 사람에 대해서는 쓰고 싶은 말도 많지만 다 삭이고, 방공훈련 같은 때는 좀 피해서 숨어 버리는 편이 좋지 않을까. 나는 한심스러이 그의 활보하는 뒷모양을 바라보았다."

'문단 30년의 자취'라는 표제로 잡지 〈신천지〉에 실린 김동인 작가의 글이라고 적혀 있다. 몽양을 존경하는 사람들에게 이 글은 확실히 혼돈스러울 수 있다. 애국자인가? 친일파인가? 요새 피상적인 연구로 물의를 일으키는 젊은 학자들이 참고로 삼아야 할 대목이다.

일제 식민지 시대를 산 나에게 국민복을 입고 팔에 노란 완장을 두른 채 바쁘게 다니던 그분의 모습이 전혀 생소하지 않다. 관이 명령하는 것은 다들 그렇게 따라야 하는 것으로 알고 살았다. 누가 애국자이고, 누가 골수 친일파인지 그런 피상적인 행동으로는 알 수도 없거니와 진짜 애국자일수록 돌출행동을 삼가고 잘 따르는 척했을 수도 있다.

해방되고 일본이 떠날 때 몽양에게 이만 원을 건네주고 갔다는 소문이 자자했다. 그 돈을 누구에게 줬는지, 몽양 개인이 착복을 했는지 사람들이 궁금해하던 기억이 난다. 당시 이만 원이면 개인에게는 큰돈이었다.

사람들이 김활란 박사가 큰 죄인이나 되는 듯 목소리를 높이는 것을 보면 답답해진다. 나는 개인적으로 그분의 은혜를 많이 입은 학생이었다. 38선을 넘어와서 그분의 보살핌이 없었더라면 어떤 인생길을 걷게 되었을까?

나는 선생님 주변을 맴돌면서 그분의 생각, 사시는 모습을 조금은 엿볼 수 있었으므로 다른 학생들보다 선생님을 비교적 많이 안다고 할 수 있다.

1939년 조선총독부가 미국 선교사들을 추방할 때 이화전문학교 교장은 엘리스 아펜젤러였다. 그녀는 감리교 선교사 1호였던 아펜젤러 목사의 장녀로 조선 땅에서 태어난 외국인 제1호였다. 추방을 당하게 되니 당시 부교장이었던 김활란 박사에게 학교를 맡기고 떠나면서 이렇게 말했다.

"코리아는 내 고향이니 꼭 돌아온다. 다시 올 때까지 학생들을 잘 지켜주세요."

김활란 박사는 그 당부의 말씀을 가슴 깊이 간직하고, 학교를 살리는 일이라면 무슨 일이든 했다. 자존심, 주의 주장, 울분 따위의 감정은 완전히 잊은 사람 같았다. 그리고 죽기 살기로 기도에 매달려 하나님께 울부짖고 주님의 뜻이라는 확신이 서면, 무조건 따르며 험한 세상을 헤쳐 나간 분이다.

이화는 1886년 감리교 선교사 학생 한 명으로 시작해 다음 해에 명성황후가 '이화학당'이라는 교명을 하사해 생겨난 학교다. 총독부에서 몹시 못마땅하게 여겨 사사건건 꼬투리를 잡아 폐교할 방도를 찾고 있었다. 총독부는 김 박사의 트레이드 마크인 단발머리가 미·영국식이라며 당장 기르라 명령했고, 스커트를 입지 말고 몸뻬를 입으라고 간섭했다. 창씨개명 때도 "왜 창씨를 빨리 하지 않는가? 지도자는 솔선수범해야 한다"며 다그치니, 돌아오시는 길로 고친 이름이 '아마기 과쯔랑'이었다. 뜻인즉 '나는 너희들 나라에 속하지 않고 천성에 속한 활란이다'라고 당당히 선포한 것이었다.

일본은 2차 대전이 수렁에 빠지면서 병력이 부족해지자 식민지인 조선과 대만의 청년들을 전쟁터에 몰고 가기에 이르러 '지원병', '학도병', '징병제도'까지 선포하며 유력인사들을 강연회에 동원했다.

김활란 박사의 일어 구사 능력이 강연을 하기에 충분치 못했으므로, 원고를 대리로 써드리는 사람이 있었던 걸로 안다. 물론 다른 사람이 쓴 글이라 하더라도, 읽은 사람에게도 책임이 없는 것은 아니라고 생각한다. 그런데 그 원고들이 창고에서 나왔다고 떠들고 있으니, 나도 모르게 피식 웃고 말았다. 김 박사의 서울말 어조의 일본어 강연에 감동해, '대일본제국을 위해 제일선에 나가 기꺼이 죽겠노라'고 나선 조선인 청년이 과연 있었을지 의심스럽기 때문이다.

김활란 박사가 학생들과 학교를 지키기 위해 갖은 박해를 견디며 애쓴 보람도 없이 1943년 말 '전시교육 임시조치령'에 의해 학교는 전문학교 교육이 정지되었고, 이화라는 교명도 못 쓰게 됐다.

1945년 4월, 나는 전문학교 교육을 다시 시작하며 교명이 '경성여자전문학교'로 바뀐 이화 캠퍼스에서 공부를 시작하게 되었다. 교장이었던 아마기 과쯔랑 선생은 내가 오랫동안 동경하고 흠모하던 최고의 지성 김활란 박사와는 거리가 멀어 보였다. 머리를 길러 쪽을 지고 어색한 일본어로 훈시를 하며 자루통 바지를 입은 동네 아줌마 같은 모습이었다.

그때 학교 교문을 들어서면 왼쪽 교육관과 소운동장 일대를 일본군이 차지하고 있었다. 학교 건물마저 야금야금 점령당하고 있는 모양새가 역력했다. 그래도 김활란 박사는 끝까지 거기서 버티다가 해방을 맞았다. 누가 그분에게 돌을 던지겠는가!

복숭아 Oil on canvas 1992

눈물 젖은 밥

한때 나는 을지로에서 신촌까지 매일 걸어서 등교해야 했다. 을지로 2가 좁은 골목을 몇 발짝 들어서면 자그마한 2층 적산가옥이 있었다. 그곳에 38선을 넘어온 여대생이 열 명가량 그 집에서 합숙을 했다. 시청에서 정해준 건물이라 공짜였고 미국 구호식량을 배급받아 입에 풀칠을 할 수 있었으니 그런대로 생존하는 데 지장은 없었으나 늘 어찌나 배가 고프던지······.

구호 식량은 우리네 식생활하고는 동떨어진 통밀과 강낭콩이었다. 우리는 그것을 재주껏 익혀 위주머니를 챙겨야 했다. 식사 당번이 두 가지 곡식을 밥솥에 쏟아 넣고 물을 부은 후 타는 냄새가 날 때까지 불을 지핀다. 뚜껑을 열어 보고 하얀 강낭콩이 어느 정도 익은 듯싶으면 불을 끄고 모래알같이 우르르 흩어지는 것을 밥이랍시고 한 공기씩 담아 놓고, 더운 물에다 간장을 탄 멀건 국물 한 공기를 곁들여 아침 식사를 마친 후 각자 자기 학교로 향한다.

을지로 2가에서 을지로 입구 시청 앞을 돌아 광화문, 서소문, 서대문,

북아현동을 지나 이대 뒷산을 타고 고개를 넘으면 후유 한숨이 나오고 벌써 시장기가 밀려온다. 오전 강의가 끝나고 다들 도시락을 즐기는 시간이 되면 나는 물 한 모금 마시고 슬그머니 뒷산으로 피한다.

노송이 우거지고 이름 모를 산새들이 지저귀는 나만의 동산에서 흥얼거리며 노래 부르고 시 구절도 암송하고 길게 드러누워 생각했다. '나는 왜 이곳에서 허기진 배를 안고 이 고생을 견뎌야 하나? 서른 살이 됐을 때 내 모습은 어떤 것일까.'

오후 수업이 끝나면 물을 마시고 아침에 걷던 길을 반대로 걷기 시작한다. 광화문까지 오면 조선일보에 들러 게시판에 붙은 그날 신문을 첫머리에서부터 끝까지 모조리 읽은 다음, 넓은 광화문 길을 건너 동아일보 게시판에 붙어서서 한 줄이라도 놓칠세라 읽어 내려간다. 그다음에는 서울신문…… 그렇게 하고 있노라면 어둑어둑해진다. 빨리 돌아가도 배만 고플 뿐 반겨줄 사람도 없는 처지 아닌가?

나는 그때 무척 지쳐 있었다. 이 모진 고생 끝에 내가 얻는 게 무엇일까? 차라리 학교를 쉬고 취직할까? 일자리는 얻을 수 있을까? 생각이 이에 그치자 모교의 최 선생 얼굴이 떠올랐다.

여고 대선배인 최 선생은 동경 유학에서 돌아와 모교의 가사 선생으로 계셨다. 해방이 되자 결혼을 하고 서울에 올라와 계시다는 소문을 듣고 있던 터라 혹 일자리 얻는 데 도움이 될까 싶어 댁으로 찾아갔다.

앞치마를 얌전히 두르고 나를 맞는 최 선생은 한마디로 행복한 새댁 그 자체였다. 나는 배가 고파 학교를 쉬겠다는 따위 말을 도저히 꺼낼 분위기가 아니어서 우물쭈물하다가 둘러댔다.

"그림을 해보니까 자신이 없어서 좀 쉬면서 생각해 보고 싶습니다."

"해낼 수 있을 거야. 힘내요."

최 선생은 남의 속도 모르고 격려해 주셨다.

그럭저럭 저녁때가 되었다. 신혼생활인데 훼방꾼이 되어선 안 되지 싶어 일어섰다. 저녁을 먹고 가라고 말리셨으나 나는 현관에 나와 신을 신었다.

최 선생은 얼른 부엌으로 가시더니 큼직한 김밥을 말아 가지고 나타났다.

"어둑어둑해졌으니 남이 주의해 보지 않을 거야. 걸어가면서 먹어도……"

김밥을 받아든 나는 목이 메어 제대로 인사도 못하고 쫓기듯 문을 나섰다. '내가 이렇게 배가 고픈 것을 선생님은 눈치채셨구나!'

청구동에서 문화동, 을지로 7가, 6가, 5가…… 까맣게 윤기 흐르는 빳빳한 김에 싸여 있는 하얀 이밥을 한 입 베어 물고는, 천천히 씹으며 흐르는 눈물과 함께 삼키고, 또 베어 물고는 눈물을 줄줄 흘리면서 천천히 씹었다.

4가 네거리쯤 왔을 때는 주체할 수 없이 눈물이 쏟아져 엉엉 소리 내어 울었다. 나는 눈물에 젖어 범벅이 돼버린 마지막 한 톨까지 입에 넣고 천천히, 천천히 씹으며 스스로 다짐했다. '무슨 일이 있어도 공부를 계속하자. 나는 해낼 수 있다!'

사람의 인연이란 묘한 것이어서 나는 그날의 눈물 젖은 김밥과는 상관없이 최 선생의 이종사촌 동생과 결혼해 그가 떠날 때까지 오십 년 세월을 후회 없이 함께 살았다.

Butterflies   Oil on canvas 2002

'도라쨩'이라는 별명

부모와의 연락도 끊어진 채 그래도 배워 보겠다는 일념으로 학교에 매달려 있을 때, 기숙사 사무실에서 잡무를 보며 사생들로부터 얻게 된 별명 '도라쨩'은 김옥길 선생의 애칭 '옥길이'와 더불어 사생들이 즐겨 부르던 노래에까지 등장하였다.

생각나는 대로 적어 보면 "도도 도라쨩, 도라쨩은 무서워. 연애하는 연대 보이도 무서워한대요. 그래서 우리들도 쩔쩔매지요."

이 별명의 기원을 명확히는 알 수 없으나 한 사생의 설명인즉, 추운 겨울날 저녁에 방안이 너무 추워 담요를 뒤집어쓰고 덜덜 떨다가 아래층으로 내려오게 되었다고 한다. 그런데 사무실을 들여다보니 내가 현관 쪽 창구를 쏘아보며 조그만 책상에 댕그마니 앉아 꼼짝도 하지 않고 있더란다.

그렇게 추운 날, 사무실은 사방이 창인 데다 따로 나앉은 방이라 더 추웠을 텐데 그렇게 앉아 있는 모양새가 꼭 일본 만화책에 나오는 '도라노꼬 도라쨩_{호랑이 새끼}' 같아 보여 그런 별명을 붙이게 되었다고 한다.

그 만화책의 도라쨩은 당돌하며 영리해 어려운 일도 용기와 기지로 척척 넘겨 버리는 기특하고 귀여운 호랑이였다. 그러나 내 별명 도라쨩은 여러 사생들에게 규율을 강요하고 자유를 박탈하는 무섭고 미운 호랑이의 상징이었을 것이라고 자인한다. 반성하지 않을 수가 없다.

한번은 김옥길 사감님이 동대문 병원에 며칠 입원을 하게 되어 기숙사가 초긴장 상태였다. 그런데 바깥에 또 누군가가 나타났는지 학생들이 무섭다고 웅성거리며 난리였다. 마침 본관 숙직실에 있던 이 서방이 고맙게도 뛰어 올라왔다. 나는 김옥길 선생님이 하시던 대로 개를 풀어놓기로 했다. 현관 문을 열고 개장까지 불과 10미터도 안 되는 거리인데, 내게는 100미터나 되는 지뢰밭 같았다. 선생님께서 며칠 자리를 비우신 것뿐인데, 선생님의 빈자리가 그렇게 크게 느껴질 수가 없었다.

끝도 없이 치솟은 소나무 사이를 시 구절을 뇌며 거닐던 이화동산! 빨갛게 물든 저녁놀을 쳐다보며 희망찬 앞날을 계획해 보던 그 뒷동산이 도라쨩의 마음속 세계의 전부이자, 유일한 안식처였다.

나는 해방 전부터 신던 엄지발가락이 나온 헌 신발을 더 이상은 신을 수가 없었다. 그래서 일본사람 것이라고 누군가가 버린 새 게다를 얻어 신고 나막신 소리가 날까 봐 발가락을 잔뜩 오므린 채 걸어 다니곤 했다. 그런 내게 김옥길 선생님은 굽 높은 간호사 실내화를 팔백 원이나 주고 사주셨다. 그때 내 한 달치 봉급은 오백 원이었다.

선생님은 겨울에 오버 코트가 없어 오들오들 떨고 있는 내게 구제품 코트를 챙겨 주시기도 했다. 구제품 중에는 괜찮은 옷들도 많아서 가난한 고학생에게는 큰 도움이 되었다. 여름 투피스를 골라 입고 다니며 뽐내기도 했고, 대마로 된 하늘색 투피스를 너무 입고 다니는 바람에 흰색이 되자 초록색 물감을 들였다가 다시 분홍색 물감을 들여 입으며 다채롭게 재활용하던 기억도 잊히지 않는다.

나에게 의식주를 주고 공부를 시켜 주었으며 오늘날의 '나'로 만들어 준 별명, '도라짱'에게 감사하지 않을 수 없다. 그리고 도라짱이 되도록 만들어 주신 어른들과 모교, 그리고 기숙사를 위해 아무런 보답을 해드리지 못하고 있으니, 부끄럽기 짝이 없다.

이화 울타리 안에서 보내던 시절, 나는 가진 것이 없어 가난했지만 참으로 흡족했다. 생각하려 들면 괴로웠겠지만 언제나 명랑할 수 있었고, 몸을 아끼지 않고 힘껏 일하는 가운데 마음의 즐거움을 얻을 수 있었다. 되돌아보면 참으로 행복한 시절이었다.

처음 女子 45.5 x 35.5cm Oil on canvas 1987

도시락

그때나 지금이나 선두에 나서서 주먹을 휘두르며 무언가 저지르기를 좋아하는 학생들이 있게 마련이다.

1946년 초봄, 난데없이 학과별 대항으로 배구와 농구 시합을 할 것이라고 방이 붙었다. 당시 우리 학교에는 여덟 개 학과가 있었다. 문과, 가사과, 음악과 등에는 이백 명 정도 학생들이 몰려 있고 그렇지 못한 과에는 오육십 명 정도였다.

수적으로 균형이 잡히지 않는 데다 체육과의 경우 선수급 학생이 남아돌 텐데 일률적으로 과 대항이라니, 말도 안 된다고 생각했지만 입을 다물고 있었다. 나하고는 상관없는 일이라 여겼기 때문이었다.

그런데 문제가 생겼다. 미술과는 통틀어 서른네 명인데 선수 지망자가 몇 명 되지 않아 팀을 구성할 수가 없었다. 체육과 유근석 선생님이 나타나시더니 한 줄로 세워 놓고 공을 마구 던지며 받는 동작을 살피시는 게 아닌가?

나는 여고에 들어가자마자 배구에 재미를 붙여 상급생들을 열심히 쫓아다니곤 했지만, 농구 코트에는 들어가 본 적이 없었다. 그런데 두 가지 경기에 다 선수로 뽑히고 말았으니 난감한 일이었다.

"저는 못하겠습니다." 내가 몇 번이고 되풀이했으나 선생님은 겸손해서 사양하는 줄 아시고, "그만하면 잘 한다"며 놓아 주시지 않았다.

남들이 내 속을 어찌 알랴. 허기진 배를 안고 하루 종일 물만 마시며 강의실에 앉아 간신히 견디는 처지에, 운동이고 시합이고 내게는 다 사치스런 낱말에 지나지 않았다.

그러는 사이 연습이 시작됐다. 우리 과는 배구에 아홉 명, 농구에 다섯 명을 간신히 뽑아 포지션을 정했으나 양쪽에 다 뽑힌 선수가 세 명이나 되어, 왔다 갔다 해야 했으니 말이 아니었다.

연습 첫날 점심시간이 되었다. 나는 평소와 다름없이 물을 한 모금 마시고 복도로 나갔다. 벌써부터 이렇게 배가 고픈데 방과 후 운동 연습까지 견딜 수 있을까. 막막했으나 피할 길이 없었다. 등 뒤에서 부르는 소리가 들리는 듯해 돌아보니 반장인 송기였다.

그녀는 손수건으로 묶은 양은 도시락을 내밀면서 "나 오늘 도시락 두 개 가져왔는데 하나 먹어 줄래?" 하는 게 아닌가. 송기는 내가 점심시간이면 뒷문으로 빠져나가는 걸 알고 있었던 모양이다. 사려 깊은 그녀는 앞문으로 나왔다가 다시 앞문으로 들어갔다. 반 친구들이 눈치채지 않게 나하고는 다른 문을 사용한 것이다. 그녀가 사라진 문을 지켜보며 마음속으로 '송기……' 하고 조용히 불렀다. 콧날이 시큰해지는 것을 느끼며 얼른 돌아서서 걷기 시작했다.

송기는 다음 날도 그다음 날도 아무도 모르게 계속 도시락을 갖다 주었다. "이거 먹어 줄래?" 하면서 시합이 끝나던 날까지 계속했다. 우리 팀은 열심히 연습했으나 워낙 실력이 딸려 나는 도시락에 담긴 송기의 아름다운 마음에 보답을 못하고 말았다.

먼저 시작된 농구 경기에서는 가사과의 키가 큰 학생들 뒤만 졸졸 따라다니다가 시합이 끝나 버렸다. 그래도 배구에서는 한 팀이라도 물리쳤으니 스탠드에서 응원을 해준 친구들에게 약간의 보답은 한 셈이라고 스스로 위로하며 기뻐했던 기억이 난다.

미술과에는 서양화, 동양화, 자수 세 가지 전공이 있었는데, 송기는 나와 같은 서양화 전공이었다. 그러나 내가 송기와 같은 반이라고 하기에는 언제나 내가 초라하게 느껴졌다. 송기는 데생 실력이 월등히 뛰어나고 매사에 모범적이며 나이도 두세 살쯤 위인 것 같았다. 이미 혼기에 접어든 송기는 3학년 때 동경 미술 출신의 천재 화가로 소문이 자자하던 김재선 씨와 결혼하게 되자, 결혼하면 자퇴해야 하는 이화여대의 학칙을 지켜 학교를 떠났다.

결혼식 날 송기는 참 아름다웠다. 해맑은 얼굴에 가끔씩 잔기침을 하는 버릇이 있던 그녀는 결혼하고 나서 얼마 후 병을 얻어 몸져누웠던 모양인데, 우리는 그 사실을 전혀 모르고 있었다.

송기가 폐결핵으로 떠났다는 소식을 듣던 날, 우리 서양화 전공 일곱 명은 실기실에서 열심히 습작 중이었다. '송기가 세상을 떠났다'는 말에 그대로 얼어붙은 우리는 눈시울을 붉히며 아무도 입을 열지 못했다.

아직도 나는 양은 도시락을 보면 송기의 다소곳한 모습이 떠올라 생각에 잠기게 된다.

Spring 45.5 x 35.5cm Oil on canvas 2004

시가행진

라디오에서 '8·15'니 '신탁통치'니 하는 낱말이 나오니 그때 생각을 하게된다. 1945년 12월 말 동대문운동장에서 신탁통치 반대 국민대회를 연 후, 이어서 서울역까지 시가행진을 할 예정이라고 했다. 그리고 선두에 나설 대형 태극기를 들기 위해 이대 학생들이 나와야 한다고 주최 측에서 연락이 왔다.

우리는 별다른 생각 없이 여덟 명이 나섰다. 나는 대형 태극기 앞쪽 한 모서리를 오른손으로 단단히 잡고 앞만 쳐다보며 걸었다. 해방이 되고 광란의 무질서 속에 처음으로 질서정연한 시위 행진이 벌어졌으니, 많은 시민들이 몰려나와 박수를 치고 크게 소리 지르며 환영했다.

취재기자들의 카메라 플래시가 터질 때면 힐끔힐끔 카메라 쪽에 신경을 쓰며 신나게 행진하고 있었는데 그만 예기치 못했던 불상사가 일어났다. 그 전날까지 남북이 합심해 서울과 평양에서 동시에 '반탁운동'을 대대적으로 전개하기로 했던 김일성이 밤사이에 '찬탁'으로 돌아선 것이다. 그는 평양 대회를 취소했을 뿐만 아니라 남쪽에 사는 공산주의자들에게 지령을 내려 서울에서 벌어지는 반탁운동 행렬에 무차별 총격을 가하도록 명령했다지 않은가!

선두에 섰던 우리는 느닷없이 들려오는 총소리에 몹시 당황했으나, 곧 미군 기마대가 달려와 우왕좌왕하는 우리를 뒷골목으로 몰아넣어 준 덕분에 별 탈은 없었다. 그러나 후미에서 행진하던 학생들 중에는 여러 명이 다쳐 근처 세브란스 병원에 실려 갔다. 시가행진은 엉망이 되어 버렸고, 다음날 신문에 대형 태극기만 큼지막하게 실렸더라는 말을 들었다.

그리고 청진에서 온 한 여성이 그날 선두에 서서 걸어가는 나를 보았다며 소문을 퍼뜨렸다고 했다. 신문에 얼굴이 크게 나왔으니 알아본 사람이 더러 있었던 모양이다. 그녀는 내가 여대생을 대표하는 운동가쯤 된다고 착각을 한 것 같았다. 사진기자들이 행렬 왼쪽에서 태극기를 찍다 보니 내 얼굴이 덤으로 크게 나간 것을 가지고……. 나는 사상가도 운동가도 아닌, 봉사하러 나선 여덟 명 학생 중 한 사람일 뿐인데 기가 막혔다.

그리고 몇 달 후 기숙사에 낯선 사람이 면회를 왔다. 서울대 영문과 학생이라고 자기 소개를 한 후 젊은이들이 좋은 모임을 시작하는데 꼭 가주셔야겠다고 한다. 어떤 모임인지 물어 봤더니 '가보면 안다'는 거다. 어처구니가 없었다. 왜 하필 나인가? 화가가 되겠다는 희망을 안고 죽음의 38선을 넘어와 고생고생 하다가 이제 겨우 밥걱정 없이 석고 데생에만 매달릴 수 있는 형편이 된 자신이 그저 대견할 뿐인데……. 나는 딴 생각을 할 여유가 없었다.

나의 단호한 태도를 본 그는 여러 사람이 나를 추천한 이유를 말하기 시작했다. "반탁 시위를 할 때 선두에 서서 흐트러지지 않던 자세가 눈에 띄었고, 알아보니 해방 전 재학생인데 당시 전교생을 지휘하는 대대장이었다"고……

웃음이 나와서 그의 말을 막았다.

"처음엔 분대장이었어요. 그때 본 사람은 분대장으로 기억하겠지요. 얼마 지나니 과를 대표하는 소대장 자리에 세웠어요. 그 다음에는 중대장, 나중에는 전교생에게 구령을 거는 대대장이 된 것은 사실이지만, 얼마 지나지 않아 여름방학이 왔어요. 집에 내려갔다 해방을 맞았습니다. 그 짧은 한 학기 동안 대대장이 여러 번 바뀌었는데 저는 어려서부터 유행가를 많이 불러 목청이 틔었거든요. 그래서 '저 목소리면 대대장을 시켜도 해낼 거다.' 그렇게 된 거라고 생각하는데요."

"지금 문교부 장학생이라면서요?"

그는 웃으며 말했다.

저런, 꼬치꼬치 잘도 들춰냈구나!

"교무과에서 가보라고 해서 잔뜩 긴장하고 갔더니, 기다리던 끝에 노트 서너 권 살 수 있는 정도의 돈을 주셨지요. 다음번에는 학교에 통지가 갈 거라더니 여러 달이 지난 지금까지 소식이 없어요. 안 할 말을 한 것 같은데, 이름이 올라가 있는 건 사실이지만 이게 문교부 장학금의 현주소랍니다."

"모 재단의 후원으로 기숙사에 있다던데요."

아니, 이 사람들이 어쩌려고 이러는가. 아무래도 나는 안 된다고 확실히 말을 해줘야겠구나 싶어서 할 수 없이 따라나섰다. 넓은 방안에 많은 사람들이 부지런히 움직이고 있었다. 그가 앞으로 나가더니 중앙에 선 사람에게 몇 마디 말을 하고, 누런 갱지에 찍은 두툼한 서류를 들고 와서 건네주었다.

　무심코 몇 장 넘기던 나는 소스라치게 놀랐다. '부녀국장 김순련' 이게 웬일인가! 도저히 그냥 있을 수 없어 벌떡 일어섰다.

　"제 이름이 여기 적혀 있으니 질문을 하겠습니다. 누구 허락을 받고 제 이름을 여기 올렸습니까? 본인이 모르는 일이니 제 이름은 빼주세요!"

　모든 얼굴들이 일제히 쳐다보는 가운데 나는 앞만 보며 유유히 그곳을 떠났다. 역사에 남을 여성 정치인 한번 되어 보는 건데 그랬나? 쯧쯧……

창가 24″x 18″ Oil+Acrylic on canvas 1995

그해 여름

대학교 3학년 여름방학 때였다. 나는 텅 빈 기숙사에서 그 큰 건물을 혼자 지키고 있었다. 방학이 되면 으레 학생들은 다 집으로 돌아가고 사감 선생과 부엌 아줌마들 중 개성댁만 남아 있게 된다. 그런데 그때 마침 사감이던 김옥길 선생님이 건강검진을 위해 동대문병원에 들어가시게 돼 내가 대신 그 일을 맡게 된 것이다.

화강암을 쌓아올린 희멀건 4층 건물이 어두워지면 덩치 큰 괴물 같아서 기분이 썩 좋지는 않았으나, 아침이 오면 사위가 싱싱하게 되살아났다. 하늘을 찌르는 노송이 빽빽이 들어서 있고 꽃나무들이 우거진 이화동산에서 마음껏 목청을 돋워 노래 부르고, 시 구절을 읊으며 다녀도 거칠 것이 없었다. 나만의 시간과 공간! 천국이 따로 없다고 느낄 만큼 감사하게 되는 나날이었다.

그러던 어느 날 아침, 동산 소나무 밑을 헤매던 나는 문득 '울타리 밖으로 나가 볼까?' 하고 오솔길을 벗어났다. 본관 건물을 왼쪽으로 쳐다보며 교문

쪽으로 내려가는데 걸어 올라오는 학생이 보였다. 생각조차 못했던 같은 반 이재순이 아닌가.

"방학 중이라 못 만날 줄 알았는데……"라며 그녀는 반갑게 내 손을 잡았다. 아침부터 서둘러 기차를 타고 기숙사까지 찾아온 것을 '그냥 보고 싶어서'라니……. 그리고 그녀는 집안 경제 사정이 어려워져서 새 학기부터 학비를 받을 수 없게 되었는데 마침 신학교에서 학비 면제로 받아 주겠다고 해서 그쪽으로 갈 생각이라는 말을 덧붙였다. 학교를 그만두면 다시 만날 기회가 없을 것 같아 마지막으로 보고 싶어서 왔다는 것이었다.

나는 그녀에게 해줄 말을 찾느라 애쓰다가 겨우 말했다.

"과장 선생님 댁에 가보자. 지도교수이신데 인사를 드려야지."

"난 그냥 아무도 안 볼 생각이었는데……. 이 사람 저 사람 만나면 미련만 더 생기잖아."

그녀의 눈시울이 촉촉이 젖어들고 있었다.

"넌 지금 관두면 안 돼. 너무 아까워. 데생도 정확하고, 작품에 너만의 특징이 있어. 정말이야. 계속 그려야 해. 너는 꼭 훌륭한 화가가 될 사람이야!"

학교 후문 가까이 있는 과장 심형구 선생님 댁까지 함께 걸어가며, 나는 내가 그녀에게 아무런 도움도 줄 수 없는 처지임을 잊고 있었다. 지금 그녀에게 필요한 것은 그림을 그만 두지 말라는 충고가 아니라 돈인데 말이다.

나 역시 누군지 모르는 독지가의 온정 덕분에 기숙사에 들어오게 된 것이 아닌가. 그리고 그분의 사정으로 장학금이 끊기게 되자, 당시 총장이시던 김활란 박사님과 사감 선생의 배려로 기숙사에 눌러 있으면서 사무실에 내려가 아무 일이나 닥치는 대로 열심히 하며 보람을 찾는 고학생이 아닌가.

과장님은 댁에 계셨다.

"재순이를 도울 길이 없을까요? 지금 미술을 단념할 수는 없잖아요."

"분납제도라도 있으면 좋으련만……." 하시며 한참 생각하시더니, 재순이에게 물어 보셨다.

"분납이 허락되면 그냥 다닐 수 있지?"

나는 그날 이후 재순이에게 그 일에 대해 묻지 않았다. 그리고 1949년 7월 우리 서양화과 일곱 명은 함께 졸업을 하고 각기 일터를 정해 흩어졌다. 일산이 고향인 재순이는 개성여자고등학교 미술교사로 들어가 기차로 통근을 한다고 들었다.

그리고 6·25가 터지고 온통 세상이 뒤집힌 동안, 나는 친구들의 소식을 모르고 살았다. 1·4후퇴 때 갓난아기를 안고 기저귀 가방 하나 달랑 들고 트럭 꼭대기에 끼여 앉아 서울을 떠났다가 1956년 봄에 세 아이의 엄마가 되어 돌아왔기 때문이다.

그런데 그 사이 이재순이 인민군에게 끌려가 총살을 당했다지 않는가! 이화여대를 졸업하고 간이역에서 통근하는 시골 여고 미술교사는 확실히 눈에 띄는 존재였을 것이다. 신학교에 갔더라면 아직도 학생일 테니 악마들의 주목을 받지 않았을 것을…….

나는 참회의 눈물을 주체할 수 없어서 여러 날을 두고 울었다. 왜 그날 마지막으로 보겠다며 기숙사로 찾아온 그녀를 과장 선생님 댁까지 데리고 간 것일까. 나는 그때 '신학교에 가서도 너는 잘할 거야'라고 한마디 격려를 해주고 그녀를 돌려보냈어야 했다. 그런데 내가 잘 해주는 척 나섰기 때문에, 결과적으로 친구가 그 끔찍한 죽음을 당하게 된 것이다. 나는 그 죄책감을

평생 가슴에 담은 채 살아가고 있다. 그해 여름, 꽃다운 나이에 이재순이 그
렇게 가고 말았다는 생각을 지울 수 없기 때문이다.

　나 때문에…….

Lotus Oil on canvas 2003

빚진 자

'이화' 하면 나는 '빚진 자'라는 생각부터 떠오른다.

해방 직전 총독부 명령으로 '이화'라는 이름을 버리고 경성여자전문학교로 바꾼 후 모집한 3년제 후생과에 입학하여 겨우 한 학기를 다니고 여름방학이 되어 고향에 다니러 갔는데 해방이 되자 공산치하가 되어 버렸다. 일시에 모든 것을 잃어버린 우리 집에 희망이라곤 없었다.

그런데 라디오를 통해 이화여자대학교로 재출발하여 미술과가 생겼다는 소식을 들었다. 화가가 되겠다는 일념으로 소련 군인들이 젊은 여자와 시계는 제 것으로 알던 때라 얼굴에 숯가루를 칠하고 타월 한 장을 머리에 쓰고 화물차에 뛰어올랐다.

'무작정 상경 시골 처녀'란 말이 바로 이런 경우를 두고 하는 말일 것이다. 그나마 다행인 것은 이부자리와 옷 등을 고스란히 기숙사에 두고 내려갔으니 어떻게든 38선을 넘어 기숙사에만 도착하면 살 길이 열릴 거라 믿었으므로, 앞날에 대한 두려움 같은 것은 전혀 없었다.

토요일 오후 천신만고 끝에 기숙사 현관에 들어서니, 사감이신 김옥길 선생님이 까만 눈동자를 반짝이며 반겨 주셨다.

"잘 왔어. 들어가 푹 쉬라우."

아무 말도 묻지 않고 방을 정해 주셨다. 그날 밤, 오랜만에 내 비단 이불에 포근히 감싸여 뜨거운 눈물을 얼마나 쏟았던지……. 이렇게 시작해 이화에서 지낸 4년은 근면과 극기와 순종과 결단, 그리고 감사의 연속이었다. 기숙사와 총장공관, 강의실을 다람쥐처럼 굴러다니며 그렇게 행복할 수가 없었다.

지금도 이화에 가면 예전의 나를 기억하고 있는 사람들은 나를 '도라쨩'이라고 부른다. 기숙사에서 일을 하며 갖게 된 별명인데, 그 당시 장안의 남녀 대학생치고 '도라쨩'을 모르면 가짜 학생이라고 할 정도로 널리 알려진 별명이었다.

졸업을 앞두고 김옥길 선생님 방에 갔더니, 선생님은 그때 도미 준비를 하시느라 밥상 위에 영어책을 펴놓고 공부를 하고 계셨다.

"졸업을 하면 꾸준히 영어 공부를 하도록 해. 학교를 위해 유학 준비를 해야 한다"고 선생님은 말씀하셨다.

"모든 것을 잃고 고생이 막심한 어머니가 불쌍해서 우선 취직을 하기로 했습니다."

나는 눈을 딱 감고 대답했다.

선생님은 나를 한참 동안 바라보시더니 말씀하셨다.

"그래. 우선 취직하라우."

졸업을 한 후 15년쯤 지난 어떤 날, 가만히 앉아 생각하다가 '나는 이화에

빚진 자'라는 생각이 문득 들었다. 언제나 명랑하게 콧노래를 부르시던 김활란 박사님, 직접 가르침을 받은 일은 없었으나 멀리서 뵙기만 해도 존경심이 들던 김애마 선생님, 해방 전 음악 시간에 음정을 제대로 못 잡는 학생들에게 애교 있게 꾸지람을 하시던 김영의 선생님, 4년 동안 선생님의 물감 박스를 빌려 주시고 물감을 나눠 주시던 심형구 선생님⋯⋯, 선생님은 돌아가셨지만, 사모님인 김자경 선생님과 여러 선생님을 우리 집에 모셔서 식사라도 대접하고 싶다는 생각이 불현듯 치밀어 당시 총장이던 김옥길 선생님에게 달려갔다.

선생님은 웃으시며 "시집가서 잘 살고 있으니 가정을 지키는 일도 이화인의 할 일"이라고 하셨다. 그리고 청이 있는데, 우리가 학교에 다닐 때는 계시지 않았던 서은숙 선생님도 모시자고 했다. 그날의 기쁨을 어떻게 표현해야 좋을지, 나는 마땅한 어휘를 찾을 수가 없다.

그간의 고마움과 죄스러움을 그 촌스런 밥상에 다 담을 수는 없는 일이어서 나는 행주치마를 두르고 분주히 들락거리며 진땀을 흘렸다. 선생님들은 그 자리가 편하셨는지 즐겁게 큰 소리로 웃으시며 많은 얘기를 나누셨다.

요즘 옛날 생각을 자주 하게 되는데, 그만큼 나도 나이를 먹었다는 것이리라. 남에게 해 되는 일은 하지 않고, 가능하면 큰 폐를 끼치지 않고 살아보려 애를 썼지만, 지금도 '이화'를 생각하면 큰 폐를 끼치고도 그 사랑을 여전히 갚지 못했다는 죄책감에 사로잡히지 않을 수 없다.

Pink Orchids Oil on canvas 1991

노란 우산

나는 7층으로 이사를 온 후 다운타운 쪽 창가에 서서 한참씩 밖을 내다보며 혼자 시물시물 웃곤 하는 버릇이 생겼다. 넓은 하늘에 삐죽삐죽 솟은 빌딩 숲은 제멋대로 세운 것 같으나 그런대로 균형이 잘 잡힌 듯도 하여 마음이 놓인다. 이곳에 살아서 행복하다. 그래서 공연히 웃고 싶어지나 보다.

새벽부터 내리던 가랑비가 이제는 제법 소리를 내며 쏟아지는데 창가에 서니 아찔하게 내려다보이는 저 밑의 보도 위로 노란 우산이 걸어가고 있다. 그래 참, 그때도 노란 우산이었지.

1946년 그날 아침, 을지로2가 뒷골목에도 비가 내렸고 현관 앞에 머물러 있던 노랑 우산은 내 이름을 부르고 있었지.

그 집은 38선을 넘어온 여대생 십여 명이 거처하던 곳으로, 비가 와도 우산 같은 사치품을 지닌 학생은 한 명도 없을 때였다. 그런데 어찌된 일일까? 골목 안을 환하게 비춘 노란색 우산을 2층 난간에서 내려다본 나는 깜짝 놀라 계단을 뛰어 내려왔다.

서양화과 친구인 정귀순이었다. 그녀가 왜 이런 곳에 나를 찾아왔을까? 비가 오는데……. 어두침침하고 꾀죄죄한 고학생 소굴에서 나를 확인한 그녀는 몹시 반가워하며 학교에 가자고 했다.

나는 그 전날 미술과 과장인 심형구 선생님 책상 위에 '휴학계'라고 쓴 종이 한 장을 놓고는 '이제 학교하고는 끝이다. 친구들을 다시 볼 일도 없겠지' 혼자 단단히 마음먹고 돌아섰는데, 그리고 오늘부터 나갈 일자리도 이미 정해 놨는데, 이렇게 이른 아침에 나를 찾아오다니….

"과장 선생님이 학교에 나오래. 나더러 아침에 들러 꼭 데리고 오랬어."

나는 "학교에는 못 가게 됐다"고 잘라 말하고 그녀를 돌려보낸 후, 새 일터로 떠났다. 비를 맞으며 광화문 근처까지 와서 두리번거리다가 제법 번듯하게 써붙인 '국립과학연구소'라는 간판을 쉽게 찾을 수 있었다.

미술하고는 전혀 상관이 없는 과학연구소에서 내가 무슨 일을 할 수 있었을까마는 모처럼 청구동 최 선생님이 힘써 알아봐 주신 직장을 나는 딱 하루 나가고 그만두게 되었다. 다음 날 아침 정귀순이 또 왔기 때문이다.

"과장 선생님이 오늘은 꼭 나와야 한대. 아주 좋은 얘기니까 안 나오면 안 된다고 하셨어."

그녀는 망설이는 내 손을 잡아끌고 전차 정류장까지 나왔다. 억지로 등을 밀어 전차에 태우고는 만족한 듯이 환하게 웃어 보였다. 참 좋은 친구다. 잘 정돈이 된 이목구비에 양쪽으로 땋아 내린 갈래머리가 잘 어울리는 아름다운 모습에 진솔한 태도, 거기에 데생 실력이 대단한 학생이었다.

과장실에 들어가니 대뜸 불호령이 떨어졌다.

"지도교수와 상의도 없이 빈방에 휴학계 한 장 던져놓고 사라지다니 이

해할 수 없는 행동이야! 학생의 처지를 짐작할 수는 있어. 나도 우에노_{上野} 미술학교 다닐 때 신문 배달, 우유 배달 닥치는 대로 일하며 겨우 오 전짜리 우동 한 그릇 사먹고 하루 종일 물만 마시며 데생에 몰두했었지. 그래도 희망을 가지고 열심히 공부했어. 미술이란 살을 깎는 아픔을 참아낼 수 있는 자만이 끝까지 갈 수 있는 길이야. 장난이 아니지. 그건 그렇고 아주 좋은 소식이 있어."

과장님은 많이 누그러진 목소리로 말씀하셨다. 김활란 총장님 앞으로 이 대생에게 장학금을 주고 싶다는 신청이 들어와서 인선 중이었는데, 오늘 결과가 나왔으니 짐을 챙겨 기숙사로 들어가란다.

'아니, 내게 이런 일이 일어나다니!'

갑자기 눈앞이 환히 트이며 몸이 하늘 높이 둥둥 떠올라가는 느낌이었다. 이렇게 기쁠 데가!

'그래, 내게 이런 기회를 주신 분들을 위해 최선을 다해 열심히 공부해서 훌륭한 화가가 되자' 다짐했는데, 그 후 60년을 계속했는데도 그렇게 되지 못하고 있는 것 같다.

비는 어느새 멎고 노란 우산도 어디론가 가버렸다. 나는 새삼스레 몸이 더 망가지기 전에 열심히 그려야지 다짐해 본다.

석양 20호 Oil on canvas 1987

내가 우는 까닭

금요일 저녁, 저녁식사를 한 후 우리 부부는 늘 하는 대로 카우치에 걸터앉아 TV 화면을 보고 있었다. 한국어 방송 8시 뉴스가 시작되었다. 그리고 "전 이화여자대학교 총장 김옥길 여사가……" 하는 비보가 흘러나왔다.

3주쯤 전에 뵈었던 까맣게 야윈 선생님 얼굴이 번개같이 머릿속을 스쳐 갔다.

"돌아가셨구나! 나 가봐야겠지?"

"그래야겠지. 그런데 좌석이 있을지……."

남편이 느릿느릿 대답했다. 그는 좌석이 없으면 어쩌나 하는 걱정보다 내가 또다시 한국에 다녀와야 할 상황이 되었으니, 어쩔 수 없이 은행 잔고를 따져 보고 있었는지도 모른다.

"나, 갈래. 걸어서라도 가야겠어!"

난 방바닥에 주저앉아 울음을 터트렸고, 그런 나를 남편은 난처한 듯이 물끄러미 바라봤다.

밤새도록 소리 죽여 울고 또 울었다. 선생님을 아는 사람들은 선생님의 부음을 듣고 저마다 '나야말로 울 이유가 있는 사람'이라고 생각하며 선생님과 함께했던 갖가지 기억을 되돌아보고 가슴 아파했을 것이다.

참고 있다가 한국 시간으로 아침 7시가 되었을 때 국제전화를 했다. 장례식은 월요일 아침 10시라고 했다. 전화로 떼를 써서, 직행은 아니지만 겨우 좌석을 한 자리 구하고 나니 떠나는 시각까지 네 시간밖에 남지 않았다. 아침에 나간 남편에게 다녀오겠다는 말도 전하지 못한 채 공항으로 나왔다.

꼭 끼는 좌석에 앉아 좌석 벨트를 매니 또 목이 메어 온다. 이러면 안 되는데……. 눈을 감고 등받이에 기댄 채 선생님과 처음 만나던 날을 떠올렸다.

기숙사로 들어가는 사무실 창문 앞에 커다란 가방을 들고 서 있는 촌뜨기 여학생을 보며 젊은 사감 선생은 까만 눈동자를 유난히 반짝이며 물었다.

"가나마쯔 히데꼬상 데쓰네?"

도대체 어찌된 일이지? 아무리 봐도 처음 보는 얼굴인데 내 이름을 알고 계시다니!

나중에 알고 보니, 기숙사 사감이었던 선생님은 이미 입학원서 사진으로 학생들의 이름과 얼굴을 다 익혀 두신 거였다. 더 놀랐던 건 그날 밤이었다. 전 기숙사생이 진眞관 사교실에 모였을 때 선생님은 미美관에서부터 차례대로 한 사람 한 사람 이름을 청산유수로 부르셨다.

마지막 한 사람 이름까지 어김없이 불렀을 때 우리는 손뼉을 치며 "와!" 하고 소리를 질렀다. 그러나 선생님은 얼굴 표정 하나 바꾸지 않고 다음 차례로 넘어갔다. 냉철함과 간결함의 극치라고나 할까? 우리는 첫날부터 기가 죽었다.

해방이 되고 목숨을 걸다시피 하며 38선을 넘어 기숙사로 돌아왔을 때도 선생님은 그 자리에 계셨다. 38선을 넘어온 학생들은 하나같이 등록금 때문에 마음을 졸일 때였는데 나는 등록금 걱정을 해본 기억이 없다. 쥐꼬리만 한 문교부 장학금과 조준호 장학금, 이젠 이름조차 잊어버린 다른 장학금들……. 그러나 내가 이대 졸업장을 받아 쥐고 감격의 눈물을 흘릴 수 있었던 것은 순전히 김옥길 장학금 덕분이었다.

하루는 사무실 앞을 휙 지나가는데 선생님께서 부르셨다. 이크! 웬일인가?

"김순련 이리 좀 들어와! 나도 학생 때 이런 일을 했는데 사무실에서 나 좀 도와줄 수 있겠어?" 하시는 것이 아닌가.

싫다 할 이유가 없었다. 그 시각부터 나는 선생님 앞자리에 앉아 닥치는 대로, 힘 자라는 대로 선생님께 도움이 되는 일이라면 어떤 일이든 기꺼이 했다. '도라짱'이란 별명도 그때 얻었다. 몸이 건강한 덕분이었는지 피곤한 줄도 몰랐고, 무엇이 그리 즐거웠는지 늘 웃고 다녔다.

한번은 취침시간인데 학생들이 웅성거리며 무섭다고 복도에까지 나와 야단들이었다. 여자들만 지내는 기숙사 바깥을 한밤중에 얼쩡거리는 무언가를 본 모양이었다. 사무실로 뛰어내려가니, 선생님은 벌써 혼자 현관문을 열고 나가시는 중이었다. 머리칼이 곤두서고 와들와들 떨렸지만, '에라, 죽기 아니면 살기다. 선생님도 가시는데……' 하며 용기를 내어 따라나섰다.

선생님이 개장 자물쇠를 열고 마구 날뛰며 짖어 대는 '진이', '선이' 개 두 마리를 풀어놓으니 말만 한 개들이 미친 듯이 숲 속으로 뛰어갔다. 선생님은 뒷짐을 지고 어둠 속을 쏘아보고 계셨다. 그때 선생님은 서른도 채 안 된

처녀였는데 그 모습이 그렇게 미더울 수가 없었다.

한번은 총장공관에서 무슨 행사가 있었는데 헬렌 선생님김활란 박사께서 영어로 콧노래를 불렀다.

"사과나무 아래에서 내일 또 만납시다……"라고 시작되는 사랑 노래였다.

나도 일본어로 알고 있었기에 3절까지 따라 불렀더니, 헬렌 선생님께서 "순련이는 일본말도 잘해"라고 하셨다.

해방 직후라 일본말을 삼갈 때여서 '너 배짱이 좋구나!' 하는 뜻으로 받아들일 수밖에 없었다. 송구스러워 움츠리고 있는데, 옥길 선생님이 "어디 쟤가 못하는 게 있어요? 도깨비지요"라며 내가 민망하지 않도록 다독여 주셨던 기억도 난다.

미국에서 구호물자가 오면 38선을 넘어온 우리에게는 그처럼 반가운 일이 없었다. 선생님은 면회실에 이리저리 늘어놓고는 학생들이 줄을 서서 들어가면서 한 가지씩 가지게 하셨는데, 준비 작업을 하는 나에게는 제일 먼저 고를 수 있는 특혜를 주셔서 언제나 그럴싸한 것을 얻을 수 있었다.

한번은 대마로 된 색 바랜 투피스가 감이 좋아 골랐다. 그리고 녹색, 보라색, 연분홍, 청색으로 가지가지 염색을 해서 얼마나 오래도록 즐기며 입었던지, 어떤 친구는 좋은 옷을 여러 벌 가졌다고 부러워하기도 했다.

비행기가 에어포킷에 걸렸는지 출렁하면서 쭉 빨려 내려간다. 현실로 돌아와 옷매무새를 가다듬는다. 불과 3주 전이었다. 병세가 이미 많이 기울어지신 것 같아 보였으나 나는 애써 명랑한 목소리로 말했다.

"선생님! 내년에 제가 올 때는 마구 뛰어다니셔야 해요!"

"그래, 내 마구 뛰어다닐게."

선생님은 공중에 매단 약병을 쳐다보시며 가느다란 목소리로 대답하셨다. 그때 쓸쓸히 웃으시던 모습이 아직도 눈에 선한데…….

장례식이 끝나고 삼우제도 지난 후 나는 LA로 돌아왔지만 아직도 일이 손에 잡히지 않는다. 내가 우는 까닭은, 선생님께 받은 사랑을 생전에 보답해 드리지 못하고 그 많은 사연을 가슴에 품은 채 마지막 날까지 뉘우치며 살아가야 하기 때문일 것이다.

어머니의 빨간 구두

할아버지
두만강
아버지날에
도피행
두문동
어머니의 빨간 구두
축구와 할아버지
어머니의 아들
이산가족 상봉과 삼촌
언니와 나
이런 결혼
우리 집
퍼레이드
그림의 추억, 설탕 한 봉지
어머님 전상서
나의 소망 나의 기도
6월에 떠난 사람

Cosmos Oil on canvas 1989

할아버지

첫 번째 얘기

내가 태어난 곳은 함경북도 중소도시에서 3킬로미터쯤 떨어진 시골 마을이었다. 읍에 있는 초등학교에 들어가자 네 살 위인 언니 손을 잡고 매일 걸어서 통학했는데, 전날까지 어머니 치마꼬리를 잡고 잠시도 놓칠세라 졸졸 따라다니던 내가 처음으로 또래 친구들이 생기게 되자 너무나 신나고 학교가 재미있었다.

그런데 한 가지 속상한 것은 아침마다 이상한 아이들을 만나게 되는 일이었다. 학교를 오가는 길에 넓은 채소밭이 있었는데 근처에 사는 아이들 몇이 나와서 우리를 향해 "일본 간나야~ 간나!여자아이를 욕하는 사투리"라며 합창하듯 소리를 지르는 것이었다.

무엇 때문에 욕을 먹어야 하는지도 모르면서 우리 자매는 손바닥에 땀이 배도록 서로 손을 꼭 잡은 채 앞만 보며 걸음을 재촉했다. 그 노릇을 일 년 동안 하루도 빠지지 않고 겪어야 했으니…… 처음에는 무서워서 곁눈질도 못했는데 그 아이들은 하나같이 얼굴에 땟국물이 꾀죄죄하고 저고리 앞섶에는 콧물이 말라붙어 번들거렸다.

당시 일본인들은 더러운 조선 사람을 노골적으로 경멸하고 싫어했다. 아마 그 동네 애들은 일본인으로부터 '기타나이더럽다'라는 말로 호되게 멸시를 당했음이 분명했다. 그러니까 일본 아이처럼 깨끗해 보이는 우리를 일본 아이들인 줄 알고 한풀이를 했으리라. 그 애들은 마음껏 목청을 돋우어 "일본 간나야~ 일본 간나야~"라고 말하며 얼마나 속이 후련했을까. 그러나 우리로서는 죽을 맛이었다.

내가 2학년이 되었을 때 할아버지, 할머니께서 시내에 큰 집을 사서 학교 다니는 손주들을 맡아 주셔서 그 지긋지긋하던 "일본 간나야~"라는 욕을 면하게 되자 정말 행복했다.

우리 어머니는 할아버지의 소신인 극일 정신을 받들어 딸들이 밖에 나가 일본 아이들에게 뒤지지 않도록 옷, 모자, 가방, 구두, 학용품 일체를 최고품으로 장만해 주셨다. 머리도 어른 이발관에 가서 '가리아게상고머리'를 시켰으니 일본 아이들 중에서도 상류층에 속하는 모습이었다. 어머니는 알뜰한 살림꾼이어서 평소에는 절약하고, 써야 할 데에는 아낌없이 쓰는 분이었다.

할아버지께서는 애국이니 독립운동이니 그런 말씀은 하지 않으셨다. 하지만 "비록 우리가 나라를 빼앗겼을망정 한 사람 한 사람이 정신을 똑바로 차리고 거짓말을 하지 않고 부지런히 일하며 무엇이든 일본인보다 잘하면 그들도 우리를 함부로 무시하지 못할 테니 그게 바로 일본을 이기는 길이라, 즉 '극일'이 된다"고 말씀하시던 것은 기억하고 있다.

돌이켜보면 우리 할아버지야말로 숨은 선각자셨다. 고향을 버리고 오는 사람들에게 거처를 마련해 주고 일거리를 주어 살 수 있게 해주셨다. 그리고 늘 말씀하셨다.

"가난하더라도 집 주위를 깨끗이 쓸고, 아이들을 잘 씻겨 주고, 좋은 옷은 못 입혀도 터진 옷은 입혀 내보내지 말아야 한다. 안사람이 부지런해야 한다."

나는 어렸을 때 할아버지의 말씀을 따라 밥 먹을 때 서른 번씩 꼭꼭 씹어 먹었는데 그 버릇이 아직도 남아 어디를 가든 제일 꼴찌로 수저를 놓게 된다. 할아버지는 큰 부자는 못 되었으나 도량이 넓은 분이었다. 읍에서 올라오는 신작로에 자비로 가로수를 심고 마을로 들어오는 길 양쪽에 개울을 파 물고기를 노닐게 해서 오가는 사람들에게 즐거움을 주셨다.

할아버지는 마을 어귀에 2000평쯤 되는 옥수수밭을 갖고 계셨는데, 아예 남들이 다 따먹게 했다. 한번은 초등학교에서 소풍을 갔는데, 선생님에게 귀뜸을 하여 돌아오는 길에 옥수수밭에 들르게 하셨다. 삼사백 명이나 되는 아이들이 선생님의 구령에 맞춰 와~ 하고 달려들어 쑥밭을 만들었는데, 할아버지께서 만면에 미소를 띠고 바라보시던 모습이 눈에 선하다. 그 밭은 땅이 좋아 장정 팔뚝만 한 찰강냉이가 진짜 꿀맛이었다.

그뿐만이 아니었다. 봄가을에는 소를 잡아 일꾼들에게 갈비 파티를 해주셨고, 여름에는 국수틀을 빌려 냉면 잔치를 하던 일이 생각난다. "우리가 서로 다독거리며 챙겨 주고 자중하여 저들 눈에 거슬리는 일을 삼가고 부지런히 일하며 자식들을 제대로 가르치면 좋은 날이 반드시 온다"고 하던 우리 할아버지는 나름대로 마음껏 잘 사시다가 1941년에 영영 눈을 감으셨다.

해방이 되고 할아버지의 자손들은 무질서한 세력에 밀려 모든 것을 잃게 되었다. 할아버지 생전에 독립운동하는 데 적지 않은 자금을 댄 사실이 장부에 적혀 있다는 말을 전해 듣긴 했지만, 우리는 그곳에 희망을 걸 수 없었으므로 38선을 넘었다.

독립운동 자금을 댔으니 당당하게 살 거라며 북쪽에 남은 백부님할아버지의 장남이 아오지 탄광에 끌려갔다는 소식을 풍문으로 들었지만, 사실 여부는 알아볼 방도가 없다. 육십 년이 지난 지금 고향은 어찌 변했을까? 가슴이 저려 온다.

두 번째 얘기

할아버지께서 고향인 함경남도를 떠나게 된 것은 만세운동에 가담한 차남, 즉 아버지 때문이었다. 아버지는 함흥 영생고보를 졸업하고 3·1운동이 일어나자 같은 고보 출신인 선배의 권유로 함흥 지역 비밀 멤버로 가담하게 되었다고 한다.

궐기대회를 위한 준비를 다 해놓고 당일 시간에 맞춰 입추의 여지 없이 함흥극장에 모여 막 독립선언문을 낭독하려는 순간, 완전무장한 일본 헌병들이 창문으로부터 일제사격을 하는 바람에 극장 안은 삽시간에 아수라장이 되고 말았다.

아버지는 재빠르게 튀면서 소리를 질렀다. "뒤쪽으로 뛰어라! 일본 헌병에게 죽지 말자!" 많은 사람들이 쓰러졌으나 무사히 그곳을 빠져나온 아버지는 북으로 북으로 길 없는 길을 달렸다. 그리고 4년 동안 죽은 사람처럼 살아 있었다.

그 사건의 지도자는 무사히 상해로 도망가 임시정부 관계자의 도움을 받아 미국으로 건너가 공부해 유명한 학자가 되었다. 그분이 《초당Grass Roof》이라는 책으로 잘 알려진 고 강용흘 박사이시다.

함경북도 생기령 탄광에서 광부가 되어 있는 차남을 4년이나 걸려 찾아낸 할아버지는 비장한 각오로 고향을 떠났다. 모든 일에 뛰어나고 모범적인 청년, 가문의 자랑이던 차남은 4년 동안의 유랑 생활로 완전히 망가진 인생길을 걷고 있었다. 사고무친의 외지, 거친 광부들 틈바구니에서 언제 관헌의 손길이 뻗칠지 모르는 불안감에다 오직 생명만을 이어가는 외로움 속에서 위로가 되는 것은 여자와 도박뿐이었던 모양이었다.

할아버지는 수렁에 빠진 차남의 이름을 바꾸고 전혀 연고가 없는 함경북도로 근거지를 옮겨 일가족의 과거를 완전히 묻어 버렸다. 참으로 용기 있는 결단이라 하겠다. 그러나 3·1 운동의 회오리 속에서 풍비박산이 된 한 사람의 불행한 과거사일 뿐, 이제 와서 누구를 탓하랴? 아버지는 그때 얻은 버릇을 평생 못 버리셨다.

할아버지께서는 서당에서 교육받은 세대인데도 일본어를 유창하게 잘하셨다. 나는 미국 와서 삼십여 년을 살았어도 말 때문에 안타까울 때가 많은데 그럴 때마다 할아버지 생각을 하게 된다. 할아버지는 그 나라 말부터 잘해야 떳떳하게 살 수 있다는 진리를 깨닫고 계셨음이 분명하다.

어느 해 봄 연례행사로 벌이는 굿판이 온 동네를 뒤흔들며 닷새째가 되었는데, 지서 주임이 나타났다. "미신 타파를 하라는 명령이 내려왔는데 협조해 달라"는 거였다. 할아버지는 "이틀만 더 하면 끝날 것이고, 소리를 덜 내도록 조심하겠다" 하시고는 일곱 명이나 되는 춤꾼들을 가리키며 말씀을 이었다.

"이 사람들은 이 일이 직업이니 내가 이 일을 안 시키면 굶게 될 겁니다. 그리고 구경꾼들은 내 집에 온 손님들이니 함께 즐거움을 나누려는 것뿐입니다. 불온한 모임은 아니니 안심하시오. 날짜는 꼭 지키리다."

유창한 일본어였다.

"이틀만 더 하면 되지요?"

다짐을 받고 나서 지서 주임은 할아버지에게 경례를 부치고 자전거에 올라탔다. 평소 모범적인 분이니 믿어 보자는 생각이었던 모양이다.

1936년 독일 베를린에서 올림픽이 열렸다. 할아버지는 매일 신문을 소리 내어 읽으며 올림픽을 즐기셨다. 마지막 날 양정고보 학생인 손기정 선수가 1등으로 들어왔다는 기사가 실린 〈동아일보〉를 들고 어쩔 줄 모르시며 손자들에게 소리쳤다.

"조선 사람이 우승을 했어. 3등인 남승용도 조선 사람이야."

며칠 후 할아버지는 고물 궤짝 맨 밑바닥에서 누렇게 된 흰 광목천을 꺼내어 펴보이시며 "우리 대한 나라 국기란다" 하셨다.

할아버지께서는 고향과는 완전히 차단된 생활을 하셨으나 어느새 사람을 시켜 선산에 묻힌 선조의 뼈를 거두어 옮겨놓으셨다. 그래서 일 년에 두 번 가던 성묘는 우리의 큰 즐거움이었다. 며칠 전부터 일꾼들은 떡을 치고 며느리들은 음식을 만드느라 바빴다. 당일에는 달구지 서너 대에 넘치도록 음식을 싣고 농군들이 앞장을 섰다. 선산은 꽤 먼 곳에 있었지만 산세가 아름다워 즐거웠다.

제사가 끝나면 할아버지는 떡 함지를 바위 위에 놓고 하늘을 향해 "새들아, 떡 먹어라~" 소리 지르며 떡을 던져 주셨다. 함지를 몇 개씩 비우며 하늘에 던진 후, 큰 바위 밑구멍 앞에도 떡 함지를 놓아두셨다. 나는 금방 뱀이 혀를 날름거리며 나올 것 같아 몸을 떨었다. 그다음은 사람들 차례였다. 농군들을 사방에 보내어 눈에 띄는 사람은 모두 불러다 큰 잔치를 벌이며 즐거워하셨다.

돌아오는 길에는 빈 달구지에 할아버지와 할머니, 손자 손녀들이 탔다. 어느새 해는 기울어져 가고 검푸르게 다가오는 울창한 숲을 가리키며 할아버지는 힘차게 말씀하셨다.

"저것이 다 너희들 것이다. 저곳에서 나무 하는 사람도, 산채를 캐는 사람도, 다 우리 산을 바라보고 살고 있으니 우리 가족과 같다."

해방이 되고 모든 것이 남의 것이 되리라고는 그땐 아무도 몰랐다.

1941년 할아버지 장례식 날, 솔솔 바람이 불어 발치에 선 내 코를 건드렸다. 덜 마른 오징어를 구울 때와 같은 냄새였다. 할아버지의 마지막 체취라 생각하니 눈물이 왈칵 쏟아졌다. 내가 진정 흠모하고 존경하던 할아버지와의 작별이었다.

말섬에서 A 53.0 x 45.5cm Oil on canvas 1992

두만강

외할머니가 돌아가셨을 때 함경남도 외가에서는 사위 이름이 바뀐 것을 몰랐으므로 전보를 치고 기다려도 소식이 없자, 여러 날이 지난 후 할아버지 앞으로 소상하게 적은 편지를 보내왔다. 그제야 부고가 배달되지 않았다는 것을 뒤늦게 알게 되었다. 어머니는 무척 슬퍼하시며 17년 만에 친정 나들이를 하셨다.

내가 글을 알게 된 후 뒷방에 쌓여 있는 책 중에서 《메이지대학 강의록》이라는 책표지를 보게 되었다. 아버지는 그렇게 독학으로 토목건축을 공부해 토목건축기사로 꽤 실력을 갖추셨던 것으로 안다. 만세사건 전력을 지워 버리고 살아가려니, 해방이 될 때까지 마음이 편치 않으셨던 것 같다.

초등학교 2학년 때, 할아버지께서는 시내에 집을 사서 기숙사라며 우리를 맡아 주셨다. 그리고 여름방학이 되자 5학년인 언니와 나는 부모님을 만나기 위해 공사 현장에서 보낸 청년을 따라 기차를 탔다.

우리는 '무산'이라는 작은 역에서 내려 꽤 먼 거리를 걸었다. 동네를 벗어나 내 키보다 더 자란 풀밭을 가르며 앞만 보고 열심히 걸었다. 그 길이 다한 곳에 희뿌연 강물이 넘실거리고 있었다. 청년은 "큰비가 온 후라 물이 더러워졌다"며 "이 강이 두만강"이라고 했다.

두만강은 생각보다 넓지 않았다. 건너편 만주 쪽은 시커먼 바위산이 깎은 듯이 절벽을 이루고 그 꼭대기에 박힌 소나무들이 무성하게 그늘을 드리워 강폭을 반이나 점령하고 있으니 8월 초인데도 오싹할 정도로 추웠다.

우리는 기다란 나무배에 올랐다. 청년과 뱃사공은 앞뒤에 서고 언니와 나는 담요를 두르고 가운데 꼭 붙어 앉았다. 큰 나무들을 엮은 뗏목도 유유히 지나가고, 작은 목선들은 쉴 새 없이 끼어들면서 손을 흔들며 지나갔다. 그날은 두만강이 바쁜 편이라고 했다. 담요를 쓰고 잠이 들었던 우리는 배가 출렁하는 바람에 눈을 떴다. 저녁놀이 타는 선착장이었다.

근래에 "밤에 두만강을 건너왔다"는 탈북자들의 말을 들을 때마다 그날 일을 떠올리게 되는데, 70년이나 지났으니 산세도 지형도 많이 변했지 싶다.

김정구의 '두만강 뱃사공'이란 노래를 나는 즐겨 부르곤 한다. 그런데 사실인즉 내 머리 속의 두만강은 푸른 물도 아니고, 그리는 옛 님도 없다. 하지만 한 가지, 그날 밤 두만강가의 초가집에서 있었던 일을 아직껏 잊지 못한다. 초등학교 2학년인 나에게는 너무나 큰 충격이었다.

창 밖에서 냄비를 두드리는 소리가 났다. "마적단이 왔다!" 외치며 누군가 동네 한복판을 달려갔다. 어머니는 재빨리 방 한구석에 있는 속은 비어 있는 큰 옷장을 밀어내고 벽에 붙은 쪽문을 열고 언니와 나를 밀어넣은 다음, 자신도 얼른 들어왔다. 뒤에 누군가가 옷장을 다시 밀어붙이는 소리가 들렸다.

조그만 호롱불이 타고 있을 뿐 '바삭' 소리라도 날세라 숨을 죽이고 있으려니 가슴이 답답했다. 그런데 언니의 창백한 얼굴을 건너다보니 더 무서워져서 나는 어머니의 허리를 꼭 안았다.

"엄마, 마적단은 도둑놈들이야?"

"말을 타고 떼 지어 나타나니 마적단이 왔다고 소리 지르지만, 이곳 사람들이 말해 주는데 두 가지라 하더라. 중국 산적과 조선 독립군……."

"독립군이 뭔데?"

그날 밤 나는 생전 처음으로 김일성 장군이라는 이름을 들었다.

"우리나라가 약하니까 일본이 깔보고 먹어 버렸어. 억울하지만 보통 사람들은 할 수 없지 하고 그런대로 살고 있는데, 단념하지 않고 나라를 찾기 위해 싸우고 있는 사람들이 저 두만강 건너에 있대. 저쪽은 땅이 아주 넓고 산에 나무도 많아. 몸을 숨기기 위해 그쪽에 있지만 가끔 이쪽으로 말을 타고 몰려온대. 대장은 일본 육군사관학교를 나온 김일성 장군인데 만주로 도망 와서 독립군을 만들고 동에 번쩍, 서에 번쩍 대단한 분이라더라."

나는 육군사관학교가 뭔지 궁금했다. 5학년 언니의 설명인즉 "일본에서 제일 씩씩하고 똑똑하고 건강한 학생들이 공부하고 장교가 되는 학교"란다. 나는 훌륭한 학교를 나와 장교까지 된 사람이 나라를 찾겠다고 모든 것을 버리고 나섰다는, 그리고 언제나 백마를 타고 나타난다는 그 김일성 장군을 한번 보고 싶었다.

해방 후 일설에 의하면 2차 대전 말기에 일본 특무대에 잡혀 처형되었다고도 하고, 소란이 만만치 않을 것 같으니 김성주 쪽을 택하고 없애 버렸다고도 했는데 그 진상을 안다고 나서는 사람은 없었다.

해방이 되자 소련 군함을 타고 원산 부두에 내린 서른 살을 갓 넘긴 애송이 김일성은 "인민에게 고깃국과 이팝을 먹이는 것이 소원"이라며 50년이나 버틴 보람도 없이 아들 땜에 죽었다는 소문만 남기고 갔다.

　아직도 두만강은 흐르고 있겠지.

소띠 해에 18 x 24cm Oil on canvas 2004

아버지날에

　나는 신변잡기를 통해 아버지를 미워하며 어머니를 울린 나쁜 남자라고 악평을 늘어놓곤 했다. 그런데 아버지날이 가까워 오는 요즘 가만히 돌이켜보니, 우리 아버지도 그런대로 괜찮은 남자였구나 싶어지니 무슨 조화일까?

　그때가 몇 살쯤이었을까. 나는 설빔을 차려입고 커다란 벼루에 먹을 갈고 있었다. 아버지는 큰 붓으로 내가 갈아놓은 먹물을 푹 찍어 기다란 한지에 내가 모르는 말을 한문으로 쫙 내리쓰셨다. 할아버지 할머니 이웃어른들 큰아버지 삼촌들까지 주위를 둘러싸고 탄성을 지르며 지켜보자, 아버지는 신이 나는지 새 종이를 갈아대며 계속 쓰셨다. 나는 먹물이 새옷에 튈세라 조심하며 열심히 갈아도, 먹물이 금방 동이 나는 바람에 많이 혼났던 기억이 난다.

　정초가 되면 '입춘대길'이니 '가화만사성'이니 써서 기둥이나 대문에 붙였는데 우리 일가뿐만이 아니라 동네 어른들도 구경 와서 글을 받아 가시곤 했다. 아버지는 기분이 내키면 사군자나 문인화에도 곧잘 손을 댔다.

어머니더러 미닫이에 바늘로 꽂아 걸어 보라 하고 몇 발짝 떨어져 눈을 가늘게 뜨고 바라보며 "어때 산이 움직이는 것 같지 않아? 저 새들은 살아서 날아가는 것 같지?" 하고 동의를 구하면 어머니는 진짜로 그렇게 느끼는지 고개를 끄덕이며 미소를 지었다.

밤중에 자다 깨니 옆방에서 도란도란 이야기 소리가 들려왔다.

"바보같이 또 운다."

아버지 목소리에 이어 어머니가 말씀하셨다.

"아니 이제 안 울 테니 계속 읽어요. 너무 재미있어요."

나란히 편 이불 속에서 언니는 푹 잠이 들었고, 나는 숨을 죽이고 아버지의 책 읽는 소리를 엿듣고 있었다. 《상록수》라는 소설이었다. 그해 겨울 나는 《상록수》와 《사랑》을 통달하였다. 그리고 어린 나이에 알 필요가 없는 작가 이광수의 부인이 여의사이며 그들이 어떻게 만났다는 얘기까지 들었다.

아버지는 술을 못 하셨다. 기생집에서 흐드러지게 놀고 비틀비틀 몸을 제대로 가누지 못하면서도 집에 들어서기 무섭게 노래를 부르며 팔을 벌려 너울너울 춤을 추셨다. 그 모습이 나는 참 재미있었다. 그래서 다음 날 온 동네를 뛰어다니며 아버지 흉내를 내곤 했다.

"띠띠리 띳띠 띠띳 띠띠 띠띠띠띠 띳띠띠리 띠띠~ 나물 먹고 물 마시고 팔을 베고 누웠으면 대장부 살림살이 이만 하면 넉넉하리~."

어른들은 허리를 잡고 웃으며 지나갔고, "그런 나쁜 노래를 애들이 부르면 안 된다"고 어머니가 달려나와 야단을 치셨다. '뭐가 나쁜 말일까? 그래, 대장부란 말이 나쁜 말인가 보다.' 나는 다시는 그 노래를 부르지 않았다.

언니는 꽃이 달린 고운 가방을 메고 유치원에 다녔는데, 나는 유치원에 못 갔다. 그 대신 또래 아이들보다 어른과 노는 것을 좋아했다. 유치원에는 별로 관심이 없었지만 고운 유치원 가방은 메고 싶었는데, 집안어른들이 "계집애가 너무 까져서 안 되겠다"며 일부러 나를 유치원에 보내지 않았다고 한다. 나는 글도 모르면서 언니 책을 그림만 보고 한 자도 안 틀리게 줄줄 읽는 이상한 애였다고 한다.

우리 아버지는 김활란 박사의 대단한 팬이었다. 내가 철이 들자 김 박사의 기사가 난 잡지나 신문을 모아 내게 주시며 "이담에 크면 김활란 박사같이 돼라"고 말씀하셨다. 그 사진들은 하나같이 머리를 짧게 자르고 동그란 얼굴에 까만 동그란 테 안경을 낀 모습이 꼭 스님같이 보였다. 그러나 감히 그 말을 입 밖에 내본 일은 없었다.

해방 후 미술과에 다닐 때 오전 강의가 끝나면 전교생이 채플실에 모여 예배를 드렸다. 그때 설교하시는 김활란 박사님의 모습을 스케치하고 '이화암 주지 활란 보살지도'라 화제를 붙여서 사인으로 내 얼굴을 그려 넣고 옆으로 주면, 돌고 돌아 어디까지 가는지 키득키득 웃음을 참는 소리가 사방에서 들려왔다. 내가 그런 짓을 하고 킥킥대며 좋아했던 사실을 아버지가 아셨더라면 얼마나 실망하셨을까?

결혼 날짜가 다가왔을 때 연락할 방도가 있었는데도 어머니는 완강히 아버지께 연락하는 것을 반대하셨다.

"아버지라고 네게 해준 게 뭐냐? 네 힘으로 공부했고 교사가 되어 동생 공부까지 시키며 지금껏 우리를 살리고 있는데. 다 네 아버지가 해야 할 일 아니겠니? 무슨 낯을 들고 신부 팔을 끼고 들어가!"

결국 나는 꽃다발을 안고 혼자 천천히 걸어 들어갔다.

며칠 후 갱지 두 장에 시원한 달필로 갈겨쓴 아버지의 편지가 날아왔다.

"허랑방탕한 인생을 보낸 죗값으로…… 설한풍 휘날리는 다리 난간을 붙잡고 한없이 통회의 눈물을 흘리며……."

이런 대목이 기억난다. 다분히 신파조인 이 편지는 내가 아버지에게 받은 처음이자 마지막 편지였다.

연A Oil on canvas 1991

도피행

3·1절이 오면, 어디서 언제 가셨는지 어느 땅에 묻혔는지도 모르는 아버지를 많이 생각하게 된다. 늙어 손이 마르고 기운이 빠져 쓸모없이 된 후, 첩의 집에서 쫓겨나 아픈 다리를 끌고 칫솔 한 개만 달랑 들고 나타난 노후의 아버지, 그 참담한 모습과 그런 남편을 눈물로 기도하며 용서하고 부지런히 돌보시던 어머니의 모습. 건강이 회복되니 거기서 난 아들이 보고 싶다고 어느 날 홀연히 없어진 아버지를 어머니는 돌아가실 때까지 용서하지 못하셨던 것으로 안다.

아버지는 함흥 영생고보 졸업반이던 때, 겨울방학에 귀성하여 어머니와 결혼식을 올렸다. 그리고 사흘 만에 학교로 돌아갔는데, 그 후 4년 동안 가족에게 소식을 전하지 않았다. 함남지구 3·1만세 운동 조직에 가담해 활동하다가 막판에 일본 헌병의 습격을 받고 구사일생으로 도주에 성공, 함북 '생기령' 탄광 광부가 되어 죽은 듯이 숨어서 4년을 지냈기 때문이다.

진실하고 똑똑하고 예의 바르고 나무랄 데 없다던 신랑은 거친 광부 생활에 엉망으로 망가졌다. 그늘진 곳만 찾아다니며 돈을 물 쓰듯 하고 여색과 도박에 빠져 내일이 없는 사람처럼 자포자기해 막가는 인생길을 가고 있었다.

어머니는 그런 남편을 받들고 살았다. 남 보기에는 명랑하게 행복한 듯이 꾸미며 지내다가 혼자 계실 때 울곤 하셨다. 어린 시절 밤중에 어머니가 뜨개질을 하시며 눈물 흘리는 모습을 나는 여러 번 봤다. 어머니는 솜씨가 좋아서 어머니가 떠준 모자나 스커트를 입고 나가면 백화점에서 샀느냐고 물어 보는 사람도 있어서 기분이 좋았다. 아버지가 안 들어오시는 날이면 밤을 새워 스웨터 한 벌을 뜨기도 했다.

나는 아버지가 어머니를 울리는 나쁜 남자라는 생각만 하며 자랐다. 좋았던 일을 억지로 찾아본다면, 서울 출장에서 돌아오는 길에 주을온천에 들러 '라디움만쥬'를 사다 준 정도일까? 어머니 추측에 의하면, 그것 또한 기생들과 놀기 위해 온천장에 들러 사왔을 것이라고 내가 다 큰 후에 들려주셨다.

요새 명품 좋아하는 사람을 보면 아버지 얼굴을 떠올리게 된다. 그 당시 큰 배에 실려 들어왔다는 뜻의 '하꾸라이 힝'은 주로 영·불제 고급품인데 아버지는 전신을 하꾸라이로 감고 다녔다는 표현이 맞을 것이다. 한국 남자 치고는 콧날이 오똑 서고 잘생긴 외모에 홀려 여자들이 많이 따랐다. 그리고 겨울이면 도박에 빠져 집에 들어오는 날이 별로 없었다.

한번은 설이 되어도 돌아오지 않는 남편을 참다 못해 나더러 "아버지 모시러 갔다 오너라"고 하셨다. 어머니가 시키신 대로 어떤 집에 가서 문을 여니, 담배 연기가 자욱한 방 한가운데 마작 상이 있고 둘레에 몇 사람이 앉아 있는데 아버지 무릎에 예쁜 젊은 여자가 앉아 같이 마작을 두고 있었다.

불시에 나타난 나를 본 아버지는 몹시 당황해 화난 얼굴로 명령했다.

"바로 들어간다고 해라!"

집에 돌아온 나는 여자 얘기는 빼고 어머니에게 보고를 했으나, 아버지는 그날 밤에도 돌아오지 않았다. 다음 날 느지막이 돌아온 아버지가 "어린 것을 보내어 못 볼 걸 보게 했느냐!"며 어머니를 꾸짖는 것을 옆방에서 들었다. 나는 '우리 아버지는 나쁜 남자다. 엄마가 너무 불쌍하다'며 울었다.

여학교 1학년 때 우리 일가는 청진으로 이사했다. 큰아버지께서 집 네 채를 나란히 짓고 한 대문 안에 4형제 식구들이 다 함께 모여 살게 되었는데 우리 집에 이상한 일이 벌어졌다. 한 젊은 여자가 "아들을 낳아 줄 자신이 있다"며 들어왔는데 아무도 말리지 않았다. 엄격하신 할아버지까지도 못 본 척하며 나무라지 않으셨다. 어머니는 당신이 아들을 둘이나 낳고도 못 키운 죄로 함께 살자고 허락했다고 한다.

그리고 그 여자에게 살림을 맡기고 정지방^{부엌방}을 내주었다. 한집에 두 여자가 살림을 가지고 싸우는 격이 되니, 자신이 물러서는 게 도리라고 여긴 모양이지만 우리는 끼니때 밥이나 얻어먹는 손님 같은 존재가 돼버렸다. 언니가 동경 유학을 떠난 뒤로 나는 하루하루가 지겨웠다. 어른들이 밉고, 울기만 하는 어머니도 싫었다. 그 여자랑 같은 물속에 들어가기 싫어 공동목욕탕으로 갔다. 점점 이상한 애로 변해 가는 자신을 느끼면서도 어쩔 수 없는 나날이었다.

그러던 어느 날, 아버지와 마주앉아 이야기를 나누게 되었다. 그날 처음으로 '3·1만세 운동'이란 낱말을 들었다. 아버지는 총탄을 피해 뛰는 순간 발길을 어느 쪽으로 돌리느냐에 따라 운명이 달라졌다며 강용흘 박사 이야기를 했다.

"강 선배는 나를 끔찍이 아껴 줬는데 이 길이냐 저 길이냐 찰나의 선택이 한쪽은 미국 교수이고 나는 평생 도피행이라니……."

나는 그날 이후 아버지를 미워하지 않기로 했다. 이 나라에 태어난 아버지의 슬픔이 가슴에 찡하게 전해져 왔기 때문이었다.

Yellow Field Oil on canvas 2007

두문동

내가 어렸을 때 어른들 대화 속에서 '두문디-'라는 낱말을 가끔 들은 기억이 난다.

"에구- 영 두문디- 라이 쯧쯧······."

내 고향 사투리로 세상물정을 잘 모르는 사람, 혹은 남의 말귀를 잘 알아듣지 못하고 어물어물대는 사람을 두고 답답해 죽겠다는 투로 내뱉는 말이었다.

'두문디-'가 '두문동'에서 나온 말이라는 것을 안 것은 내가 열네 살 때였던 것 같다. 당시 종주국이던 일본은 식민지 국민들에게 각자의 성씨를 버리고 일본 성과 이름을 지어 부르라고 명령을 내렸다. 창씨개명을 하라는 일본 정부의 명령은 절대적인 것이어서 아무도 거역할 수 없었으니 어른들은 모여 앉았다 하면 머리를 맞대고 고민을 할 수밖에 없었다.

어떤 이들은 멋들어지고 세련된 일본 이름을 제대로 만들어 쓰기도 했지만, 대부분의 사람들은 자신들의 근본은 죽어도 버릴 수 없다는 생각이 우선이었다. 그래서 일본식으로 불러도 그런대로 무난히 발음을 할 수 있도록 자기 성에 글자를 하나 더 붙여 만든다든지, 혹은 본관을 일본식 발음으로 불러 성씨로 쓴다든지 저마다 머리를 짜냈다.

별의별 성씨들이 다 쏟아져 나왔다. 나는 해방이 될 때까지 오 년 동안 '김송영자金松英子'라는 이름으로 살았다. 그런데 왜 하필이면 '김송金松'이냐는 것이다. 나는 그때 처음으로 우리 개성 김씨 집안에서 오랫동안 금기로 되어 있던 사실을 삼촌으로부터 듣게 되었다.

우리 선조 할아버지가 '두문동 72인' 중의 한 분이었다고 한다. 두문동이 뭐냐고 했더니 고려가 망할 때 충신 72명이 개성 밖 두문동이라는 데 모여 항거하다가 이씨 조선을 세운 이성계에게 몰살당했는데, 우리 선조 할아버지는 용케 피신하여 함경남도 북청 월근대라는 깊은 산속에 숨어들어 세상과 완전히 등지고 아무도 모르게 사셨다는 것이다.

삼촌의 얘기로는 개성에서 흘러온 김씨이기에 본관을 '개성'이라 했고, 개성을 송松이라고 불렀으니 송松 자를 따서 '김송金松'이라 창시했다고 한다.

요사이 TV에서 〈용의 눈물〉이라는 드라마를 재미있게 보고 있는데, 나는 오랫동안 까맣게 잊고 있던 우리 가문의 비밀스럽고 ─ 지금은 비밀이라고 할 수 없지만 ─ 슬픈 이야기가 자꾸 머리에 떠올라 코허리가 시큰해지는 걸 애써 참곤 한다.

나라를 빼앗으려는 세력에 끝까지 지조를 굽히지 않고 항거한 충신의 혈통이라는 긍지보다 몇 대를 두고 깊은 산 속에 숨어 사느라 세상물정을 몰라 '두문디─'라고 손가락질을 받으며 이를 악물고 살았을 선대의 일을 떠올리다 보니, 어쩐지 가슴 한복판이 아릿해 오는 것을 어찌하랴.

1945년, 해방된 직후 선조의 땅을 찾아 함경남도까지 피난을 가신 큰아버지를 뵙기 위해 북청 월근대에 간 일이 있었다. 하루 종일 울창한 숲 속을 헤치며 한 줄기 오솔길을 걷고 또 걸었다. 첩첩산중을 계속 걸어 들어가는데 얼마나 걸었을까? 칼로 깎은 듯한 절벽이 치솟아 있고, 하늘 끝까지 노송이 검푸르게 덮여 있었다.

그 산등성이에 발끝을 멈췄을 때 눈앞에는 널따란 벌판이 누렇게 익은 벼 이삭을 빽빽이 담은 채 파도치고 있었다. 장관이었다. 바로 한 발짝 뒤에서 이런 광경을 상상이나 했으랴!

그곳이 바로 북청 월근대였다. 고려 충신인 개성 김씨 단 한 성씨만이 들어와 고고한 선비정신의 대를 잇기 위해 주경야독하며 숨죽이고 살았다던 곳, 당시 동경 유학생이 백 명이 넘는다던 '두문디-' 마을이 바로 거기였다.

생억지로 '나는 일본인'이라 생각하며 살 것을 강요당하던 때라 내 나라 역사 같은 것은 배운 적이 없고, 고려 충신의 핏줄이라는 삼촌의 설명도 쉬쉬하며 들었으니 내가 알고 있는 '두문동' 이야기는 내용이 너무 빈약하다.

정사正史에는 '두문동 72인' 중 세 분의 이름만 나와 있다 하니 우리 선조 할아버지를 포함한 나머지 69명은 어떤 분들이었는지 궁금하기 짝이 없다. 누군가 야사野史에 밝은 분이 계시면 이야기를 한번 들어 보면 좋겠다.

빨간꽃 Oil on canvas 1991

어머니의 빨간 구두

구두 가게 앞을 지나다가 빨간 구두가 눈에 띄어 발을 멈췄다. 내가 어렸을 때 우리 집 신발장 한구석에 늘 그 모양으로 처박혀 있던 어머니의 구두가 생각났기 때문이다.

당시 '기또 구두'라고 부르던 새끼염소 가죽으로 지은 아주 보드라운 그 구두를 어머니가 신고 나서는 모습을 나는 한 번도 본 일이 없었다. 어른 손으로 한 뼘은 실히 되는 높은 굽에다 앞코가 인두 모양으로 뾰족하게 빠진 새빨간 기또 구두. 아무리 보아도 어머니의 모습하고는 영 어울리지 않는 사치스런 고급품이라 무언가 사연이 있을 듯하여 궁금했었다.

1945년 8월 초순경이었던가? 소비에트 연방군이 소만 국경을 돌파, 우리가 사는 함경북도 해안선을 향해 남하하고 있었다. 청진 시민들은 피난 보따리를 싸서 더러는 땅에 묻고, 이고 지고 버리고 날뛰었다. 일본이 지고 있는 것은 눈치로 짐작하고 있었지만 소련이 내려올 줄은 몰랐었다. 어머니는 알뜰한 것만 당신이 챙기고 나더러 쓰레기들을 모아 묶으라고 하셨다.

"엄마, 이 빨간 구두 아직 새 건데 버려요?"

"그래 버려라!"

나는 헌 양말 꾸러미랑 한데 묶어 지하실에 던져 놓으면서

"엄마, 저 구두 엄마가 신으려고 샀어? 진짜 신으려고?"

하고 물었다.

"으응, 네가 어렸을 때 니네 아부지가 사왔더라. 난 너무 좋아서 너를 업고 저 기또 구두를 신고 북경성 고개 20리 길을 걸었단다. 발이 좀 부르텄지만 참고 말이야. 어찌나 기쁘던지……. 그런데 니네 아부지가 무슨 짓을 했는지 알아? 그 양반은 여자를 만들 때마다 안 하던 짓을 하거든. 어느 날 내가 주목하고 있던 여자가 글쎄 빨간 구두를 신고 저만치서 걸어가는 거야. 그 후부터는 저 구두 보기도 싫더라. 네가 어느새 어른이 되어 이런 말까지 하게 되었구나."

우리는 다시 돌아올 수 없게 될 줄도 모르고 이런 허튼 소리를 주고받으며 옷 한 벌씩만 걸치고 구급약품 가방과 약간의 먹을거리를 챙겨 정든 청진 집을 뒤로하고 피난길에 나섰다. 시가전이 한창이었던 거리는 조용했다.

그날 이후 나는 그 거리를 다시는 밟지 못했다. 우리가 피난을 간 사이 해방이 되었고, 집 없는 사람들의 세상이 왔다고 아무 집에나 들어가 살면 내 집이 된다고, 지하에 숨어 있던 사상가들이 주먹을 휘두르며 선동을 했다나. 무법천지가 됐으니 다들 겁이 나서 아무 말 못 하고 물러설 수밖에 없는 실정이었다.

우리는 하루아침에 집 없는 신세가 된 것은 물론, 당장 밥을 떠먹을 수저와 밥그릇조차 없는 알거지가 돼버렸다. 피난처에서 우리 집에도 남이 들어

왔다는 소식을 듣고, 어머니가 부랴부랴 집에 가보셨는데 겨우 찾아온 것이라고는 다 해진 양말과 기또 구두를 싼 쓰레기 보따리뿐이었다.

그곳에 살고 있는 사람이 우리가 들어와 보니 아무것도 없는 빈집이었다고 하면서 이런 거라도 필요하면 가져가라고 하더란다. 어머니는 아무 말도 못하고 보따리를 꼭 껴안고 돌아섰노라고……. 하염없이 울고 계시던 어머니 모습을 나는 지금도 보고 있는 것 같다.

해방 전에 동나남고녀 교사였던 언니가 복직을 하고 학교에서 나남 본정의 일본 사람이 버리고 간 집을 사택으로 쓰고 있었는데, 우리에게 육조 다다미방 하나를 정해 줘 노숙을 면했다. 또 19사단에서 흘러나온 군대 이불 두 장을 갖다 준 덕분에 매서운 10월 북풍을 견딜 수 있게 됐다고 어머니는 기뻐하셨다.

그러나 나는 아니었다. 광목으로 된 일인용 군대 이불을 언니와 둘이서 덮고 자다가 새벽에 등이 시려 잠에서 깨면, 이불섶을 꼭 여미고 잠든 언니의 모습이 어둠 속에 희미하게 보였다. '내가 떠나면 군대 이불이라도 언니 혼자 덮을 수 있을 텐데……. 서울로 가자. 38선을 넘다 죽지만 않으면 기숙사에서 내 폭신하고 따뜻한 후지 기모 이불을 덮을 수도 있지 않겠는가. 옷도 여러 벌 있고 깨끗한 속옷도 있고…… 그래, 먹다 남은 미숫가루도 있을 거다'라고 생각했다.

어느 날 큰 결심을 한 나는 어머니에게 학교에 미술과가 생겼다니 열심히 공부해 화가가 되고 싶다며 떠날 것을 허락해 달라고 했다. 어머니는 흔쾌히 허락하시고 다음 날 빨간 구두를 깨끗이 닦으시더니 시장으로 나가셨다. 이틀 후 그 기또 구두는 소련군 대위에게 팔렸다. 그 돈 오백 원은 오늘날까지 내가 화가로 살 수 있게 해준 밑거름이 되었다.

1945년 10월 18일 아침, 새벽 이슬이 뽀얗게 얼어붙은 나남역에서 '다시는 이 땅에 안 돌아오리라' 맹세하며 나는 무개차 꼭대기에 기어올랐다.

귀로 A Oil on canvas 1993

축구와 할아버지

내가 어렸을 때 큰댁에서 돼지를 잡으면 할아버지께서 내장에서 나온 방광으로 공을 만들어 사내아이들에게 주시는 것을 보았다. 이웃 동네 아이들까지 불러 그것을 굴리며 우르르 몰려다니고 쓰러지고 웃어대고 하는 광경을 온 얼굴에 미소를 띠고 바라보시던 할아버지 생각을 요즘 자주 하게 된다.

할아버지가 축구를 좋아하시게 된 동기를 나는 알지 못한다. 하지만 할아버지는 확실히 별난 분이었다. 남들은 감히 엄두도 내지 못했던 일들을 곧잘 꾸미시곤 했다. 인구 겨우 2만 명인 작은 도시에서 큰 부자도 아니면서 관의 힘을 배제하고 도시 대항 축구시합을 주재하셨으니……. 그야말로 억지춘향으로 '청진팀'을 불러 새로 생긴 '모새풍경마장'에서 시합을 벌였던 일을 회상하면, 기가 차서 웃음이 절로 나온다.

내가 초등학교 6학년 때 일이었다. 함경북도에 단 하나 있는 축구팀인 청진팀은 평양에 가서 늘 지고 돌아온다고 했다. 그럴 수밖에 없었던 것이 평양팀은 서울에 가도 막상막하로 대등하게 싸울 만한 강팀이었기 때문이었다. 특히 이아무개라는 선수의 박치기를 당할 선수가 없다는 소문이었다.

할아버지는 무슨 생각으로 그런 억지를 부리셨는지 부랴부랴 '웅기'라는 축구팀을 만드셨는데 선수들의 면면이 그야말로 가관이었다. 셋째 삼촌, 넷째 삼촌, 막내 고모부, '경원 크라바이'라고 부르던 먼 친척 되는 젊은 분, 그리고 누구더라…… 내가 모르는 사람이 더러 끼여 있기는 했으나 억지로 긁어모은 오합지졸의 집안 굿이었다.

내가 지금 이 나이가 되어 짐작할 수 있는 것이 없진 않다. 아버지의 만세 사건을 은폐하기 위해 모든 과거를 버리고 솔가하여 함경북도로 옮긴 후 각고의 노력으로 자리가 잡히고 마음 편히 살 수 있게 되었는데, 큰아버지께서는 그것으로 만족하지 않고 더 큰 도시로 옮길 준비를 하고 계셨던 거다. 그래서 그동안 보듬어 준 웅기에 대해 무언가 기념비적인 일을 남기고 은혜를 갚겠다는 뜻이 숨겨져 있지는 않았을지…….

그러나 다음 해 우리 일가가 청진으로 떠난 후 웅기에서 축구시합이 열렸다는 소식은 듣지 못했다. 어디 그뿐이랴. '모새풍경마장'에서 청진팀과 축구시합을 한 사실조차 기억해 내는 사람이 없는 것 같았다. 지도상에서 '웅기'라는 지명조차 사라진 지금이 아닌가? 그동안 '선봉'이라 부르다가 또 다른 지명으로 부르고 있다던데…….

어찌 되었건 나는 그날 일을 잊지 않고 있다. 하얀 모래바람이 부는 경마장 중앙에 양쪽 선수들이 마주서서 인사를 하는데 인물은 단연 '웅기팀'이 출중했으나, 진짜 선수인 '청진팀'은 딱 벌어진 체격에 거무튀튀한 외모가 선수다워 보였다.

호루라기가 울리고 게임이 시작되었다. 나는 축구에 대해 아는 것이 없었으므로 공이 가는 방향만 지켜보고 있는데 시작할 때부터 공은 청진 선수들 발끝에서 놀고 있었다. 어쩌다 문지기가 된 경원 크라바이는 계속 획획 날아오는 공을 혼자 힘으로 막아 보려고 혼신의 힘을 다해 뛰어오르고, 쓰러지고 하며 상처투성이가 되었다. 다른 선수(?)들도 어떻게든 기회를 잡으려고 졸졸 따라다니기는 하였으나 게임이 되지 않았다.

손뼉을 치며 응원하던 조무래기들은 어른들이 하는 대로 "아이구~" "빨리 빨리" 어쩌구 하며 떠들어대더니 조용해졌다. 호루라기가 울렸다.

나는 그것으로 끝난 줄 알고 가슴을 쓸어내렸다. 그런데 웬걸, 이제부터 후반전이라는 것이 있다는 거다. 경원 크라바이의 고군분투는 계속되었다. 그리고 경기가 끝나고 보니 팔다리 성한 곳이 없었다. '옥도정기소독액'를 줄줄 흘리며 우리의 수문장은 다리를 절며 절며 반대쪽으로 걸어갔다. 어느새 해는 기울어 가고……

2006년 독일 월드컵을 라디오로 들으며 '붉은 악마'는 되지 못하더라도 티셔츠라도 구해다 벽에 걸어놓을걸, 하는 생각을 해보았다.

나비와 말   24″ x 18″ Oil on canvas   1991

어머니의 아들

우리 일가는 손이 귀한 집안이었다. 할아버지의 장남, 즉 백부님 댁은 남매, 차남인 우리 집에는 딸만 둘, 셋째 숙부님네는 딸 하나였다. 그런데 넷째 삼촌이 결혼을 하자 아들이 줄줄 둘이 태어났는데 또 임신 중이었으니, 온 집안에 생기가 돌고 막내 숙모님은 각별한 대우를 받았다.

어머니가 낳은 첫아이는 아들이었는데 겨우 며칠 살고 떠났다고 한다. 다음이 언니였고 그다음에 내가 태어났고 내 밑으로 난 아이가 아들이어서 어른들은 내가 복덩어리라고 했다. 그런데 그 아들도 호적에 올릴 새도 없이 잃고 말아 결국 언니와 나, 딸 둘밖에 남지 않았다.

어머니는 할아버지께서 시키시는 대로 아들을 보기 위해 무던히도 애를 쓰셨다. 영하 30~40도를 오르내리는 함경북도의 추운 겨울에 새벽이면 얼음을 깨고 강물에 몸을 담근 후 그 길로 절에 가서 불공을 드렸다고 했다.

어렸을 때 내가 본 것은 뒷방에서 큰어머니가 어머니 배에 불을 붙이고 있는 끔찍한 광경이었다. 울며 큰어머니를 말렸으나 "남동생을 봐야 된다고 할아버지가 명령하셨다"고 했다. 삼천 번 뜸을 뜨면 아들이 들어선다는 말에 어머니는 매일 그 뜨거운 뜸을 어금니를 악물고 참아냈으나 허사였다.

어느 날 할아버지께서 차남 부부를 불렀다.

"다음에 막내네가 또 아들을 낳으면 어미젖을 물리기 전에 받아다 호적에 올리고 키워라."

억장이 무너지는 명령이었으나 할아버지의 말씀을 그 누구도 거역할 수 없었다. 어머니는 읍으로 가서 일본에서 나오는 '메리미루꾸'라는 연유와 우윳병, 주전자, 불을 지피는 풍로, 기저귀감 등 한 짐을 이고 오셨다. 그리고는 아기 옷도 만들고, 아기가 먹을 우유를 만드는 연습을 하며 아기 맞을 준비를 하셨다.

어느 날 늦은 밤에 어머니는 옥양목 앞치마를 두르고 산실 밖 창문을 바라보며 신생아의 울음소리를 기다리고 있었다. 항상 어머니의 치마꼬리를 잡고 따라다니던 나도 눈을 비비며 곁에 서 있었다. 차라리 그 아기가 딸애였다면 얼마나 좋았을까? 어머니는 그 몸을 깎는 고생을 면했을 테고 아기를 떼놓은 산모가 부른 젖가슴을 싸매고 남몰래 울지 않아도 되었을 것을……

그날부터 어머니의 고역이 시작되었다. 자다 깨어 보면 무릎 위에 아기를 놓고 앉아 졸고 계셨다. 전기가 없는 시골에서, 호롱불을 낮추고 풍로 위의 주전자 물은 언제라도 젖을 만들 수 있도록 끓고 있었다. 그 애가 세 살 때 읍에서 '건강아 선발대회'가 있었는데 당당히 우량아로 뽑혀 그동안 애쓰신 보람을 찾은 듯했으나 그만 홍역을 앓다 가고 말았다.

새로 짠 스웨터를 입혀 보지 못하고 불 속에 던져 넣으며 오열하던 어머니의 옆얼굴을 쳐다보며 나도 눈물을 흘리던 생각이 난다.

어머니의 두 번째 아들은 내가 소학교 5학년 때 집으로 왔다. 먼 친척집 아이여서 성이 같아 자연스럽게 우리 식구가 될 수 있었다. 복잡한 사연이 있는 아이라 이 집 저 집 옮겨 다니다가 만 네 살이 되어 우리 집에 왔을 때는 정서불안으로 꽤 망가져 있었다.

그래도 어머니는 헌신적으로 보살피셨다. 다행히 똑똑하고 눈치가 빠른 애라 한 일 년이 지나고 나니 명랑한 귀염둥이로 변했다. 나는 아버지와 첩을 미워하고, 눈물만 짜는 어머니까지 싫어하던 시기였는데 그 동생만은 사랑해 주고 싶었던 기억이 난다.

해방 다음 해 북에서의 생활을 견딜 수 없었던 어머니와 언니는 동생을 데리고 나를 찾아왔다. 마침 여름방학이라 종로 박문서관에서 아르바이트를 하고 있던 나는 혈육을 만난 반가움보다 '큰일났구나. 이 식구들을 어쩌면 좋지?' 하는 당혹감이 앞섰다.

천신만고 끝에 이십 일이나 걸려 캄캄한 한탄강을 건너 38선을 넘어온 것이다. 얼마나 고생을 했는지 온통 긁히고 피멍이 들어 왕년에 고등여학교 멋쟁이 교사였던 언니의 몰골은 차마 눈뜨고 볼 수가 없었다.

언니는 열 살이나 된 남동생을 업고 허리까지 잠기는 한탄강 물살을 가르며 몇 번이나 휩쓸릴 뻔했다고 한다. 그런데 이렇게 살아서 왔노라며 언니는 까맣게 그을린 얼굴에 하얀 이를 드러내며 웃었다. 나는 말이 안 나왔다.

할아버지께서는 어머니의 노후를 위해 아들이라는 울타리를 만들어 주신 것이겠지만, 어머니는 해방이 되자 그 아들 때문에 발버둥을 치며 온갖 노동을 감수할 수밖에 없었다. 그 짐은 고스란히 딸들의 몫이 되고 말았다.

동생은 대학과 공군에서 좋은 기술을 익혀 독립을 했고, 어머니는 나와 함께 사셨다. 그리고 내가 서울을 떠나게 되자 언니가 모시다가 몇 해 후에 돌아가셨다. 어머니날이 가까워 오니 우리 어머니에게 아들이란 어떤 존재였는지 새삼 생각을 해보게 된다.

공원 18 x 24cm Oil on canvas 1985

이산가족 상봉과 삼촌

이산가족 제2차 방문 TV를 보고 있으려니, 나도 모르게 눈물이 주르륵 흘러내린다. 참 이상한 일이다. 말도 많고 갖가지 유치한 작태를 연출한 끝에 벌이는 지도자들을 위한 쇼라고 느껴지는 시각이 만만치 않은데도 말이다.

길게는 오십오 년, 짧아도 십여 년을 타의에 의해 만나지 못했던 혈육들. 나라를 잘못 만나 저렇게 통곡하고 있는 모습을 세계에 광고하고 있는 불쌍한 우리 겨레. 도대체 지도자들은 언제까지 국민들의 약만 올릴 셈인가.

판문점에 천막을 치고 탁자와 간이의자를 여러 개 들여놓아 하루에 수백 명씩 차례를 짜서 도시락을 싸가지고 와서 옹기종기 둘러앉아 오랫동안 못 나눴던 얘기를 나누며 반가운 해후를 하게 할 수는 없을까. 전세 비행기에 호화 호텔, 깨끗한 테이블 위에 놓인 값비싼 접시의 고급요리 같은 것이 왜 필요하단 말인가.

문득 북에 남은 삼촌의 젊은 시절 모습이 떠오른다. 내가 어렸을 때 일본인 경찰이 와서 밧줄로 삼촌의 팔을 묶어 끌고 가자 할머니가 따라나섰다. 그 뒤를 나도 내가 왜 그러는지 모르면서 졸졸 따라갔다. 동네 어귀 철둑 굴다리까지 갔을 때 뒤를 돌아다본 삼촌이 소리쳤다.

"어머니 나 (감옥에) 들어가요."

그러자 땅에 풀썩 주저앉아 통곡하던 할머니를 보면서 나도 덩달아 엉엉 울었던 기억이 난다. 동네 사람들이 쉬쉬하며 '주의자'라고 소곤거리던 삼촌의 뒷모습이 머리에서 지워지지 않는다.

또 한 번은 할머니와 함께 삼촌을 보러 갔을 때였다. 우중충한 색깔의 큰 건물이 눈앞을 가로막았고, 넓은 뜰엔 고목나무가 있었다. 그 아래 널따란 바위 위에 앉아서 할머니는 높은 곳에 달린 조그만 문만 뚫어지게 바라보고 계셨다.

할머니와 나는 몇 시간 동안 꼼짝 않고 그렇게 있었다. 드디어 그 창문에서 파리한 삼촌 얼굴이 잠깐 보이더니 금세 사라졌다. 그야말로 '찰나'라는 표현이 딱 어울리는 순간이었다. 손바닥으로 바위를 치며 통곡하는 할머니의 모습이 어린 내게도 애처롭게만 보였다.

한 번 더 볼 수 있을까 하는 바람으로 운동화 뒤꿈치를 세우고 쇠창살이 박힌 창문을 열심히 바라보았다. 하지만 삼촌의 야윈 얼굴을 다시 볼 수는 없었다.

할머니의 막내아들이었던 삼촌은 겨울이면 문맹을 퇴치해야 한다며 야학을 열었다. 야학은 먼 동네에서 글을 깨치려고 온 청년들로 늘 붐볐다. 삼촌은 연극도 하고 노래도 가르쳤다. 삼촌은 요즘 TV에서 보는 '개그 콘서트'와 비슷하게 순서를 꾸밀 줄 아는, 한마디로 다재다능한 '인텔리'였다.

그때 삼촌이 지어 부른 노래 중에 이런 구절이 생각난다.

"참대를 꺾어다가 물총을 만들어 부자 영감 코에다 흙탕물을 칠 거나……."

이 노래 때문에 고모님은 삼촌을 나무라기도 했다.

"그럼 네놈이 아버지 코에다 흙탕물을 친단 말이냐?"

막내아들 때문에 속이 까맣게 탄 할아버지와 할머니는 해방 전에 돌아가셨고, 삼촌만 북에 남고, 나머지 우리 가족들은 모두 남으로 왔다.

인텔리 '주의자' 삼촌이 이념 때문에 떠나지 못했던 북녘 땅에서 공산주의에 잘 적응해 무사히 천수를 누렸는지 궁금하기만 하다.

백합 A Oil on canvas 2004

언니와 나

여학교에 들어간 첫 학기에 '통신부성적표'를 받아본 나는 '이걸 들고 도무지 집으로 들어갈 수가 없다'는 생각에 기차에서 뛰어내릴 결심을 했다. 아무도 안 볼 때 승강장에 서서 아래를 내려다보며 한참 동안 서 있었는데, 그때 '어머니 편은 언니와 나뿐인데 내가 죽으면 안 되지'라는 생각이 번개같이 머리를 스쳤다. 순간 정신이 번쩍 들었다.

집에 도착해 통신부를 슬쩍 어머니 앞에 내놓으며 어깨를 움츠리고 낯을 붉혔다. 그런데 뜻밖에도 어머니는 이렇게 말씀하셨다.

"너는 소학교에서 6년 동안 1등을 해 나를 기쁘게 해줬잖아. 옹기 바닥에 그런 아이는 없었다. 첫술에 배가 부르겠냐? '을'이 네 개지만 그래도 '갑'이 여덟 개나 되지 않니."

성적 평점을 갑·을·병·정으로 매기던 시절이었다. 나는 웃어야 할지 울어야 할지 마음이 복잡했다. 우리 어머니는 그런 분이었다. 덕분에 비탈길에 서지 않고 어른이 될 수 있었던 것을 감사하게 생각한다.

그런데 우리 집은 소실이 들어오는 바람에 분위기가 엉망이 되었다. 질투하는 여자는 상놈 집 출신이라나? 그녀는 아들을 낳아 주기 위해 들어온 사람이라며, 어머니는 스스로 정지방과 모든 살림을 물려주고 옆방으로 옮기셨다. 내 방은 어머니가 쓰시겠다고 옮기신 방, 바로 다음 방이었는데 늦은 밤이면 질투하지 않는다고 하시던 어머니 방에서 울음을 참는 소리가 새어 나왔다.

내 방 다음에는 꾸미지 않은 열 평짜리 아주 넓은 방이 있었다. 바닥은 마루를 안 깐 콘크리트 바닥 그대로였고, 이중창을 달지 않아 겨울에는 창문이 덜컹거리고 스산하기 짝이 없었다. 나는 어른들과 거리를 두기 위해 책상과 책장 등 얼마 되지 않는 내 짐을 그 방으로 다 옮겨 버렸다.

그리고 창고에서 사과 상자를 여러 개 가져와 쭉 붙여놓고, 합판을 한 장 덮으니 멋진 침대가 되었다. '야, 천국이네. 내 방은 서양식 침실이다!' 쾌재를 불렀다. 그때 어머니의 표정이라니……! 어머니는 당장 더운 물을 끓여 보온물주머니_{유단포} 속에 넣어 갖고 오셨다.

"영하 30도를 오르내리는 추위에 온기라고는 없는 이 넓은 방에서 지낸다니, 너 제정신이냐?"

나는 마음속으로 대답했다.

'그래요, 제정신이니까 어른들이 싫어서 괴롭히려고 일부러 이러는 거라고요.'

나는 아버지와 첩이 너무 미웠고, 눈물만 짜는 엄마도 싫었다. 언니는 동경에 가 있었으니, 말상대를 해줄 사람도 없었다. 공부는 뒷전이었다. 한 울타리 안에서 지내는 넷째 삼촌네에 가면, 책이 지천으로 많았다. 소설책이요 잡지요 손에 잡히는 대로 갖다 읽었다. 그리고 잡지에 난 사람 얼굴을 밤새도록 연필로 그리는 재미로 살았다.

어느 날 교장실에서 부른다고 해 잔뜩 긴장을 하고 들어갔다. 사이또 교장은 만면에 미소를 띠고 편지 봉투를 열더니 나더러 읽어 보라고 했다. 언니에게서 온 편지였다.

내용인즉 "좋은 성적으로 조선인 학생에게는 준 일이 없는 1등 자리를 차지하게 되었습니다. 복도 높은 벽에 큼직하게 써붙인 1등 아무개라는 제 이름을 쳐다보며 모교의 명예를 위해 더욱 분발하겠습니다"라는 내용이었다.

나는 언니가 자랑스럽기도 했지만, 모교를 위해 더욱 분발 어쩌고 하는 대목에 거부감을 느꼈다. 나는 죽었다 깨어나도 그런 말을 못하는 아이였다. 그리고 이 일로 나에게 또 어떤 불똥이 튈까 걱정이 앞섰다. 나는 학교에 들어갈 때부터 사사건건 언니와 비교하는 바람에 신물이 난 터였다.

입학시험 때 달리기 속도를 재느라 있는 힘을 다해 악을 쓰고 뛰었던 적이 있었다. 그런데 시험관은 "쉬었다가 다시 재보자"고 하는 게 아닌가. 왜 나만 두 번 뛰게 했는지 그때는 몰랐다. 나중에 알고 보니, 합격선에 들기는 했지만 언니에 비해 너무 느려서 혹시 잘못 쟀나 하고 다시 뛰게 했단다.

언니는 함경북도 대표, 단거리 기록을 가지고 있었고, '조선신궁대회'에서 2등을 했다. 그때 1등을 한 정임순은 '메니지 신궁대회'에서도 1등을 해, 전일본 대표선수가 되었다.

그것뿐이 아니었다. 언니는 붓글씨에도 소질이 빼어나 소학교 때부터 특별지도를 받았다. 1940년에 일본 전국을 총망라한 박람회가 청진에서 열렸을 때였다. 화선지 전지에 쓴 언니의 서예 작품은 지금 생각해도 걸작이었다.

그림이든 재봉이든 뭐든 잘하면서 공부도 늘 1등이었다. 순전히 기억력으로 때우며 공부하는 방법조차 제대로 익히지 못한 나는 도무지 언니처럼 될 수가 없었다.

사이또 교장은 나를 찬찬히 바라보며 말했다.

"선생님들이 너는 참 이해하기 힘든 학생이라고 하신다. 학교 규칙도 잘 지키고 예의도 바른데 건방져 보이고 선생을 무시하기 때문이다. 그리고 공부는 뒷전이고 노트도 안 하고, 유행가를 퍼뜨리면서 제멋대로 논다. 그런데 예고 없이 시험을 쳐도 당황하지 않고 좋은 점수를 받는다고 칭찬하는 선생도 있으니, 도대체 너는 어떤 아이냐? 발표는 하지 않았지만 수석으로 들어온 학생이니, 더 잘할 수 있을 거라고 믿는다. 언니처럼 말이다."

그 순간에도 딴 생각을 하며 서 있었는데 그만 가보라고 하여 공손히 절을 하고 물러나왔다. 더 잘할 수 있을 거라고 했지만, 방법을 모르는 이 멍청이는 언니처럼 1등은 못 해보고 겨우 3등으로 졸업했다. 경쟁이 심한 학교라 머리를 싸매고 공부하는데, 나 같은 건달 학생은 당해 낼 수가 없었기 때문이다.

파랑새 24″ x 18″ Oil on canvas 1987

이런 결혼

'가정'이란 낱말에 대해 심각하게 고려도 해보지 못한 채 우리 부부는 가정을 이루게 되었다. 그리고 지겨운 줄도 모르고 날짜를 잊어버린 것처럼 42년을 함께 살았다.

1950년 2월 25일 정오 정각에 덕수궁에서 결혼식을 올렸는데 그날 서울은 으스스하고 흐렸으며 무척 추웠다. 일생일대의 경사라는 결혼식 날에 무엇 하나 제대로 들어맞는 게 없었다. 참으로 어설프기 짝이 없는 시작이었다.

날짜를 잡을 때 둘 다 직장이 있으니 토요일이 좋겠다며 별 생각 없이 정했는데, 신랑 집안에서 그날 결혼하면 갈라선다고 날짜를 다시 잡으라고 하셨다. 그러나 청첩장을 또 찍으려면 이중으로 돈이 드니 가난한 우리는 설사 갈라설 때 갈라서는 한이 있더라도 그냥 밀어붙이기로 했다.

나는 학교를 졸업한 후 모 여고에 미술교사로 들어간 지 채 일 년도 못 된 햇병아리 선생이었다. 신랑은 신랑대로 누님집 이층 다다미방에서 새우잠을 자던 빈털터리 육군 대위였다. 그러니 한쪽에서 마다하는 날짜이긴 하지만, 오로지 돈을 아끼기 위해 결혼식을 예정대로 올릴 수밖에 없었다.

정말 날짜 탓이었는지 그날은 해프닝도 많았다. 첫 번째는 축사를 해주시기로 했던 김활란 박사님이 하필이면 아펜젤러 선생님 장례식이 있어서 못 오시게 된 것이다. 그리고 그 장례 행렬이 덕수궁 돌담을 끼고 지나가는 바람에 장지까지 가고 싶어하지 않았던 후배들이 떼지어 식장에 몰려들어 일대 혼잡을 빚었다.

상황이 이렇게 되다 보니 피로연 좌석이 턱없이 모자라 관계자들을 몹시 당황케 했다. 그뿐이 아니었다. 들러리를 서주기로 한 친구가 섬에 갔는데 풍랑을 만나 배가 뜨지 않아 못 오게 되는 등, 사사건건 꺼림칙한 일만 벌어졌던 우울한 날이었다.

공산치하에서 일시에 모든 것을 잃고 고향을 떠나온 어머니는 신부의 첫날 옷을 장만하며 마음이 아플 수밖에 없었다. 두 딸을 위해 바라바리 끊어놓은 옷감들은 모조리 남의 것이 되어 버렸으니 말이다.

최소한 흰 옷 한 벌은 새옷으로 지어 입혀야 할 텐데 여름이라면 별로 문제가 되지 않았겠지만 흰 옷감이라곤 망사 천밖에 없었다. 어머니는 생각다 못해 깨끗한 솜을 사서 망사 솜저고리를 정성스레 지어 주셨다. 날씨가 추웠지만 나는 견딜 만했다. 분위기에 들떠 있던 손님들은 아무도 알아차리지 못한 채 잘 넘어가는 듯했다.

그런데 식이 끝나고 함께 차에 탄 신랑이 장갑을 벗더니 자꾸 자기 팔뚝 근처 옷감을 만지고 있지 않는가? 순간 아차! 했지만 어쩔 도리가 없었다. 망사 구멍으로 흰 솜털이 보송보송 얼굴을 내밀어 신랑의 까만 연미복에 가 달라붙고 있었던 것이다. 신랑은 혼잣말로 "뭐가 이렇게 자꾸 묻을까?" 중얼거린다. 빌려 입은 옷이라 걱정이 되는 모양이었다.

TV에서 〈옛날의 금잔디〉 드라마를 보다가 남편에게 물어 보았다.

"만약 내가 저렇게 되면 당신은 태평양 바다에 내다버릴 거요?"

"거 귀찮게 차 타고 배 타고 갈 것 있겠어? 전번에 라스베이거스 가면서 사막에 적당한 자리 하나 봐놨어."

가까운 바다에 버리면 기어나올까 봐 배에 태워 먼 바다까지 가야 할 텐데 그건 귀찮다는 얘기이다. 노망 든 부인을 자상하게 돌보는 극중 인물과 너무나 판이한 남편의 대답이다.

어스름한 달밤에 괴물 선인장이 시커먼 얼굴로 내려다보는 네바다 사막에서 돗자리 하나 깔고 앉아 오들오들 떨고 있는 내 모습을 잠시 상상해 보았다. 아, 이게 바로 갈라선다는 날에 결혼하고 42년이나 버티고 산 업보가 아니겠는가 싶어 쓴웃음이 저절로 났다.

새가 있는 풍경　Oil on canvas　2003

우리 집

LA 다운타운을 걷다 보면 유난히 고약한 냄새가 나는 곳이 있어서 여기가 정말 미국 제2의 도시인가 싶어 두리번거리게 된다. 카트를 몇 개 붙여놓고 도매상에서 나온 큰 박스를 덮어씌워 지붕을 만들고 그 속에서 남녀가 엉켜 잠을 자고 있는 노숙자들의 집을 보며 옛날 생각을 떠올렸다.

나는 한때 내 아이들이 친구를 떳떳하게 데려올 수 있는 집을 마련하느라 힘든 줄 모르고 무던히 애를 썼다. 1949년 미술교사로 있을 때였다.

수업이 끝나고 직원실에 돌아오니 건너편 자리의 이태현 선생님 앞에 3학년 박영자가 머리를 푹 숙이고 서 있었다. 영자는 형부의 친척으로, 평소 공부도 잘하고 명랑하고 착한 학생이라 생각했는데 야단을 맞고 있는 거였다.

알고 보니 담임선생님이 가정방문을 다니는데 영자가 슬그머니 없어져 버렸고, 학적부의 집 주소도 엉터리였단다. 38선을 넘어온 영자네는 번화가 뒷골목에 '하꼬방'을 짓고 손바닥만 한 공간에서 여러 식구가 살고 있다고 듣고 있었다. 그런 비참한 모습을 담임이나 친구들에게 보이느니 도망을 칠 수밖에 없었던 모양이다. 영자가 아니라 그 누구라도 그럴 수밖에 없었으리라.

나는 1956년 피난으로 시작했던 떠돌이 생활을 청산하고 원효로 2가에 방 두 개짜리 전셋집에 둥지를 틀었다. 그런데 얼마 있다 비가 오니 천장에서 물이 떨어져 밤새 대야를 갈아 대며 빗물을 받아야 했다. 집주인이 달려와 고쳐 주고 가긴 했지만, 며칠 후 비가 오면 도루묵이 되었다. 또 고치고, 또 새고 하니 안 되겠다 싶어 이사를 하기로 했다. 전화위복이란 말 그대로, 그때 비가 새지 않았으면 나는 평생 아이들을 전셋방에서 키웠을지도 모른다.

그 집 전셋돈이 50만 환화폐개혁 되기 전 당시 쓰던 화폐 단위이었는데, 상도동 종점에서 좀 나가면 50만 환에 나온 집이 있다는 말을 듣고 다음 날 아침 상도동 가는 버스에 올랐다. 건물은 작고 허름했으나 반듯한 뜰에 과일나무도 있고, 꽃과 채소밭을 오밀조밀 알뜰하게 손본 흔적을 보니 집주인의 마음씨를 읽을 수 있었다. '이게 내 집이 되겠구나!' 생각하니 너무나 행복했다. 그런데 안에서 몇 사람이 나와 신을 신고 있었다. 금방 계약이 끝났다고 하지 않는가?

그 집은 아깝게 놓치고 말았으나, 내 집 마련의 꿈을 접을 수가 없었다. 매일 몽유병자와도 같이 복덕방을 헤매고 다녔다. 그러나 그 돈으로는 턱도 없다는 것을 통감할 뿐이었다. 체념하기로 마음을 먹고 머리를 식힐 겸 남편과 육촌인 친구 김연순을 찾아갔다. 마침 집수리를 하고 있던 그녀는 내게 큰 용기를 주었다. 자기 남편에게 말해 30만 환 정도는 몇 달 빌려 줄 수 있으니 결혼반지, 시계 등 팔 수 있는 것은 모조리 팔아 가지고 100만 환 정도의 집을 사라고 했다. 수리비 정도는 더 빌려 줄 수 있으니, 수리를 해서 팔면 돈은 금방 빠질 거라고 힘주어 말하던 그녀가 얼마나 우러러보이던지…….

결국 용산 한강로에 103만 환 하는 허름한 집을 살 수 있었다. 내 집 제1호로 퇴근한 남편은 한다는 소리가 "이거 3등 여관이군!" 하고 내 기를 꺾어 놓았다. 그래도 나는 좋아라 같이 웃었다.

다음 날부터 벽과 천장 도배지를 사다가 손수 도배를 했다. 미술 공부를 한 덕에 공간 처리는 비싼 재료를 쓰지 않아도 그럴듯하게 마무리가 잘 되었다. 천장 도배는 사과 상자를 여러 개 포개 놓고 올라서서 곡예를 했다. 젊었으니까 뭐든지 할 수가 있었다. 그리고 큰길 쪽 판자를 떼어내고 차가 들어올 수 있게 대문을 낸 후 페인트칠을 하고 있는데 복덕방이 지나가다가 "아니, 뺑끼칠을 아주머니가 손수 하세요?" 하며 집을 팔라고 한다.

내 집 제1호는 그렇게 가볍게 처리되었다. 제2호, 제3호도 계속 잘 팔린 까닭은 나 나름대로 원칙이 있었기 때문이었다. 집을 보러 다닐 때 8조 다다미 방은 필수조건이었다. 다다미를 들어내고 큰 온돌방을 만들고 뜰에 차가 들어가도록 큰 대문을 내놓으면 수리하기 무섭게 팔렸다.

일꾼들과 함께 노동을 해야 하는 게 고생스러웠고, 식구들은 식구들대로 이 방 저 방 쫓겨다녀야 하니 고생이 말이 아니었지만, 다음에는 더 큰 집으로 갈 수 있다는 희망에 부풀어 있었다.

그렇게 해서 8년이 지난 후 열세 번째 내 집은 의젓한 양옥이 되었고, 관훈동에 화랑도 생겼다. 나는 서울을 떠날 때까지 돈을 받지 않고 화가들에게 전시장을 제공했다. 그리고 집장사를 더 이상 하지 않았다. 내 아이들이 언제든지 친구들을 불러 놀 수 있는 괜찮은 집을 마련했으니 더 늘리는 것은 과욕이라고 생각했기 때문이다.

그 집엔 지금쯤 누가 살고 있을까? 나는 이곳에 혼자 앉아 있는데…….

꽃과 고양이 Oil on canvas 1991

퍼레이드

TV로 LA 퍼레이드 장면을 보면 나도 모르게 하와이 생각이 떠오르곤 한다. 하와이 축제라고 하면 6월에 있는 '카메하메하 데이' 하이라이트인 퍼레이드와 9월에 있는 '알로하 위크week' 퍼레이드가 쌍벽을 이룬다.

'카메하메하'는 하와이 군도를 통일한 카메하메하 1세의 위업을 기념하기 위한 행사로 우선 카메하메하 대왕 동상에 하와이언 레이를 걸어 아름답게 장식한 후 카누 경기, 음악회, 퍼레이드 등 다채로운 행사를 펼친다.

하와이에 사는 여러 인종뿐만 아니라 멀리 북미 대륙에서도 꽃차와 악대 등이 참가하러 오는데 그 규모와 화려함, 질서정연한 연출, 진행 등이 실로 놀랍다. 우리네 행사를 위해서도 배울 점이 많아 보인다.

'알로하 위크' 행사는 하와이계 주민 중에서 왕과 여왕, 왕자, 공주를 뽑는 일부터 시작된다. 그리고 아름다운 생화로 황홀하게 꾸며진 대형 꽃차가 줄을 잇는다. 그 사이사이에 18세기 귀부인 스타일로 정장을 갖춰 입은 하와이계 미녀들이 말을 타고 가며, 본토에서 온 유명한 고적대와 각계 대표들과 미스 아메리카의 아리따운 모습도 볼 수 있다.

하와이에 이민을 온 다음 해였던가. 우리 아이들이 '한인사회협의회'란 이름으로 퍼레이드에 나간 적이 있었다. 제 살붙이가 나간다고 하니 자연히 마음이 쓰였다.

장남은 큰 간판 한쪽을 받치고 그저 걸어가기만 했는데도, 저만치서 눈에 익은 알로하 셔츠가 내 눈에 띄기 시작할 무렵부터 안절부절 못하고 도무지 차분해질 수가 없었다. 차남은 정통혼례 신랑 역할을 맡았다. 신부로 분장한 귀엽게 생긴 여고생과 나란히 걸어가며 멋쩍은 표정으로 싱글벙글거리느라 내가 연신 셔터를 누르고 있는데도 알아채지 못한 채 카메라 앞을 지나갔다.

두 형제의 역할은 미리 들어서 알고 있었으나, 딸애는 자기가 맡은 역할에 대해 아무 말도 하지 않았다. '대체 어디쯤 있는 걸까?' 목을 빼고 이리저리 살펴봐도 영 눈에 띄지 않았다. 그때 귓전을 찢는 듯한 징소리가 요란하게 울려퍼졌다. 얼굴에 봉산탈춤 가면을 쓴 아이가 징을 들고 튀어나왔다. 머리는 완전히 까만 천으로 덮어쓰고 옷은 가면에 맞춘 농촌 범부의 모습이었다.

"어쩌면 저렇게 전신을 싸매고 그 긴 거리를 계속 뛰놀며 다닐 수 있지?"

곁에 서 있던 백인 남자가 감탄하며 내게 말을 걸었다.

퍼레이드 행렬은 계속 내 앞을 지나갔지만 나는 딸애의 모습을 찾지 못한 채 멀어져 가는 징소리를 건성으로 들으며 딸애 생각을 했다. 퍼레이드를 잘 해보겠다면서 얼마간의 돈을 내게서 타내어 재료를 사고 친구들과 자르고, 칠하고, 색종이를 바르더니 어떻게 된 걸까? 아이 방에 음료수를 날라다 주며 나도 극성을 떨었는데……

참여하지 않겠다는 동생에게 "네가 미남이어서 특별히 봐주는 거니까 고맙게 생각하고 참여해!"라며 어디서 어떻게 빌려 왔는지 신랑 차림을 억지로 시켜 놓더니, 정작 본인은 보이지 않는 거다.

고교생인 딸아이가 연출한, 태극기를 들고 참가한 '한국인 행렬'도 꽃차 없이 빈약한 대로 무사히 내 앞을 통과했다. 이리저리 돌아다니며 인원을 동원하더니 제법 행렬의 줄이 길었다.

밤에 식구들이 모였을 때 딸아이 얼굴에서 목까지 온통 좁쌀 같은 땀띠가 나 있었다. "웬일이냐?"고 물어도 본인은 그냥 싱글벙글 웃기만 하는 거였다.

그런데 아들 녀석이 "누나가 전신을 싸매고 땡볕에 두세 시간을 그렇게 뛰어다녔으니 아무래도 땀띠가 났겠죠, 뭐" 하지 않는가?

가슴이 꽉 막혀 오는 것 같았다. 딸아이는 여자아이라는 것을 알리기 싫어서 일부러 전신을 꽁꽁 싸맸다고 한다. 그리고 자기가 태어난 나라 문화를 이 땅에 심기 위해 진땀을 빼며 있는 힘을 다해 탈춤을 춘 것이리라.

내가 하와이를 그리워하는 것은 귀소 본능과도 같은 것이다. LA에 살게 된 지 꽤 오래되었는데도 마음은 언제나 하와이에 가 있다. TV에서 LA 퍼레이드를 보면 다들 열심히 살려고, 어떻게든 더 잘 해보려고 애쓰는 마음들을 사무치게 느낄 수 있다.

그리고 그와 동시에 '아, 이곳은 하와이가 아니구나' 하는 아쉬운 마음이 가슴 한구석을 스쳐지나가는 것 또한 부인할 수가 없다.

그림의 추억, 설탕 한 봉지

어머니날이 가까워 오니 그때 일이 떠올라 가슴이 아리해진다. 두 번째 개인전을 준비하느라 정신없이 지내던 어느 날 아침, 어머니께서 작업실 문을 빼꼼히 열고 물으셨다. "저 말이다. 트지 않은 설탕 한 봉지 있는데 차 권사님한테 갖다 드릴까?" "그러세요" 얼른 대답하고는 이상하다, 평소에 모든 살림을 몽땅 어머니에게 떠맡기고 나 몰라라 지내고 있는 터에 설탕이 어쩌구 새삼스레 그런 말씀을 하실까? 순간 내 머리에 번개같이 떠오른 것은 '아! 어머니 생신. 이럴 수가? 어머니 생신을 까먹다니!' 영 죽을 맛이었다.

어머니는 아무 일도 아니라는 듯이 "네가 얼마나 정신없이 바쁘면 이 어미생일을 깜빡했겠니. 지난밤에도 불이 꺼지지 않더구나. 그 전시회인가 뭔가가 사람 잡는구나. 너무 안됐다는 생각이 들었어. 마음 쓰지 말아라. 차 권사님은 내 생일을 아시니까 네가 보냈다 하고 설탕이나 들고 가서 냉면 한 그릇씩 먹고 올까 했거든. 그럼 갔다올게" 그 한마디 하시고 돌아서신다. 나는 말문이 꽉 막히고 말았다.

내가 어렸을 때 언제나 울고 계시던 어머니 모습이 눈에 선하다. 망토에 깃 또 구두까지 신고 나서는 어머니는 남들에게는 행복한 주부로 보였겠지만 바람 피우는 남편과 아들만을 기다리는 어른들 닦달에 온갖 방법을 써봤지만 아들을 둘이나 낳고도 잃었고, 양자를 두 번이나 들였으나 애지중지 고생하며 사랑을 주었으나 결국 헛수고가 되고 말았다. 딸 둘만이 남았는데 38년 전인 그때, 언니 김기련은 연세대 교수였고 어머니는 나와 함께 쭉 사셨다.

내가 졸업을 할 때 학교에서 추천하는 미국 유학을 단념하고 창덕여고 미술교사로 들어간 것은 해방과 동시에 모든 것을 잃고 38선을 넘어오신 어머니의 그 모진 고생을 덜어 드리기 위해 월급을 타고 싶어서였다. 1949년 당시 미국 유학은 젊은이들의 꿈이었고 학교에서 보내주면 모든 것이 공짜라고 들었으나 나는 어머니 쪽을 택했다. 어머니가 원하시는 청년과 한경직 목사님 앞에서 약혼식을 올렸다. 어머니가 기뻐하시는 일이면 무엇이든 해드리고 싶었으며, 물론 나도 싫지 않았다.

나는 결혼하고 거의 해마다 줄줄이 출산을 하여 7년 동안 4남매를 낳았으니 어머니의 수고는 어떤 것이었을까? 그러나 그분은 "내가 못한 일을 네가 해주는구나. 마음대로 아들도 키워 보고, 딸도 키워 보고……." 평생 아들 못 키운 한을 품고 사시던 분이어서 힘든 줄도 모르고 구질구질한 온갖 일을 도맡아 하시면서도 늘 찬송을 부르시며 즐거워하셨다. 그런 어머니의 희생 덕에 나는 아직도 화가라는 이름을 달고 산다.

설탕 봉지를 곱게 싸들고 나가시는 어머니 손에 지폐 몇 장을 접어 꼭 쥐어 드리고 돌아서는데 눈물이 핑 돌았다.

"엄마 다시는 엄마 생일 잊지 않을게. 내가 죽을 때까지 맹세코……."

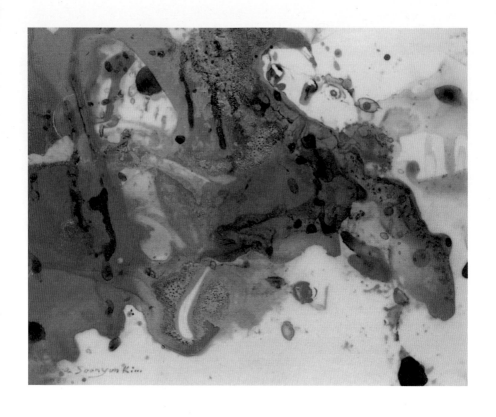

역사 20 x 25.5cm Acrylic 1989

어머님 전상서

늦가을이 되면 나뭇잎이 흙으로 돌아가듯 모든 사람이 그렇게 되리라는 것을 이치로는 알고 있었으나, 어머님의 그날이 그리 쉽게 오리라고는 미처 생각하지 못하였습니다. 그 소식을 받게 될 그 자리에서 동생과 함께 어머님을 모셔올 이야기를 하고 있던 참이었으니…….

자기 자신 이외의 주위를 위하여 마음 쓸 겨를이 없는 외국 생활이 어머님에게 꼭 즐거운 것이 되리라고 생각지는 않았으나, 하와이가 그지없이 좋은 곳이라고 온 세계에서 몰려들 오고, 또한 실제로 이렇게 아름다운 곳이니 한번 오셔서 구경이라도 하시고 폭 쉬시게 하면 좋겠다는 생각에서였습니다.

그런데 조용해지려는 나무를 바람이 기다려 주지 않는다는 격으로 어머님은 저에게 기회를 주지 않고 영영 가버리셨습니다. 너무나 생각지도 않던 일이 갑자기 눈앞에 닥치니 처음에는 통 실감이 나지 않더군요. 제 손으로 입원을 시켜 드린 것도 아니요, 괴로워하시는 모습을 본 것도 아니었으니 말입니다.

"어머님! 팔십이 넘은 이곳 할머니들이 차를 몰고 씽씽 다니는 모습을 볼 때 참 부럽다고 생각합니다."

저번에 퇴원하셨다는 편지를 받고 어머님 앞으로 쓰다 놓아 둔 편지 구절입니다. 팔순이 넘어도 차를 운전할 수 있을 정도로 꼿꼿한 이곳 할머니들과 비교하면, 일흔다섯밖에 안 된 어머님이 건강하시지 못한 것을 꾸짖는 듯한 말투라 여겨지시기도 할 것입니다.

일이 이렇게 될 줄 알았더라면 어떤 무리를 해서라도 그새 한번 모셔오는 건데, 뒤늦게 후회도 해봅니다. 이삼 일 동안 "엄마! 엄마!" 하고 울다 그치고, 울다 그치고 어린아이들이 제풀에 지치듯, 혼자 빈방에 두 다리를 뻗고 실컷 울고 났더니 이제는 몸속의 수분이 다 쏟아지고 말았는지 눈물도 나지 않습니다. 그러한 저의 모습을 아이들이나 딴 분이 엿보기라도 했다면……? 모골이 송연해집니다.

제가 어릴 때 남쪽에서 살기 어려워 솔가하여 온 '복기네'라는 친척이 있었지요? 하루는 전보가 왔는데 복기 엄마가 갑자기 큰 함지박을 안고 빠른 걸음으로 뒷산 쪽으로 올라가는 것이었습니다. 뒷산에는 옥수수밭이 있어, 할아버지께서 아무나 그 옥수수를 마음대로 따먹도록 하고 계셨던 것을 어머니도 기억하실 것입니다.

저는 호기심에 복기 엄마 뒤를 밟았습니다. 복기 엄마는 어른 키보다도 높이 자란 옥수수밭 이랑을 자꾸 거슬러 올라가더니, 한가운데쯤에서 함지박을 내던지고 털썩 주저앉더니 땅을 치면서 울어댔습니다.

그때 복기 엄마의 처절한 통곡 소리가 아직도 들려오는 듯 제 기억에 생생합니다. 저는 영문도 모르고 겁에 질려 뛰어내려오는데 몇 시간이 지났을까? 땅거미가 질 무렵 복기 엄마는 그 큰 함지박에 옥수수를 하나 가득 담아 이고 무슨 일이 있었냐는 듯이 내려왔습니다.

살기 어려워 먼 곳으로 떠나와 부친의 마지막을 지켜보지 못한 한과, 먼 친척집에서 여섯일곱이나 되는 식구가 얹혀 사는 형편이니 마음놓고 울지도 못하는 서러움을 복기 엄마는 혼자 몇 시간 동안 옥수수밭에서 땅을 치고 울다가 옥수수를 따고 칭얼거리다가 주저앉아 통곡을 하고 아마 그렇게 하며 견디어 냈던 모양입니다.

남 보기에 20여 년 친정어머님을 모셨다고는 하나, 지금 돌이켜볼 때 어머님을 위해 제가 무엇을 해드렸을까요?

"요단강 건너가 만나리." 어머님 영전에 올린 국제전보 한 장! 형편과 사정은 많이 다르나 복기 엄마의 한과 설움을 저는 저 요단강을 건너가 어머님을 뵈올 때까지 씻지 못할 것이 아닌가, 그렇게만 여겨집니다.

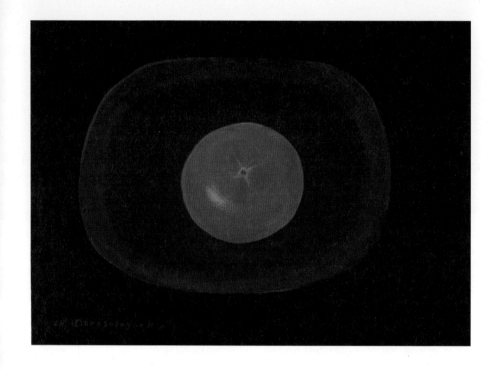

감 Oil on canvas 2004

나의 소망 나의 기도

미국에 온 후 마누라 전속 운전수가 돼버렸다고 농담 반 진담 반으로 늘 불평하던 남편이 몸져누운 후 나는 '노인 패스'라 부르는 버스 승차권을 사가지고 편리하게 돌아다닌다.

한 10년쯤 전에 몇 번 버스를 타보긴 했으나 버스 요금이 얼마인지는 도통 모르고 살았다. 첫날 버스에 오르면서 얼마냐고 물었더니 1불 얼마라고 말하려다가 내 머리카락을 힐끗 쳐다보더니 '시니어'냐고 물었다. "네, 칠십이 넘었어요." 나는 묻지도 않은 말까지 대답했다.

지금 앞자리에 앉은 남미계 노부부가 부스럭거리며 내릴 차비를 하고 있다. 두 사람 다 몸이 불편한 듯 동작이 느리다. 먼저 할머니가 짐 한 개를 들고 자리에서 일어섰다. 아직 짐이 세 개나 남았는데 어쩌나 하고 보고 있으려니 할아버지가 쾅 하며 지팡이를 짚고 일어서면서 자루 하나를 얼른 등에 둘러메고, 남은 한쪽 손에 짐을 또 하나 들었다.

그런데 할머니가 볼멘소리를 하면서 나머지 짐 하나를 집어들더니 지팡이를 잡은 할아버지 손가락에 갖다 끼우는 것이 아닌가. 저런, 저걸 어째! 거동이 불편해 지팡이를 짚고 사는 남편에게 짐을 세 개씩이나 맡기고 자기는 한 개만 달랑 들고 버스 계단을 내려가는 할머니 뒤통수가 그렇게 얄미워 보일 수가 없었다.

우리 주위에서 흔히 볼 수 있는 한국 할머니 같으면 어떻게 했을까? 영감님에게는 짐을 하나쯤 들게 하고, 자기가 세 개쯤 들지 않을까? 아니, 어쩌면 영감님에게는 짐을 하나도 맡기지 않을 것 같다. 지팡이만 든 할아버지는 저만치 앞서가고, 이마에 구슬땀을 흘리며 할머니는 한쪽 손에 두 개씩 짐을 포개어 들고 쫓아갈 것이다. 쓰다 보니 우리 집 얘기를 하는 것 같아 웃음이 나온다. 여러 가지 병을 얻어 몸 어딘가가 불편했던 남편은 짐 드는 것을 몹시 싫어했다. 버스에서 내린 노부부는 넓은 길을 천천히 가로질러가고 있다. 문득 라디오에서 말하던 '나의 소망 나의 기도'라는 제목이 마음속에 떠올랐다. 지금 나의 소망은 무엇일까?

작년 봄까지 골프를 치던 남편은 의사의 정기진단을 받으러 갔다가 그 길로 주차장에 차를 세워 둔 채 입원을 해야 했다. 그리고 수술을 받고, 병원에서 병원으로 왔다 갔다 하며 작년 6월 초순부터는 집에 아예 못 돌아오고 있다. 우리도 저 부부처럼 둘 다 노인 패스를 만들어 함께 버스를 타고 짐을 나누어 들고 다닐 수 있다면 얼마나 좋을까. 아니다, 내가 다 들어도 좋다. 언제나 그랬던 것처럼······.

지금 나의 소망은 참으로 소박하다. 저 부부처럼 절룩거리는 남편과 함께 걸을 수만 있다면······. 푸시시한 회색 머리카락을 한손으로 쓸어 올리며 남편을 쳐다보고 함께 걸어갈 수만 있다면······. 저 할머니의 평온함과 잔잔한 기쁨을 나는 가질 수 없는 것일까? 주님, 제 소망이 너무 소박한가요?

그날 남편은 단말마의 고통을 겪으면서도 사력을 다해 한마디 한마디를 토해냈다. "미안해. 정말 미안해. 아무것도 해준 것 없이 고생만 시켰어. 평생 고생만, 고생만 시켰어." 49년을 함께 살면서도 그의 입에서 미안하다는 말을 나는 처음 들어 보았다. 너무나 뜻밖이라 "아니요! 아니요!" 말을 되풀이하며, 얇은 흰 천을 씌워 놓은 뼈만 앙상한 그의 다리를 안고 흐느꼈다. 주여! 이 사람을 어쩌시렵니까. 왜 하필 그때 2월 25일이란 날짜가 내 머리를 스쳤는지 모르겠다. 나는 힘들어하는 남편을 보며, 더도 덜도 말고 내년 2월 25일까지만 견뎌 주었으면 하는 간절한 소망을 품고 있었다. 그 상황에서 도저히 바랄 수 없는 무리한 부탁을 주님께 드린 것이다.

결혼 50주년이 되는 2000년 2월 25일이 왔다고 해서 어떤 뾰족한 수가 생길 리 없었다. 특별한 행사를 계획한 것도 아니었다. 그렇게 무리한 부탁을 주님께 드린 후에도 남편은 세 번이나 힘겨운 고비를 넘겼다. 그럴 때마다 그는 심한 고통에 몸부림치며 "차라리 나를 가게 해달라"고 절규했다. 그런 그를 나는 가슴을 쥐어뜯으며 지켜볼 수밖에 없었다.

6개월이 지난 오늘, 그는 한마디 말도 못하고 눈을 뜨는 일조차 힘겨워한다. 그런 남편을 두고 돌아오는 버스 안에서 노부부를 보게 되자, 나는 그들의 거동을 유심히 지켜보지 않을 수가 없었다.

주님! 이제 저 사람은 어찌 되는 것입니까? 게으르고, 교만하고, 허물 많은, 부족하기 이를 데 없는 이 딸의 염치없는 소원을 들어 주시기 위해 남편을 아직도 저렇게 누워 있게 해주시니 감사합니다. 그리고 주님! 이 평온함이 얼마나 더 지속될 것인지 제가 모르도록 해주심에 또한 감사합니다.

여인의 꽃 Oil on canvas 1990

6월에 떠난 사람

그 사람을 처음 본 것은 대학 3학년 때 3·1절이었다. 음악과 친구 상순이가 육군 관사에 사는 남자친구에게 놀러가는데 같이 가자면서 영문과 연순이도 올 거라고 했다.

삼각지 정류장에서 전차를 내리니 저만치 떨어진 곳에 연순이가 기다리고 있었다. 연순이는 곁에 서 있던 군복 입은 청년을 가리키며 말했다.

"우리 육촌 오빠야. 육군 관사에 들어가려면 보초가 서 있을 테니 도움이 될 것 같아 함께 왔어. 이쪽은 나랑 동고녀 같이 나온 미술과 친구."

이렇게 우리는 만났다. 그녀의 짐작대로 관사 입구 오른쪽에 섰던 보초병이 '꽥' 소리를 지르며 부동자세로 김 중위에게 경례를 붙이고 그도 절도 있게 손을 올려 답례했다. 건장하고 상쾌한 인상의 김 중위가 앞장서고 두 여대생은 졸졸 따라 들어갔다.

두 번째 만남은 일 년쯤 후 전혀 예기치 못했던 곳에서 우연히 이루어졌다. 그 무렵 나는 가족이 있는 화가의 성화에 시달리고 있었다. 부인과 헤어질 테니 졸업하면 같이 외국에 나가 세계적인 작가가 돼보자는 것이었다. 나더러 첩이 되라는 말이 아닌가? 나는 어릴 때부터 아버지의 소실 문제로 늘 눈물로 지새우시던 어머니를 생각하면, 그가 아무리 달콤한 말로 다가와도 혐오감을 느낄 뿐이었다.

그날 충무로 길을 가다가 그 화가와 마주치게 된 것이다. '이크, 큰일났다!' 화가는 따라오면서 횡설수설 계속 말을 걸고 나는 앞만 보며 부지런히 걷고 있는데, 앞쪽에서 인파를 가르며 성큼성큼 다가오는 장교의 모습이 보였다. 바로 대위 계급장을 단 김 중위였다. 나는 다급하게 "김 중위님, 저 아이스크림 사주시겠어요?" 하고 말을 걸었다.

그는 반가운 얼굴로 그렇게 하자고 대답하며 마침 바로 길 옆에 있는 후줄그레한 빨간 천을 드리운 아이스크림 집으로 들어갔다. '아! 살았다.' 힐긋 돌아보니 화가는 망연자실하여 길 복판에 서 있었다.

아이스크림 집을 나선 우리는 충무로 길을 나란히 걷게 되었지만, 할 이야기가 없었다. 일 년 전에 한 번 만났을 뿐인데 느닷없이 아이스크림을 사달라고 졸랐으니 그 이유를 설명할 수도 없고, 김 대위도 무슨 생각을 하는지 입을 다문 채 힐끔힐끔 내 얼굴을 내려다보며 집까지 바래다주었다. 다음 일요일 "영락교회에 다니겠다"며 나타난 김 대위를 어머니는 반기시는 눈치였다. 교회에 나가겠다는데 마다할 리가 없었다.

졸업을 앞두고 김옥길 사감이 부르셨다. 선생님은 미국 유학을 떠나실 참이었는데 "내가 떠난 후 영어 공부를 열심히 해 유학 갈 준비를 하라"고 말씀하셨다. 1949년, 그 당시 미국 유학은 젊은 사람들의 꿈이었다. 그리고 학교에서 시키는 대로 따르면 개인적으로는 비용도 한 푼 들지 않던 것으로 기억한다.

며칠 후면 학사 과정을 공짜로 마치고 게다가 미국 유학까지 보장된 셈이니 나는 행운아 중의 행운아라 할 수 있었다. 그러나 어머니 생각을 하면 마음이 무거워졌다. 어머니는 해방과 동시에 모든 것을 잃어버렸고, 고생이 말이 아니었다. 학교에서 받은 은혜에 보답하는 길은 유학을 갔다 와 학교를 위해 열심히 일하는 길인데…….

졸업하자 나는 여고 미술교사로 들어갔다. 김 대위는 주일마다 나타나서 함께 영락교회에 다녔다. 어느 날 이웃 아낙네들이 '사윗감인가 보다'면서 수군댄다는 말이 들려왔다. 나는 어머니 생활이 안정되면 슬슬 유학 갈 준비를 할 생각이었는데 그런 소문이 나는 것을 원치 않았다.

마침 여학교 후배로 늘씬한 미인이 평택에서 초등학교 교사로 있었으므로 그녀에게 편지를 썼다. "여기 집안 좋고 진실한 성격의 정직하고 기억력 좋고 뭐든지 잘하고 재미있는 북경성고보 출신 육군 대위가 있는데 만나 보겠느냐?"고 말이다.

그녀의 관심을 끌기 위해 좀 과장된 점이 없지 않으나, 우리 지방에서는 북경성고보라면 무조건 알아줬다. 후배가 평택에서 올라왔다. 두 사람을 앉혀 놓고 보니 참으로 잘 어울리는 한 쌍이라 흐뭇했다.

그녀가 자리를 떠난 후, 김 대위가 마음에 없다고 했을 때 나는 거의 이성을 잃을 지경이었다. '천하의 동고녀 출신을 마다하는가? 그만한 미인을 어디 가서 구하려고!' 김 대위는 나를 건너다보며 '천하의 동고녀 출신은 여기도 있지 않냐?'고 했다. 그의 엉뚱한 말에 정신이 번쩍 들었다.

"나는 아니지. 예쁘지도 않고, 어머니를 모셔야 하고, 유학을 가야 하니까."

"얼굴은 그만 하면 됐어. 그리고 충분히 귀여워. 유학을 다녀와. 기다릴 테니……."

그렇게 만난 그가 6월에 내 곁을 떠나 먼 나라로 갔다.

미술계 한담 閑談

운보와 우향
스승 김인승 화백
천경자의 환상여행
그 동상은 미술작품입니다
은사 심형구 화백
미술계 한담
모델
삼류 화가의 변
예고 출신 '5인전'
한국종합전람회
개인전

Frida 20″ x 16″ Oil+Acrylic on canvas 1995

운보와 우향

설날 하루 전 운보 김기창 화백이 돌아가셨다는 소식이 전해졌다. 나는 멍해져서 한참 동안 아무 생각이 떠오르지 않았다. 항상 꼿꼿한 자세로 생전 늙으실 것 같지 않게 느껴지던 선생님이셨다. 그런데 얼마 전에 북으로 갔던 동생이 왔을 때 병원 침대에 누우신 채 상봉하는 모습을 TV에서 보고 머지않았구나, 하는 생각이 들더니 끝내 떠나신 것이다.

김기창 화백은 한국 화단을 대표하는 대가이셨다. 그리고 후진들에게 용기를 주고 많은 영향을 끼친 분이시기도 하다. 삼십여 년 전 내가 한국을 떠나려고 하던 무렵 우연히 길에서 선생님을 만난 적이 있었다.

"우향 선생님 언제 오세요?" 하고 여쭈었더니 "내가 오라고 편지 했어. 말 안 들어." 그분 습관대로 입을 크게 벌리며 말씀하시다가, 조금씩 다물며 대답하셨다. 쓸쓸한 표정이었다. 그리고는 다시 미소를 짓던 선생님에게 나는 미국으로 가려 한다는 말씀은 드리지 못한 채 헤어지고 말았다. 그때 난 미국에서 한두 해 정도 지내다 돌아올 생각이었다.

오래전에 학교에 다닐 때 우리 반에 이재순이라는 아주 활달한 성격의 친구가 있었다.

"얘들아, 내가 김기창 씨를 만나러 갔지 않았겠니. 그런데 말이야, 박래현이 왔더라. 둘이 아랫목에 깐 포대기에 발을 같이 넣고 있는 거야."
하며 손뼉을 치며 웃어댔다. 한창 건방지고 안하무인이었던 우리는 왁자지껄 떠들며 함께 웃어댔다.

그때 운보 선생은 서른이 넘은 노총각이었고, 우향 선생은 동경여자미술전문학교를 갓 나온 처녀 화가였다. 두 분은 그 후 곧 결혼했고, 부인이 신랑 입에다 손바닥을 대고 열심히 말하는 연습을 시키고 있다며 칭찬이 자자했다.

내가 두 분을 비교적 가까운 거리에서 뵙게 된 것은 6·25가 지난 후였다. 어느 날 우향 선생이 냉면을 사주셨다. 평양에서 자란 그녀는 냉면을 좋아했다. 그리고 입가심을 하자며 다방에 들어가 커피를 시켜 놓고 긴 이야기를 나누었다.

"이봐, 순련 씨. 열심히 그려. 중도에 그만두면 안 돼. 당신들은 국산 화가 제1호잖아. 우리 여성들이 너무 약해."

그날 성북동까지 함께 택시를 타고 가서 실개천을 건너 두 분의 보금자리까지 가고 말았다. 넓은 방 양쪽 벽이 작품들로 꽉 차 있었다. 두 분이 서로 등을 돌리고 앉아 각자 자신의 작업을 한다고 했다. 너무나 부러운 광경이었다.

우향 선생은 미술학교에 다닐 때 '조선미술전'에서 운보 선생의 작품을 보고 감동을 받아 작가를 만나기 위해 여름방학에 운보 선생 댁으로 찾아갔다고 한다. 대문을 들어서니 할머니 한 분이 뜰에 계시다가 집 안을 향해

"손님 오셨다!"고 하니, 문이 열리며 한 청년이 나오더란다. 작품의 성숙도로 보아 중년이 넘은 분이리라 상상했는데 뜻밖에도 건장하고 잘생긴 젊은이가 나타나는 바람에 당황해서 낯을 붉히며 쳐다본 것이 첫 만남이었다고 한다.

"내가 그때 말이지. 손님이 찾아올 리가 없는데 문을 여니까 양산을 받치고 여자가 서 있었어. 너무 황홀해서 천사가 온 줄 알았지. 허허……."

운보 선생이 그때 일을 얘기하시자, 두 분이 마주 보고 웃던 모습이 참 좋아 보였다.

1960년대 '상파울로 비엔날레'에 부부가 함께 갔다가 귀국길에 부인은 뉴욕에 남고, 운보 선생 혼자 돌아오셨던 적이 있었다. "우향 선생님 오셨어요?" 여쭤 보면 "공부 더 해야겠다고 미국에 있고 싶대" 하시더니 결국 우향 선생은 뉴욕에서 돌아가시고 이제 운보 선생마저 가셨다.

그럭저럭 화가라는 명맥을 이어가며 노후를 보내고 있는 지금, 내가 아는 운보 우향 두 분 선생님 생각이 자꾸만 떠오른다.

꽃밭에서 Oil on canvas 2003

스승 김인승 화백

2001년 6월, 한국 미술계의 큰 별이 떨어졌다. 부연설명을 할 필요가 없을 만큼 김인승 화백은 일제강점기에 미술로 조선 사람의 본때를 통쾌하게 보여준 작가였다. 당시에는 그분의 실력을 아무도 따르지 못한다고 했다. 그런데 세월이 흐르고 시대가 바뀌어 이렇게 가셨다니, 아쉬운 마음을 어떻게 표현할 길이 없다.

1946년 내가 이화대학 서양화과 2학년 때 개성으로 스케치 여행을 가게 됐다. 당시 나는 기숙사 사무실에서 일하며 공부하던 때라 돈도 없고 2박3일이나 사무실을 비울 처지가 못 되었다. 친구 유모열이 김옥길 사감 선생님께 스케치 여행이 있다고 말씀을 드리니 김 선생님이 여행 비용을 내주시며 사무실 걱정은 하지 말고 잘 다녀오라고 허락해 주시던 기억이 새롭다.

그 여행에서 나는 신문에서 성함만 보고 마음으로 존경하던 김인승 선생님을 처음 뵈었다. 선생님은 개성여고에서 학생들을 가르치고 계셨는데 그때 처음 뵙게 된 것이다. 그리고 내가 서양화과 3학년 때, 선생님께서 우리 학과에 오시게 되었다. 선생님 연세가 30대 후반쯤 되셨던 걸로 기억한다.

과장인 심형구 선생님은 김 선생님이 1937년에 동경미술학교를 수석으로 졸업했는데, 최우수 학생에게 하사하는 천황의 금시계를 받은 분이라고 하셨다. 우리는 '와~' 하고 함성을 질렀다.

심 선생님도 1936년에 동경미술학교를 수석으로 졸업하고 천황의 금시계를 받은 분이라는 것을 우리는 잘 알고 있었다. 동경미술학교는 그 당시 일본 최고의 미술교육기관이었으므로 이화대학 서양화과에 한국 최고의 선생님들이 계시다는 사실이 무척 자랑스러웠다.

4학년 때 경주 스케치 여행을 선생님과 사모님도 함께 가시게 되었다. 우리는 평소에 선생님의 그림 '여인 좌상'의 모델인 청초한 미인이 무척 궁금했는데, 드디어 그 미인을 직접 뵙게 된 것이다. 사모님과 좁은 3등 기차 칸에 앉아 무릎을 맞대고 마주 보며 가던 일이 잊히지 않는다.

저녁 식사 후에는 여관방에서 노래자랑이 벌어지기도 했다. 김 선생님은 손수건을 꺼내들고 "울려고 내가 왔던가. 웃으려고 왔던가……"를 열창하셨다. 그 노래는 당시 대단히 유행했던 고운봉의 노래였다.

선생님은 언제나 유머가 넘치고 재치 있는 화술로 실기실 분위기를 부드럽고 명랑하게 이끌어 주셨다. 그리고 누구의 제자임을 따지지 않고 고루 격의 없이 잘 대해 주셨다. 내가 대학을 졸업하고 지금까지 화가라는 이름으로 명맥을 이어가며 그럭저럭 작업을 즐길 수 있게 된 데는, 어깨에 힘주지 않고 다른 작가를 의식하지 않고 오로지 자신만의 작업을 즐기는 김인승 선생님의 초연한 작가적 분위기를 배운 덕분이라는 생각이 든다.

미술도 시대 흐름에 편승해 작품이 쏟아져 나왔다가 사라지곤 한다. 그러나 어떤 시대이든 진짜 실력에서 우러나온 성실한 작업은 보는 이의 심금을 울리게 마련이다. 김인승 화백의 작품을 가만히 들여다보고 있으면, 자신도 모르게 빨려들어가는 느낌을 강하게 받곤 한다. 특히 선생님 중년기 인물화를 볼 때면 더 그렇다. 선생님의 숱한 '여인좌상'에서 볼 수 있는, 신성불가침의 광채를 띤 눈망울은 아무도 감히 흉내를 낼 수가 없다.

　김인승 화백이야말로 한국 화단의 자랑이었다. 같은 장르에서 선생님의 작품세계를 따를 작가가 쉬이 나타날 것 같지 않다. 선생님 생전에 좀 더 선생님께 배웠어야 했는데, 참으로 안타깝다.

Orchids Oil on canvas 1991

천경자의 환상여행

한국에서 신간 한 권이 왔다. '천 선생이 또 책을 내셨구나. 몸져누우셨다고 들었는데 글을 쓸 만큼 회복이 되셨으니 다행이다'라고 생각했다.

그런데 찬찬히 훑어보니 작은 글씨로 '천경자 평전'이라고 쓰여 있지 않은가? 흰 꽃과 노랑꽃으로 장식한 갈색머리에 우수에 비낀 회색 계통의 프로필, 슬픈 오른 눈이 똑바로 나를 보고 있다. '채색과 풍물로 독창적 화풍 일군, 천경자의 환상여행, 정중헌, 나무와숲'. 다 훑어보아도 이 책은 '천경자 예술에 대한 평전'을 제3자가 쓴 것이었다.

책을 받아들고 긴 시간을 멍하니 앉아 있었다. 돌이켜보니 오십여 년 동안 내가 가늘게나마 전업 화가 노릇을 이어올 수 있었던 것은, 항상 용광로와도 같이 불타 오르는 천 선배의 예술혼이 앞장서서 본이 되어 주었기에 나도 화가로 살다 붓을 든 채 가리라는 생각을 버리지 못했던 것 같다.

천경자 선생은 참 정직한 분이었다. 1960년 12월 '동남아 미술사절단'이 떠나게 되었을 때 대표 다섯 명 중에 여류 화가를 한 명 넣기로 했다며 협회로 나오라는 편지를 받았다. 나가 보니 천 선생이 못 가겠다 하여 대타로 나를 부른 모양이었다.

여행에서 돌아온 후 천 선생께 "내가 얼마나 혼났다고요. 그래도 좋은 경험이었는데 왜 안 가셨어요?" 그랬더니, "사랑을 잃을까 봐" 한 치의 머뭇거림도 없이 답을 하셨다.

그렇게 정직한 대답을 누가 할 수 있을까. 천 선생 수필집에 의하면 홍익대에 출강을 할 때였다고 한다. 데이트 장소를 대전으로 정한 후 천 선생은 서울역에서 기차를 타고 내려가고, 유부남인 애인은 광주에서 출발해 대전에서 만나 몇 시간 동안 사랑을 불태웠노라고 씌어 있었다. 책을 읽은 사람들은 이미 알고 있던 사실이지만 그렇게 솔직한 대답이 즉각 돌아올 줄은 짐작도 못했으므로 몹시 당황스러웠다.

천경자 선생의 글에는 마력 같은 것이 숨어 있다. 있었던 일들을 정직하게 그리고 아름답게 엮어 가므로 부도덕이나 방종 같은 낱말이 끼여들 틈새를 주지 않는다. 그저 한 폭의 그림을 감상하듯 글을 읽고 휴우~ 한숨을 내쉬면 모든 것이 아름답게 마무리된다. 선생은 그렇게 하여 차곡차곡 책으로 엮었다. 화가 중에서 천 선생만큼 책을 많이 낸 사람은 없지 싶다.

삼십칠 년 동안 문화부 기자로 지냈다는 저자는 천경자 예술에 대해 군더더기를 붙이는 것을 극도로 삼가고 있는 듯이 보인다. 그러기에 천 선생의 책들을 기자의 예리한 눈으로 한 장 한 장 살펴 가며 원문을 살려 생동감을 주었다. 사람들이 알고 싶어할 만한 내용들이 너무 많으니 누구나 이 책을 한번 들면 끝을 볼 때까지 놓지 못할 것 같다.

수화 김환기 선생이 파리에서 돌아오신 지 얼마 되지 않았을 때였다. 미술협회 모임이 끝나고 수화 선생이 천 선생과 조각가이신 김정숙 선생 그리고 나 세 사람을 데리고 충무로 맥줏집에 들어갔다. 나는 알코올 냄새도 못 맡는 체질이라 한쪽 모서리에 앉아 구경하고, 세 분은 큰 잔을 들었다 났다 하며 이야기꽃을 피웠다.

"이봐요, 얌전한 척하지 말고 한 잔 쭉 들이켜 봐요. 교회 다닌다고 빼는 건 아니겠지? 나는 목사님 며느리라고."

김정숙 씨가 한 말이었다.

천 선생은 한쪽 손을 들어 입을 반쯤 가리며 조용조용 한마디씩 하시고는 시원스레 맥주를 들이켰고, 수화 선생은 파리 이야기를 많이 하셨다. 삼십 대였던 우리에게 파리는 쉬 발을 들여놓을 수 없는 꿈의 도시였다.

1961년 내가 약수동에 살 때, 홍익대 교수로 계시던 한묵 화백이 파리로 떠나기 전에 천 선생과 두 분이 "홍대에서 출발해 정신없이 이야기하다 보니 여기까지 오게 되었노라"며 대문을 들어섰다.

마침 손님이 놓고 간 양줏병이 있어서 두 분은 주거니 받거니 하며 얘기를 나누셨다. 한묵 화백은 취기가 오르니 흥이 나서 시 낭독을 하며 "부나비라 하오!" 하며 울부짖었다. 한묵 화백은 지금까지 파리에 머물며 활발히 작업을 하다가, 백세가 되는 올해까지도 간간이 작업을 계속하고 있다

천 선생이 《한》이라는 수필집을 들고 오신 것이 나의 몇 번째 개인전이었던지 지금은 기억이 잘 나지 않는다. 나는 작품이라고 내놓기는 부끄러우나, 쉬지 않고 붓을 든 흔적을 보이는 것이 화가인 나의 의무라 생각하고 개인전을 해왔다. 그러나 막상 선배 화가들이 화랑에 나타나면 주눅이 든다. 마치 무대 위에 발가벗고 나선 것 같은 부끄러움 때문이다.

그때도 그랬다. 외국에 나가 살며 얼마나 공부를 했는지, 발전한 흔적은 좀 보이는지 격려도 해줄 겸 오셨을 텐데, 나는 몸둘 바를 모르고 쩔쩔맸다. 그 버릇은 지금까지 고쳐지지 않는다. 열두 번이나 개인전이랍시고 치렀는데 여전히 자신이 없다. 천 선배의 당당한 모습이 그래서 더욱 그립다.

漁民　60호 Oil on canvas 1960

그 동상은 미술작품입니다

2차 대전 때 프랑스는 일찌감치 수도 파리를 싸우지 않고 적에게 개방했다. 박물관과 미술관에 있는 방대한 미술품을 살리기 위해서였다. 미국은 2차 대전 막판에 일본 본토 전역에 포탄을 깔다시피 심한 폭격을 가하면서도 교토는 다치지 않게 했다. 유서 깊은 교토의 고미술품을 보존하기 위한 조치였다. 지금 한국에서 들려오는 소식은 어느 미개국 정글 속에 사는 식인종들의 얘기가 아닌가 귀를 의심케 한다.

'맥아더 동상'은 조각가 김경승의 작품이다. 노동자들이 아무렇게나 부어 만든 쇠뭉치가 아니다. 고 김경승 선생은 우리나라 서양 조각 정통파의 거장이었다. 동경 우에노 미술 조각과에 다닐 때 그린 데생의 정확성과 아름다움은 후배들에게 두고두고 전설로 남아 있다. 그분은 해방 후 서울대 미대, 홍익대, 이대 미대를 두루 돌며 한국 조각계의 기틀을 쌓고 조각가들을 키웠다. 현재 한국에서 활동하는 대다수 조각가들의 스승들을 키워 낸 분이시다.

쇠파이프라니! 누가 감히 그분의 작품에 손을 댄다는 말인가! 60년대 일본에서 '가꾸마루'파라고 했던가? 쇠파이프를 휘두르며 동경대학 야스다 강당에 불을 지르고 무법천지를 만들었던 폭력배 학생들의 기사를 보며 '일본은 이제 완전히 망했구나!' 했었다. 그런데 2005년 '세계 속에 우뚝 섰노라!' 큰소리치는 한국에서 60년대 일본이 하던 짓을 본받고 있다 하니 통탄할 노릇이다.

1964년, 이탈리아 피렌체 거리를 나는 바보처럼 눈물을 찔끔거리며 걷고 있었다. 발에 차이는 것이 조각이요, 가는 곳마다 명화의 향연이니 행복한 눈물이 절로 흘렀다. 미켈란젤로의 다윗 상을 몇 번이고 다시 쳐다보고 또 쳐다보며 그 오묘한 선의 흐름에 발을 떼지 못했던 일을 머릿속으로 그려본다.

만약 지금 골리앗의 후손들이 미켈란젤로의 그 다윗상이 못마땅하다고 쇠파이프를 휘두르며 나타난다면? 온몸이 오싹해진다.

골리앗을 돌팔매로 단숨에 꺾은 다윗처럼 인천상륙작전이라는 비상한 전술로 악의 허리를 꺾고 맥아더 장군은 우리를 구해 주었다. 인천에서 난리를 치는 그대들은 6·25를 얼마나 아는가?

나는 피난처에서 폭격 소리에 놀라 첫아이를 조산했다. 몸은 아프고 배는 고프고 두렵고 가지가지 어려움 속에서도 쌕쌕이 비행기가 나타나지 않으면 '연합국이 우리를 버리면 어쩌나!' 속을 태웠다.

폭격기가 와서 포탄을 투하하면 다음 순간에는 자신이 죽을 수도 있는데 우리는 개의치 않고 갖가지 어려움을 견디며 연합군이 공습을 해주기만을 기다리고 또 기다렸다.

어느 날 인천 쪽에서 쿵쿵 하는 대포 소리가 들려왔다. 뉴스는 "맥아더 장군 진두지휘 아래 인천상륙작전이 성공해 시가전이 벌어지고 있다"고 했다. 사람들은 며칠 동안 방 안에서 꼼짝 않고 있었다.

콩 볶는 소리 같은 소총 소리가 점점 가까워지더니 드디어 우리 해병대가 뒷산에 왔다고 하지 않는가. 우리는 신이 나서 달려나갔다. 우리 국군의 늠름한 모습을 빨리 보고 싶어서였다. 그 기쁨을 어떻게 표현해야 하나. 얼싸안고 춤이라도 추고 싶었다.

그러나 현실은 그게 아니었다. 그곳에는 진흙투성이의 너덜너덜해진 작업복을 걸치고 먼지와 땀에 찌들어 땟국물이 꾀죄죄한 얼굴에 날카롭게 번득이는 두 눈만 보이는 더럽고 피곤에 지친 군인들이, 환영을 나간 우리는 거들떠보지도 않고 삽으로 참호를 파고 있었다. 인천 바다에서 적전 상륙을 하느라 피로 얼룩져 젖은 발로 계속 뛰고 기어다니는 모습은 너무 참혹해 눈을 뜨고 볼 수가 없었다.

그것이 전쟁이었다. 이게 어찌 우리 해병대만의 모습이겠는가? 연합군 역시 우리를 위해 그렇게 함께 싸웠다.

"아직 안전하지 않으니 들어가세요."

장교 한 사람이 다가와 말했다.

우리는 참담한 광경에 눈물을 흘리며 돌아섰다. '저 무거운 배낭을 메고 삽과 소총을 들고 신경을 곤두세우며 한 발짝씩 적진을 돌파해 이곳까지 왔구나. 도중에 전우의 마지막 모습도 보았겠지.' 눈물이 멈추지 않았다.

그리고 1950년 9월 28일, 중앙청에 태극기가 올라갔다. 우리는 손에 손을 잡고 가족들이 무사히 돌아오기를 기도했다.

'맥아더 동상'은 고 김경승 선생의 걸작 중의 걸작이다. 맥아더는 작가가 세운 그 자리에, 내가 35년 전 쳐다보았던 그 모습대로 당당하게 서 있어야 한다. 맥아더 장군은 나를 포함한 모든 한국인들, 저 철딱서니 없이 핏대만 올리는 자들의 가족과 일가친척들까지 통틀어 모든 이의 생명을 구해 준 은인이요, 비상한 전략을 시행한 결단의 영웅이기 때문이다.

丹頂　24½ x 30½cm　Oil on canvas　1986

은사 심형구 화백

해방이 되자, 이화대학에 미술과가 생겼다는 서울방송을 듣고 나는 화가가 되겠다는 일념으로 38선을 넘어왔다. 그리고 입학원서를 들고 '미술과 과장실' 문패가 붙은 방에 들어섰다. 후리후리한 키에 커다란 눈을 똑바로 뜨고 내려다보시는 선생님의 첫인상은 몹시 차갑고 엄해 보였다. 나는 겁을 잔뜩 먹고 '가진 것도 없는 주제에 못 올 곳에 온 건 아닌지' 걱정이 되었다. 하지만 천신만고 끝에 넘어온 38선을 다시 넘어갈 수도 없는 노릇이었다.

〈중앙일보〉에 실린 '친일 인사 708명 명단 공개'라는 기사를 훑어보다가 '심형구'라는 이름 앞에서 눈길이 멈췄다. 그분은 이대 서양화과에 다니던 4년 동안 나를 지도해 주신 지도교수였다.

화가가 되고 싶다는 의욕만 가지고 생판 백지 상태로 나타난 나에게 선생님은 다짜고짜 켄트지 한 장과 4B연필 한 자루 그리고 고무 지우개를 들고 오셨다.

"실기실에 가서 그리기 시작해."

데생 교실을 찾아간 나는 뒷자리에 세워진 이젤로 다가가 석고상을 쳐다보며 한숨을 쉬었다. '저 친구들은 실력이 저렇게 좋은데, 나는 어쩌면 좋단 말인가?' 하고……. 학기 초부터 입학한 학생들은 기가 막히게 그림을 잘 그렸다. 요즘 사람들은 상상도 할 수 없겠지만, 나는 정말 아무것도 모르는 상태에서 미술 공부를 시작했다. 선생님은 내게 물감 담는 통이 없다는 걸 아시고 학창시절에 선생님께서 쓰시던 목재로 된 커다란 '에노구 박스'를 몰래 주셨다. 튼튼해서 좋다는 그 묵직한 박스를 둘러메고 나는 진땀을 흘리며 그림을 그리러 쫓아다녔다.

기숙사 사무실에서 일을 하게 되자 학비 걱정은 없었으나, 재료비도 필요했고 이래저래 돈 들 일이 있었다. 선생님은 미군 고급 장교에게 다리를 놓아 크리스마스 카드 같은 것도 그리게 해주시고, 편지지 겉장을 그리는 일도 맡아 주셔서 나는 부수입을 벌 수 있었다. 선생님은 종종 내 물감통을 들여다보신 후, 자상하게 빠진 색깔을 보충해 주셔서 나를 감동시켰다.

그러나 그림 공부에서는 대단히 엄격한 분이셨다. 선 하나 함부로 긋는 것을 용서하지 않았다. 우리는 심형구 선생님의 제자가 되었다는 것을 늘 자랑으로 여겼다. 한국 사람으로 일본 최고의 미술교육기관인 동경미술대학우에노 미술 '본과'를 최초로 졸업했으며, '후지시마 다께지 교실' 학생이셨기 때문이었다. 졸업할 때 당당히 수석을 해, 일본 천황이 주는 금시계를 받았으니 일본인 학생들에게도 선망의 대상이었다.

나는 얼마 전에 친일파 명단을 만들기 위해 총독부가 버리고 간 '관보'를 면밀히 훑어보고 있다는 기사를 읽은 적이 있다. 수백만 건도 넘을 그 자료를 일일이 검토하는 일이 결코 만만치 않겠구나 싶은 생각이 들었다. 그리고 일제강점기를 경험하지 못한 사람들이 지금의 시각으로 과연 그 속에서 얼마나 알짜배기 친일파의 행적을 제대로 꼬집어 낼 수 있을까 싶어서, 공연한 수고만 하고 몇 해가 지나면 흐지부지되기 십상이겠구나 하는 생각이 들었다.

심형구 선생님은 관전인 '조선미술전람회'에서 최고상을 타고, 일본 화가들만이 좌지우지하던 단체에 한국 화가로는 처음으로 끼이게 되어 관보에 이름 석 자가 올라갔을 것이다.

그 사실이 한국사람들에게 얼마나 해를 끼치는 일이었을까? 일본사람보다 우수해 일본사람들을 실력으로 제치고 그들이 부러워하는 훌륭한 업적을 남긴 화가였다면, 대한민국에서는 상을 주어야 마땅하지 않을까?

분수를 모르는 문외한들이 모여 혹시 선생님의 작품을 가지고 문제를 삼는다면, 아마 선생님의 걸작 중의 걸작 '노어부'를 두고 시비를 걸 수도 있겠지 싶다. 모델이 일본 노인이니까.

이렇게 되면 너무 유치한 얘기가 되어 버리니, 여기서 그만하기로 하자. 저 유명한 파리의 화가 로트렉은 파리의 창녀들, 유들유들 살찐 댄서들을 주로 모델로 그렸다. 그러나 그 그림을 두고 음탕하다고 흉보는 사람은 없다.

심형구 선생님은 소프라노 김자경 선생과 잉꼬부부로 유명했다. 두 분은 더 공부가 필요하다며 1949년 어린 남매를 맡기고 미국으로 가셨다가 9년간 머무신 것으로 알고 있다. 간간이 김자경 선생의 오페라 출연 등에 관한 소식은 들을 수 있었으나, 심 선생님에 대해선 소식을 들을 수가 없었다.

이화대학에 돌아오신 후 여름방학에 화전포에서 종일 땡볕을 쬐며 남긴

절필 '파도'는, 소품이지만 아주 훌륭한 보기 드문 걸작이었다. 그리고 1962년 한창 나이에 수영을 하시다가 심장마비로 세상을 뜨셨다. 동해 바다에 잠긴 선생님의 넋은 저 철부지 정치인들이 휘두르는 도깨비방망이에 참혹하고 억울하게 당하고 있으면서도 한마디 변명도 못하고 계시다.

꽃밭 Oil on canvas 1996

미술계 한담

8·15 해방이 되자, 이화대학에 미술과가 생겼다는 라디오 방송을 듣고 화가가 되겠다는 일념으로 38선을 넘기로 결심을 했다.

토목 청부업을 하시던 부친은 친일파로 몰리자 작은집 식구들을 데리고 종적을 감추고 말았다. 어머니 쪽 우리 식구들은 졸지에 가장을 위시하여 집과 모든 것을 잃고 만 것이다. 고향에 미련은 없었지만, 소련군들 눈에 띄지 않으려고 얼굴에 숯가루를 칠한 채 조그만 보퉁이를 옆구리에 끼고 화물차에 뛰어올랐을 때 가슴이 찢어지는 것 같았다.

그날로부터 반세기가 더 지난 요즈음, 서서히 움직이는 무개차 꼭대기에서 소련군 폭격으로 허리가 잘린 모교 본관을 목이 아프도록 뒤돌아다보던 꿈을 꾸곤 한다.

그해 봄 이화대학의 전신인 경성여전에 올라와 한 학기를 마치고 여름방학이 되어 고향에 내려갈 때, 친구들은 B-29 공습이 심해지면 학교에 다시 돌아올 수 없을 거라고 말렸다. 하지만 나는 이부자리며 옷가지, 심지어 미숫가루까지 고스란히 다 두고 내려갔다. 기숙사에 맡겨놨던 돈 450원그당시 기숙사비는 월 25원 정도였다도 그대로 두고 갔으니, 깡그리 다 잃고 무일푼이 된 고향의 어머니보다 오히려 부자인 셈이었다.

열흘간의 고생 끝에 드디어 38선을 넘어 기숙사에 도착한 그날은 토요일 오후였다. 나는 잠시도 지체할 수 없어 미술과가 있는 음악당으로 뛰어내려 갔다. '서양화부'라는 팻말이 붙은 문이 눈에 띄기에 밀어 봤더니, 문이 사르 르 열렸다.

휑 하니 넓은 공간에 제일 먼저 눈에 띈 것은 테이블에 놓인 석고상들이 었다. 그리고 이젤이 이리저리 세워져 있고, 그리다 놔둔 연필 데생이 놓여 있었다. 한쪽 벽에는 완성된 데생들이 쭉 붙어 있는데 정말 기가 막혔다. '아, 이렇게 잘 그릴 수가!'

화가가 되겠다고 무작정 고향을 버리고 온갖 위험을 무릅쓰고 38선을 넘 어 찾아왔는데, 이 일을 어쩌면 좋은가. 쇠뭉치로 호되게 뒤통수를 얻어맞 은 것 같아 시간 가는 줄 모르고 마룻바닥에 땅거미가 지도록 서 있었다.

월요일 아침 사무실에 내려가니 김옥길 사감 선생님이 재학생은 어떤 과 든지 원하는 대로 재입학이 된다면서 원서를 내주시는데 난감하기만 했다. 기를 쓰고 오긴 왔는데 도통 자신이 없으니, 어째야 하나.

그렇다고 이제 와서 다시 38선을 넘어 고향으로 되돌아갈 수도 없었다. 사 감 선생님은 내가 주저하는 이유가 돈 때문인 줄 알고 38선 이북에서 오는 재학생은 형편에 따라 첫 등록비를 봐주기로 했으니 걱정 말라고 하시며 원 서를 돌려놓고 당신이 쓰기 시작하였다.

"무슨 과로 하지, 미술과?"

"저…… 미술 재료 구하는데 돈이 많이 들 것 같고 자신이 없어요. 문과도 좋고, 무용도 하고 싶고……."

선생님은 더듬거리며 머리를 숙이고 있는 내 꼴이 딱해 보였던 모양이다.

"문과도 책을 사봐야 하니 돈이 들고, 체육과도 이래저래 돈이 안 든다고 할 수 없고 마찬가지인데 미술과로 하지 뭐."

선생님은 남의 속도 모르고 '미술'이라고 번듯하게 써주셨다.

'아이쿠! 이제 이걸 어쩐다? 지금까지 웬만큼 잘 그린다 칭찬을 듣고 교실 게시판에 그림이 붙는 정도면 감히 화가가 되는 줄 내가 착각을 하고 있었던 건 아닐까. 석고상 이름도 비너스밖에 모르는 시골뜨기 여학생이 이제 혼쭐이 나게 생겼구나.'

내가 예상했던 대로 학기 초부터 들어온 학생들은 그동안 지도를 받아 훈련이 잘 되어 있었다. 게다가 서울에 있는 학교 출신들이라 더 세련되고 그림쟁이의 멋과 실력을 갖추고 있었다.

나는 기숙사에 있었으므로 친구들이 하교한 후에도 혼자 끈질기게 데생실을 지켰다. 그리고 일요일에는 숫제 점심도 굶고 종일 그곳에서 버티었다. 천애고아처럼 되어 버린 자신의 처지를 서글프다거나 불안하게 생각할 겨를도 없이 데생실에 틀어박혀 있으면 그저 행복하고 신바람이 났다.

우리나라에서는 이대에 처음으로 미술과가 생겼고, 그다음 해에 서울대, 그리고 홍익대는 그보다 몇 해 뒤에 생겼으니 당시 남자 화가 지망생들은 연구소에 다니고 있었다. 방학 때 내가 다닌 곳은 남산동 적산가옥^{후에 정준태}^{비뇨기과 건물} 이층에 간판을 건 '조선미술협회연구소'였다.

그림을 배우고 싶은 사람은 누구나 종이와 연필만 들고 와서 얼마든지 공짜로 그림을 그릴 수 있었으니 참으로 좋은 시절이었다. 지도 선생은 따로 없고, 미술협회 회원들이 수시로 들러 봐주기로 되어 있었지만 나오는 화가는 거의 없었다. 석고상이 하나 덩그러니 놓여 있고 7대3 각도로 이젤이 다닥다닥 붙어 있던 넓디넓은 방이었다. 그리고 그리는 사람보다 조개탄 스토브에 둘러앉아 얘기하는 친구들이 더 많았다.

"야! 무슨 여자가 저렇게 잘 그리니?"

수군수군 키득키득 힐끔힐끔…….

서울에 오던 첫날, 이대 데생실에서 다른 학생들의 작품을 보며 혼비백산했던 내 모습을 보는 듯해서 웃음이 절로 나오는 것을 가까스로 참고, 못 들은 척 손만 놀리고 있었다.

나름대로 재주가 있으니 이곳에 왔을 테고 체계적인 지도를 받아야 실력이 늘 터인데, 그 분위기에서는 자존심만 상하고 옳게 지도해 주는 선생님이 없었다. 그러다 보니 방황하는 재주꾼들의 집합소 같았다. 후에 서울미대에 간 김서봉 씨, 홍익대에 간 박석호 씨 등이 입김으로 손끝을 녹이며 열심히 그림을 그리던 모습이 생각난다.

한번은 '성북회화연구소'라는 화실이 생겼다 하여 찾아간 일이 있었다. 월북한 이쾌대 씨가 차린 곳이었다. 그곳에서 깨알 같은 개미떼를 연필로 그려 놓고, 이쾌대 씨의 군상 대작을 가리키면서 눈이 썩었다고 큰소리치는 청년을 보았다.

당시 이쾌대 씨는 당당한 중견작가였다. 더구나 시대의 여건으로 볼 때 그런 대작을 그리려면 무척 힘이 들던 때인데 작품 중 인물의 눈동자에 시비를 걸다니! 나 같은 애송이는 감히 생각조차 못하던 일이라 퍽 인상적이었다.

그가 바로 꾸준한 연필 작업으로 지금은 일가를 이룬 원석연 씨였다.

돌아가신 이마동 선생과 얽힌 재미있는 얘기가 생각나 적어 보기로 한다.

하루는 이마동 선생과 금동원 씨, 윤중식 선생 세 분이 우연히 만나게 되어 빈대떡으로 정종을 한 잔씩 걸친 후 수도극장에 영화를 보러 갔다고 한다. 한참 영화가 돌아가고 있는데 어둠 속에서 느닷없이 날카로운 목소리가 들렸다고 한다.

"여보, 나 좀 봐요!"

그러자 이마동 선생이 벌떡 일어서더니 군말 없이 부인을 따라나가더라고 한다. 그다음이 재미있다. 여류화가 금동원 씨와 둘만 남게 되자, 자리가 불편해진 윤중식 선생은 영화를 보다 말고 바로 극장을 나왔다. 아무리 생각을 해봐도 남편 체면을 생각하지 않고 덜미를 덥석 잡고 나가던 이 선생 부인이 못마땅해 견딜 수 없었다.

그는 성북동 자택까지 그럭저럭 부아를 참고 올라갔다. 그러나 대문에서 부자를 누르고 부인이 나와 반색하며 대문을 여는 순간, 자기도 모르게 손을 들어 부인의 뺨을 찰싹 보기 좋게 한 대 때리고 말았다. 영문도 모르고 뺨을 맞은 윤 선생 부인이야말로 그런 날벼락이 어디 있겠는가.

이마동 선생은 십대에 부모가 원하는 대로 결혼했다가 동경 유학을 가서 미술 공부를 하는 신여성과 뜻이 맞아 새로이 가정을 이루었는데, 주위의 몰이해로 부인이 어려움을 많이 겪었던 모양이다. 부인이 억울하게 고초를 겪다 보니 질투가 심하다는 소문이었다.

어쨌거나 정종 한 잔을 얻어 마시고 겨우 극장에 간 것뿐인데, 그것도 단둘이 간 것도 아닌데 이상한 취급을 받게 된 금동원 씨, 자초지종을 지켜보면서 한마디 변명도 해주지 못해 안타깝고 분통이 터진 윤중식 선생, 영문도 모르고 날벼락을 맞은 진짜로 더 억울한 미세스 윤, 그 시절이니까 있을 법한 너무나 한국적인 이야기이다.

1960년 겨울에 '동남아세아미술사절단'이란 이름으로 다섯 명이 동남아 아홉 나라를 여행한 적이 있었다. 동양화를 그리는 청강晴江 김영기 선생, 조각가 김경승 선생, 이완석 선생, 권영휴 선생과 내가 함께 떠난 여행이었다.

그때만 해도 화가들이 해외로 나간다는 것은 큰 사건이었다. 꽤 많은 화가들이 장도(?)에 오르는 우리를 전송하기 위해 김포공항에 모였다. 항상 바빴던 나의 남편도 어찌 시간을 만들어 공항 기둥 옆에 서 있었던 기억이 난다.

'자유아세아 미술회의 예비회담', '한국현대미술 동남아순방전'이라고 타이틀을 적어 놓으면 그럴듯하게 들릴 것이다. 그러나 실은 남자들이 앞에 나서서 얘기를 하면 뒤에 조신하게 앉아 있다가 밤늦게까지 밥을 얻어먹고, 이 나라 저 나라 돌아다니며 유랑극단처럼 액자틀에 넣지 않은 작품들을 벽에 붙이고 떼느라 무척 피곤했던 기억밖에 나지 않는다. 두 달 동안 그렇게 지내다가 녹초가 되어 돌아왔을 때 남편이 이렇게 말했다.

"거, 화가라는 작자들은 왜 그렇게 뻔뻔스럽지? 남편이 보고 있는데 남의 마누라 어깨를 껴안다니!"

이제는 돌아가신 수화 김환기 선생이 수고한다면서 내 어깨 위에 손을 올려놓았는지 확실치 않으나, 남편이 섰던 각도에서는 껴안은 것처럼 보였던 모양이다. 남이 탐을 낼 만큼 미인도 아닌데 왜 그런 생각을 한 건지 알 수가 없다.

수화 선생은 후배들을 참 따뜻하게 대해 주시던 분이었다. 작품이 잘 팔리는 시대도 아니었는데 어디서 돈이 생기는지, 술이 전혀 받지 않는 내가 조각가 김정숙 선생, 천경자 선생이 시원스레 들이켜는 맥줏잔을 부럽게 쳐다보며 선생님 얘기에 귀를 기울였던 적이 한두 번이 아니었다.

참, 이런 일도 있었다.

그날은 임원 선거를 하기 위해 모인 미술협회 총회가 있던 날이었다. 순서대로 회장, 부회장을 선출한 후 기타 임원들을 뽑으려고 하는데 수화 선생이 자리에서 일어나셨다.

"미협에 여류 회원도 이제 꽤 많은데 여성 임원이 없으니 한 사람 뽑도록 합시다. 상임위원에 김순련 씨!" 하고 소리를 질렀다.

수화 선생 덕분에 요즘 같으면 입후보를 한 사람이 저녁을 사먹이고 회비까지 대납해 주면서 선거운동을 해야 한다는 미협 감투를, 서른이 갓 넘은 나이에 염치 좋게 썼다. 참으로 금석지감이 없지 않다. 어른의 한마디가 천근 같은 무게를 지니던 옛이야기이다.

어른 이야기가 나오니 돌아가신 설초 이종우 선생님 생각이 난다. 1960년대 한국화단에서 '목우회'라고 하면 제일 권위 있는 단체라고 자타가 공인하던 때의 일이다.

그날 우리가 동창 그룹전을 하고 있는데, 설초 선생이 오셨다. 전시회장을 한 바퀴 돌고 오셔서 의자에 앉으시더니 물어 보셨다.

"목우회에 들어올 생각 없어요?"

"만장일치로 새 회원을 뽑는다던데 제가 감히 어떻게요."

조심스레 말씀을 드렸다. 내로라하는 대가들의 모임이요, 그들에게 뽑힌 쟁쟁한 소수의 젊은이들이 영광을 누리는 단체라고 믿고 있던 터라, 정말 자신이 없었다.

"김 선생이 들어오겠다면 내가 밀지요. 김인승 선생도 반대는 안 할 거요."

의미 있는 미소를 머금고 자리를 뜨신 후, 나는 한참 동안 생각에 잠겼다. 설초 선생 김인승 선생님 외에 도상봉, 이마동, 이병규, 박득순, 손응성, 장리석, 박영선, 김원, 박상옥……. 어느 얼굴을 떠올려도 내가 감히 명함을 내밀 자리가 아닌 듯싶었기 때문이다.

그런데 한 사람이라도 반대를 하면 입회가 안 된다는 회칙 아래 서른 명 가까운 회원들의 승인을 받아내어 나는 목우회 회원이 되었다. 그 역시 어른이 해주신 '한마디의 무게' 덕분이었다고 생각한다. 그 후 미국으로 오기 전까지 목우회 회원으로 있으면서, 나는 단 한 사람의 반대로 회원으로 못 들어오게 된 실력 있는 중견작가를 여러 차례 보았다.

5·16 혁명이 나자 국민 기강을 바로잡는다고 소위 '국가재건최고회의'의 명령으로 외제 상품의 암거래를 철저히 봉쇄하던 때의 일이다.

화가라는 칭호를 듣는 사람치고 부유한 집안에서 태어난 극소수를 제외하고는 너나 할 것 없이 땟국물이 쪼르르 흐르는 가난뱅이들이었다. 그런데 무슨 일인지 다들 하나같이 커피를 좋아했다. 그 시큼 달짝지근한 쓴물을 한 잔 들이켜야 발동이 걸려 붓을 잡게 된다, 그 말이다.

한번은 미술협회 임원회에 갔는데 총무였던 이봉상 씨가 애처롭게 말했다. 그때 미술협회는 사무실이 제대로 없어서 월례회 때마다 이봉상 씨 화실에 모여 회의를 하곤 했다.

"아이고, 정말 죽겠어요. 커피 한 잔 제대로 마실 수 있는 데가 어디 없을까요?"

나는 친구에게 부탁해 네스비 분말 커피 2온스 한 병을 간신히 구했다. 다음 달 임원회 때 이 선생 책상 서랍에 커피를 넣어 드렸더니 이 선생이 "이제는 살겠다!"며 만세를 부르던 모습이 기억난다.

지금은 남가주 미술계의 거목이 된 김봉태 씨가 서울미대 학생으로 이봉상 선생 화실에 다니던 때이니, 호랑이 담배 피우던 시절 얘기 같기만 하다.

그 후 이 선생을 만났더니 "그 커피 아직도 있어요. 내가 아껴 먹거든. 정말 맛있어. 아하하하……" 하며 얼굴이 환해지곤 하셨는데, 화가들이 집에 전화를 놓고 자가용을 굴리게 되는 세상이 오게 될 줄도 모르시고 너무 서둘러 세상을 떠나신 것 같아 안타깝다.

'일요화가회'라는 것이 한국에 아직 있는지 모르겠지만, 1960년대 초 젊은 목우회 회원이었던 박광진 씨, 박석환 씨, 두 분이 일요일마다 그림 애호가들을 모아 버스를 타고 스케치를 나갔었다.

각 연령층의 사업가, 은행원, 공무원, 정치가, 주부, 학생 할 것 없이 하루를 즐기며 풍경화를 한 점씩 그려 가지고 돌아오는데 몇 번 나와 보라고 하여 따라간 일이 있다. 강사료는 김밥 도시락 한 개와 활명수 한 병이었으니 얼마나 재미있는가. 하기야 하는 일이란 것이 기껏 자기 풍경화 한 점 그려서 보여주고, 한 사람 한 사람의 작품을 평하는 일이었다.

단골 강사로는 이마동, 박상옥 선생 등이 매주 빠지지 않고 나오셨다. 한 점씩 작품 만드는 재미로 나오신다고 하며 싱글벙글하시던 모습이 떠오른다. 김밥은 박광진 씨 부인 솜씨였고, 활명수는 박석환 씨 부인이 약사여서 그쪽에서 나온 것이 아니었을까 싶다. 강사료로 활명수 한 병! 참으로 소박하고 좋은 시절의 애기이다.

옛날 분들은 후배들을 끔찍이 대해 주셨는데 무엇이든지 해보겠다고 덤비고 호기심이 많았던 나는 한동안 동양화를 그리고 싶어서 청전 이상범 선생님 댁을 곧잘 찾곤 했다. 누하동 골목길을 꼬불꼬불 들어가 초가집 화실을 쓰실 때 일이었다. 선생님은 언제나 단정히 앉아 작품을 하고 계셨는데, 내가 찾아가면 작업하시던 붓을 놓고 "잘 왔어, 잘 왔어" 하시며 지필묵을 꺼내 주셨다. 내가 38선을 넘어온 고학생이란 것이 알려져 있었기 때문에 덕을 본 것인지 모른다.

정초 세배를 가면 자투리 화선지에 그린 소품에 낙관을 하여 주시곤 했다. 당시 청전 선생님 작품 값이 제일 비싸고 가장 잘 팔린다는 소문이었는데, 요새 선배들이 감히 그런 흉내를 낼 수 있을까 싶다.

나부터도 쉽지 않은 일이다. 나이를 먹었다고 일부러 찾아 주는 후배가 있을 정도의 화가가 못 되지만, 혹 공짜로 작품을 내놓으려면 많은 생각을 해야 한다. "이것은 팔릴 텐데……" 하는 돈 욕심 때문이다.

이런 일도 있었다. 고암 이응로 선생 댁에 화첩을 맡겨 두었더니 그곳에 들른 화가들이 사군자 소품을 그려 주셔서 가보로 삼겠다고 잘 간직하고 있었는데, 아쉽게도 6·25동란 때 잃어버리고 만 것이다. 너무 아쉬워서 지금까지 가끔 미련을 두고 회상을 하게 된다. 이일관, 정종여, 이근영 씨 등 월북 화가들을 비롯하여 작고하신 배렴, 조중현, 김정현 선생이 무엇을 그려 주셨는지 그 화제까지 확실히 기억나는데 그 외 분들의 작품은 죄송스럽게도 도무지 생각이 나지 않는다.

언제나 거나하게 취하셔서 큰 체구를 휘청거리며 필동 골목을 올라가시던 길진섭 씨, 간혹 피식 웃으실 뿐 말수가 적은 최영림 씨, 늘씬한 호남형의 박항섭 씨, 듬직하고 과묵하시던 박수근 씨 등, 이제는 만나 뵐 수 없는 분들이다.

요즘 여성 미술인들은 여류라는 말을 싫어한다는 얘기를 들었다. 남자들이 판을 치면서 차별대우를 하는 것이 못마땅하다는 뜻이리라. 그런데 남자들이 남의 화폭을 들고 이 색을 칠해라 말아라 해가며 참견을 한다면 모르지만, 요즘 세상에 너는 여자이니 남자인 내 작품보다 예술성이 덜하다고 감히 말하는 남자는 없을 것이라 생각한다. 그러니 넓은 아량으로 내버려두는 것이 어떨까 싶다.

젊은 사람들은 아무래도 경쟁 의식이 더할 터이니 그 기분을 이해는 하지만, 여류 화가라 부르든 규수 작가라 하든 그것이 뭐 대수인가. 오히려 여류라는 희소가치 때문에 대우(?)를 받은 감이 없지 않았던 옛날 사람이어서 그런지 나는 호칭에 까다로운 주문을 달 필요를 느끼지 않는다.

일본으로 밀항을 해서라도 더 공부하고 더 좋은 작품을 남기고 싶다며 친구와 머리를 맞대고 소곤대던 기억은 있지만, 남자들에게 지지 말자고 한 일은 결코 아니었기 때문이다.

지금은 좋은 작품을 남기겠다는 생각보다 즐기면서 그리고 싶다. 사십 년을 해봐도 뾰족한 수가 없었기 때문이라며 놀려 대도 할 수 없는 일이다. 나에게 그리는 일만큼 시간 가는 줄 모르고 매달려도 재미있는 일이 따로 없으니, 어쩌랴!

달린다 Oil on canvas 1994

모델

지금부터 65년 전쯤으로 거슬러 올라가 보자. 그때 한국에는 아직 '모델'이라는 직업을 가진 사람이 없었다. 나는 대한민국에 처음으로 생긴 미술과에서 서양화를 공부하고 있었다. 1, 2학년 때에는 석고 데생에만 매달렸으므로 모델이 필요없었다.

그런데 3학년이 되어 인물을 그리게 되었는데, 직업 모델이 없어 애를 먹었다. 처음에는 친구나 가족, 친지에게 부탁했다. 그러나 네 시간 동안 꾹 참고 앉아 있어야 하는 모델 노릇을 해줄 사람이 그리 많지 않아서 하는 수 없이 미대 학생들끼리 서로 돌아가며 모델을 해야 했다. 그림 공부하기가 쉽지 않았던 시기였다.

하루는 화가 한 분이 내년에 개인전을 하려는데 모델을 해줄 사람이 없어서 큰일났다며 모델을 서 달라고 부탁했다. 그 당시 여건으로 볼 때 개인전을 한다는 것은 참으로 힘든 일이었다. 서로 돕고자 하는 분위기인 데다 나도 모델 때문에 애를 먹었던 일이 생각나 쾌히 승낙을 했다.

방학이 되자 나는 화가의 하숙방에 가서 구제품 코트를 입은 채 허름한 의자에 똑바로 앉아 앞만 쳐다보고 앉아 있어야 했다. 화가는 50호짜리 꽤 큰 화폭을 세워놓고 열심히 그림을 그렸다. 하루하루 작품이 완성되어 가는 것을 보며 '나도 언젠가는 개인전을 할 수 있는 화가가 되어야지' 다짐했다. 그렇게 생각하니 몇 시간씩 꼼짝 않고 앉아 있는 것도 즐거웠다.

그러던 어느 날 가보니 이젤에 소품이 한 점 걸려 있는데 누드화였다. 처음 보는 작품이었다. 자세히 들여다보니 소파에 비스듬히 누워 있는 여자의 얼굴 모습과 몸매가 나를 닮은 것 같았다. 기분이 좋지 않았지만 딱히 뭐라고 말을 하지는 않았다. 회화 기초를 공부한 사람이라면 누드화쯤은 누구나 쉽게 그릴 수 있다는 것은 상식이었기 때문이다. 화폭의 모델이 나를 닮은 것 같다며 시비를 거는 것은 유치하다는 생각도 들었다. 무엇보다 누드에 대해 불순한 생각을 품고 있는 것처럼 보이기 싫어서 아무 말도 하지 않았다.

화가는 쑥스러운 표정을 지으며 "누드를 그리고 싶었는데 모델을 해줄 사람이 없어서 지난밤에 만들어 봤다"며 그 6호 F짜리 소품을 큰 캔버스 뒤에 집어넣더니 아무 일도 아니라는 듯이 작품 제작을 시작했다.

화가는 열심히 그림을 그리고, 나도 한눈팔지 않고 똑바로 정면만 보고 앉아 있는 사이 세 시간쯤 흘렀던 것 같다. 그때, 아니 이게 웬일이람. 정면의 미닫이가 후들후들 떨리는가 싶더니 확 이쪽으로 밀려들어오며 쓰러지는데, 어쩌면! 미닫이문 위에 주인집 부부와 묘령의 딸까지 세 명이 '으악' 소리를 지르며 엎어지는 게 아닌가. 그리고 세 사람에게 깔린 미닫이문은 그 순간 우지직 산산조각이 나버렸다. 이게 무슨 날벼락인지?

하숙집에서는 젊은 화가가 혼자 세든 방에 매일 낯선 여자가 와서 미닫이를 꼭 닫고 몇 시간씩 기척도 없이 있다 돌아가는 것이 퍽 궁금했던 모양이다. 대체 뭘 하며 저리 오래도록 숨을 죽이고 있는 걸까. 좀 못마땅하기도 했고, 호기심도 나던 차에 오늘 아침에 방청소를 하러 들어왔던 부인이 누드화를 보고 말았다. '아이 망측해라. 저것들이 무슨 짓을 하나 했더니…….' 쪼르르 달려가 남편에게 일러바쳤을 터이고, '자, 이제 좋은 구경 한번 해봅시다' 하고 부부가 단단히 벼르고 재미있는 현장을 훔쳐보기로 한 것이 틀림없다.

부부는 미닫이를 약간 밀어 틈새를 내고 숨을 죽인 채 들여다보았을 텐데, 아무리 기다려도 여대생은 코트를 입은 채 앉아 있고 젊은 화가는 떨어진 곳에 서서 붓만 놀리고 있었겠지. 그러는 사이 시간이 흘러 외출했던 딸까지 돌아왔다. 세 사람이 되자 관람석도 불편해지고, '빨리 무슨 일이 벌어져야 할 텐데……' 하며 호기심에 조바심까지 발동하게 되었겠다.

그런데 미닫이 틈새로 세 사람의 눈이 반짝이고 있는 줄 우리는 알 턱이 없었다. 시간이 가도 재미있는 일이 벌어지지 않자 더 피곤해진 관객들이 그만 미닫이를 건드리고 말았으니, 세 사람의 체중을 견디다 못한 미닫이는 안쪽으로 쓰러지고, 그 위로 세 사람이 타고 들어오고…….

너무나 어이가 없고 화가 나고 기가 차서, 그날 이후 나는 그 집에 다시는 가지 않았다. 그런 환경 속에서 그림을 그리는 그가 딱하기도 하고, 그 사람의 잘못이 아니라는 것은 알고 있지만, 가고 싶은 마음이 생기지 않았다.

미닫이 틈새에 여섯 개의 눈망울이 쪼르르 매달려, 구제품 코트를 입은 여대생을 바라보며 '저 옷을 언제 벗나?' 하고 몇 시간 동안 참고 견디다 못해 미닫이를 깔고 방으로 밀려들어와 엎드린 그날, 그 기억을 떠올릴 때마다 나는 터지는 웃음을 도무지 참을 수가 없다.

흰꽃 Oil on canvas 1989

삼류 화가의 변

방구석에 처박아 놓은 화판이며 더러워진 캔버스를 뒤적거리며 혼자 중얼거린다. '긴긴 세월 나는 무엇을 했나? 다 쓰레기뿐이니…….' 명색이 화가라는 이름을 달고 평생을 살았다고 말하기에는 제대로 해놓은 흔적을 볼 수 없으니, 이제 정리를 해야 할 때인데 한숨만 나온다.

자신 있게 내놓을 만한 작품은 고사하고, 번듯한 대작 한 폭 남기지 못한 채 팔십을 넘겼다. 생활을 위해 팔리기 쉬운 소품만 허겁지겁 그렸더니, 20호 이하 되는 작은 그림이 대부분이다. 그 당시에는 전업으로 그림을 그리는 여류 화가가 많지 않아 개인전이 별로 없었다. 그래서 작품전이랍시고 문을 열기가 무섭게 그림이 팔려 나갔다. 그림을 그리지 않았더라면 어쩔 뻔했나.

아이들 내복을 사고 치과에 데리고 가기 위해 돈을 갖게 되는 것이 즐거웠을 뿐, 솔직히 내 작품이 없어진다는 아쉬움은 별로 없었다. 그래서 사진을 찍는다든지 기록을 해두자는 생각도 하지 못했다. '이제 자꾸 그릴 텐데 뭐. 누가 이런 그림을 대단하게 생각해 주겠어. 들고 가서 창고에 처박아두던지

쓰레기통에 버려도 그만이야. 돈이 아까우면 벽에 걸어 두겠지. 벽에 걸어 주면 고마운 거고……. 나름대로 그 시간을 즐기며 열심히 그렸으니 그걸로 됐어. 이제 두고두고 남길 만한 작품을 만들어야지. 나이테만큼 작품도 자란다고 하지 않는가. 누가 아나, 놀랄 만한 것이 나올지…….'

그런데 그게 아니었다. 생활이 안정되면 좋은 작품이 얼마든지 나올 거라고 착각했던 것이 얼마나 어리석은 생각이었는지 이제야 깨닫게 되다니, 너무 늦었다. 아이들이 다 어른이 되자, 나는 체력이 달려 병든 몸을 간신히 가누고 '내가 이렇게 짐이 되어 아이들을 괴롭히다니!' 한탄하며 앉아 있다.

이것이 진정한 내 모습일 수는 없는데……. 뭔가 해낼 수 있을 것 같은 한 줄기 희망을 버리지 않고, 지루하지 않게 하루를 보내기 위해 안간힘을 쓰며 손을 놀려 본다. 건강부터 챙기며 남은 인생도 최선을 다해야지.

해방이 되고 집안이 쑥밭이 되었을 때 내 희망은 오로지 38선을 넘는 일이었다. '이 지옥을 벗어나려면, 여름방학을 맞아 고향에 내려올 때 학교 기숙사에 맡겨 놓은 짐부터 찾아보자. 우선 한숨 돌리고 앞으로 갈 길은 그 다음에 생각해 보자.'

화가가 되고 싶다며 어머니에게 떠나게 해달라고 조른 것은 내 그림 솜씨에 자신이 있어서라기보다 38선을 넘기 위한 구실이었다. 그런데 살다 보니, 비록 삼류 화가일망정 평생 화가라는 딱지를 붙이게 되었다.

해방과 동시에 '이화'라는 교명을 찾은 김활란 박사는 대학으로 편성할 때 미술과를 만들었다. 문교부는 물론 학계에서까지 아직은 시기상조라고 반대를 하는데도 밀어붙였다. 그렇게 하여 대한민국에서 처음으로 미술학도를 키우게 된 것이다.

1949년 우리 일곱 명은 국산 서양화가 1호로 졸업을 하게 되었다. 그래서 화가들이 모이는 자리에서 우스갯소리로, 내가 '국산 서양화가 제1호'라며 자기소개를 하곤 했다. "나는 김가인데 일곱 명 중에 강씨나 곽씨, 고씨, 권씨, 구씨가 없으니, 내가 1호일 수밖에 없다"고 하면, 내가 잘난 척 으스대는 줄 알았던 사람들이 좋아라 웃어대곤 했다.

내가 '이화'라는 이름을 처음으로 듣게 된 것은 네 살 때였다. 도로공사 현장감독이었던 아버지를 따라 우리 가족은 함북 종성군 동강이란 마을에 살게 되었다. 공사를 하는 동안 동네 초가집을 빌려 지냈는데, 내가 시골집 변소가 무서워 못 들어가겠다고 떼를 쓰자, 어머니는 할 수 없이 마당 한구석에서 볼일을 보게 하고 삽으로 떠서 거름 더미에 던져 주곤 하셨다.

어느 날 아침에 볼일을 보고 있는데 인기척이 났다. 처음엔 천사인 줄 알았다. 검정 치마에 흰 저고리를 입고 겨드랑이에 까만 책을 낀 아리따운 처녀 두 사람이 다가오는 게 아닌가. 나는 마당에서 볼일을 보고 있는 게 부끄러워 치마를 내리려고 서두르는데 아름다운 목소리가 들려왔다. "묻지 않게 치맛자락을 올려요." 아이고, 들키고 말았구나.

그날 저녁 동네 교회당에 가자고 애들이 데리러 왔는데, 그곳에서 두 천사를 다시 만났다. 그들은 나를 알아보고 잘 왔다며 머리를 쓰다듬어 주었다. 부드럽고 아름다운 손이었다. 이화전문 학생들인데 여름방학 동안 전도를 다닌다고 인사말을 했다. 그날 나는 '이화'라는 학교 이름과 '전도'라는 말을 처음 들었다.

김활란 박사님을 떠올릴 때면 가을의 가는 누에 실이 연상되곤 한다. 어떤 인연으로 감히 그분을 나는 알게 되었으며, 오래전에 가신 그분을 아직도 잊지 못하는 걸까?

1944년 나는 동경으로 유학을 갈 예정이었다. 그런데 B-29의 융단 폭격으로 쑥밭이 되자, 집에서는 나를 보내주려 하지 않았다. 소학교 훈도 자격증을 갖고 있었으므로 하는 수 없이 초등학교 교사 생활을 일 년 동안 했다. 그때 동료 교사들의 모습을 보며 나는 저렇게 늙고 싶지 않다는 생각을 굳혔다. 아무 데라도 가서 공부를 더 할 각오로 간 곳이 바로 경성여자전문학교 후생과였다. 총독부 명령으로 '이화'라는 교명을 못 쓰고 새로 시작하는데 3년제라고 했다. 나는 무작정 원서를 보냈다.

그리고 학교에 입학해 한 학기를 지내고 여름방학을 맞아 고향에 돌아갔다. 해방은 되었지만, 나는 기를 쓰고 죽음의 38선을 넘어 다시 학교로 돌아와야 했다. 그 후 다시는 고향에 못 가보고 말았다.

여학교 때 체조를 잘 가르치는 '후지다'라는 남자 선생님이 있었다. 경성여전에 와서 체육시간에 체조를 하고 있는데 체육 선생님이 유심히 내 동작을 살피더니 분단장이었던 나에게 과를 대표하는 소대장 직책을 맡겼다.

며칠 후 선생님은 종례시간에 나를 포함해 서너 명 정도 학생 이름을 부르며 그대로 대강당에 남아 있으라고 하셨다. 알고 보니 학교 편성이 바뀌고 사무 정리를 할 일꾼이 모자라 할 수 없이 학생들 손을 빌리기로 했으니 도와달라는 것이었다. 나는 초등학교 훈도로 지내며 그런 일은 일이 아니다 여겨질 정도로 많은 일을 익혔던 터라, 맡겨진 일을 척척 해치웠다.

사람에게 기회가 언제 어떻게 찾아오게 될지는 아무도 모른다. 우리가 일을 돕고 있는 동안 김활란 교장선생님은 '고맙다' 말씀하시며 들여다보고, 지나가시면서 등에 대고 또 "고맙다"고 하셨다. 그렇게 '고맙다'는 말을 많이 하는 사람을 나는 본 적이 없어 신기하기 짝이 없었다. 아마 미국 유학에서 몸에 밴 습관이 아니었을까 싶다. 정확한 체조 동작 하나로 시작되어 어찌어찌하다 보니 나는 김활란 박사라는 분의 관심을 끄는 학생이 된 것 같았다.

38선을 넘어 다시 기숙사로 돌아왔을 때 사감인 김옥길 선생님께서는 서울사대 학교장으로 가신 손정규 선생님이 학생이 오면 보내 달라고 부탁하셨으니 만나 보라고 하셨다. 손 선생님은 동경여자고등사범 출신으로 '이화 사람'이 아니었다. 후생과에 다닐 때 한 학기 동안 우리에게 '예의범절'을 강의해 주시긴 했지만, 내가 선생님이 특별히 찾을 만한 학생은 아니었다.

손 학장님 사택을 찾았더니, 말씀인즉 학생과 같은 학생이 우리 학교에 꼭 필요하니 학비 걱정은 말고 사대에 오라는 것이었다. 고마운 말씀이었다. 그러나 나를 얼마나 아신다고 이런 말씀을 하시나 싶었고, 그분이 좋은 분이라는 것은 알고 있으나 남녀 공학이니 어쩐지 스산한 기분도 났다. 그보다도 이미 김활란, 김옥길 두 분 선생님을 쳐다보며 살 각오를 했으니 이대에 다니겠다고 딱 잘라 말씀드렸다.

나중에 들은 바에 의하면, 몇 분이 앉은 자리에서 38선이 막혀도 이 학생은 꼭 돌아올 거라는 말이 나왔었다고 했다. 후생과 같은 반이었던 이연우는 손정규 학장 밑에서 큰 사람이다. 그녀의 결혼식 날 축사를 해달라는 부탁을 받고 식장에 갔다. 그곳에서 반가워하시는 학장님에게 어찌나 미안한 생각이 들던지…….

그날 이후 다시 뵐질 못한 채 6·25가 터지고 손 학장님이 북쪽으로 끌려갔다는 소식을 들었다. 이연우는 경기여고 교장을 꽤 오랫동안 하며 명교장이라는 소문이 자자했다. 그녀도 이제는 저 세상 사람이 되었다던가. 신문에서 본 기억이 난다.

아마 우리가 3학년 때였나 보다. 개교 기념행사가 크게 열렸는데 처음으로 교내 미술전이 있었다. 교실 몇 개를 이어 학생들 그림을 붙여놓았을 뿐인 초라한 행사였지만, 한국에서 처음 있는 일이라 그랬던지 관심들이 많았던 것 같다.

내 그림이 붙은 방을 지키고 서 있는데 입구 쪽에 김활란 총장님이 할아버지 두 분을 모시고 들어오셨다. 나는 쩔쩔매며 머리부터 조아렸다. 대한뉴스에서 보던 김구 선생, 이승만 대통령 두 분이었다. 총장님이 이 두 분에게 나를 소개하시는데 너무 부끄러워서 당장 그 자리에서 사라지고 싶었다.

"저기 걸린 그림을 그린 학생인데요. 이 학생은 우리 학교에서 아주 모범적인 우수한 학생입니다" 하시지 않는가. 평소에 내색을 하시지 않던 분이 느닷없이 손님 앞에서 그렇게 치켜세우며 초라하기 그지없는 내 그림을 가리키셨다. 내 작품 바로 옆에 걸린 송대代의 중진화가 작품을 방불케 하는 훌륭한 정물은 완전히 무시당하고 마는 순간이었다.

두 분은 서로 번갈아 가며 내 손을 꼭 잡으시면서 '좋은 학생을 만나서 기쁘다', '훌륭한 미술가가 되라'고 격려해 주셨다. 김 총장님은 가볍게 말씀하시는 분이 아닌데, 그날따라 웬일이었는지 모르겠다. 세 분이 다 역사의 뒤안길로 사라진 지금까지 생생하게 내 머릿속에 남아 있는 한 장면이다.

김활란 총장님이 관심을 갖고 나를 지켜보고 계신다는 것은 느끼고 있었으나, 졸업을 할 때까지 총장님은 그 어떤 직접적인 언질도 하지 않으셨다. 김옥길 사감이 미국 유학을 떠나시기 전에 내게 '영어 공부를 하며 유학 준비를 하라'고 하셨지만, 총장님의 지시라는 말씀은 없었다. 말 좋아하는 참새들 중에 '도라짱'이 장차 후계자가 된다느니 떠들어댔던 것은 알고 있었으나 그런 소문이 나는 너무 싫었다.

김활란 박사는 너무나 큰 인물이었다. 혁명이 나고 사회질서의 축이 젊은 이들에게 옮겨지자 총장직에서 물러날 결심을 하셨다. 그리고 김옥길 선생에게 총장직을 인계했는데 "내가 키운 사람"이라고 그냥 시키신 것이 아니었다. 전날까지도 추천되어 올라온 몇 분을 놓고 기도하고 저울질하고 심사숙고하신 끝에, 발표하는 날 아침에 비로소 김옥길 선생께 "아무리 봐도 당신이 가장 적임자이니 학교를 맡아 달라"고 부탁을 하시더란다. 김 박사님은 보통 잣대로 잴 수 있는 그런 분이 아니었다.

졸업을 하자 창덕여고 미술교사로 갔다. 한 달이 지나니 두툼한 월급봉투를 받았다. 드디어 어머니를 편하게 해드릴 수 있게 된 것이 너무 기뻤다. 어머니께서 "첫 월급은 그동안 신세진 분들에게 마음만이라도 갚는 일에 쓰자"고 제안하셔서 나도 찬성했다. 어머니가 부지런히 준비해 주시면, 한 곳 한 곳 방문하고 감사하다는 뜻을 전했다.

어머니는 친구들도 너 때문에 여러 가지로 신경을 썼을 테니 한번 모여 얘기라도 나누는 것이 좋겠다고 하셨다. 나는 서양화가 여섯 명에게 낮 12시에 덕수궁 정문에서 만나자고 엽서를 보냈다. 어머니는 남대문시장에 가셔서 치즈, 비엔나소시지, 캔, 과자 등을 사오시고 과일과 빵을 곁들여 한 보따리를 만들어 주셨다. 우리는 매년 봄마다 모란꽃 사생을 하던 자리에 모여 앉아 즐거운 시간을 보냈다.

그리고 남은 돈으로 무엇을 할까 생각해 보았다.

'옳지, 후배들을 위해 쓰자. 같은 실기실을 쓰며 내가 기숙사에서 일하느라 늦어졌을 때 조용한 실기실에 잡음을 낼 수도 있었을 거야. 실기실 벽에 아무것도 붙어 있지 않으니 작은 석고상이라도 하나 달면 좋겠다.'

대형 석고들이 쭈르륵 세워져 있을 뿐인 살풍경한 실기실을 떠올리고 회심의 미소를 지었다.

'모세'와 '베토벤' 벽걸이 석고를 샀다. 낑낑거리며 그 무거운 것을 들고 북아현동을 지나 학교 뒷산을 향해 언덕길을 올라가는데 뒤에서 김 총장님 목소리가 들렸다. "도라 아니야?" 총장님은 내 별명 '도라쨩'이 일본말인 줄 모르시고 미국 이름으로 알고 계셨다. 깜짝 놀라 돌아보는 나에게 무얼 그렇게 힘들게 들고 가느냐고 물어 보셨다. 내가 대강 말씀드렸더니 묵묵히 듣고 계시던 선생님이 무슨 생각을 하셨는지 "학교에는 서양사 가르칠 선생이 필요한데……" 하시면서 내 얼굴을 살펴보셨다.

나는 짐이 무거워 신경을 쓰느라 서양사 이야기를 왜 꺼내시는지 전혀 감이 오지 않았다.

"짐이 무거우니까 먼저 가요" 하시는 말씀에 얼씨구나 하고 속도를 내어 실기실로 향했다. 그때 나는 그림 그리는 일이 너무 좋았다. 공부를 더 하기 위해 외국에 간다는 것은 미술 공부를 위해 가는 것이지 다른 길은 전혀 생각해 본 일조차 없었다. 그래서 왜 김 총장님이 엉뚱하게 서양사 어쩌고 하시는지 생각해 보지도 않았다.

시간이 많이 흐른 후, 옥길 선생님이 말씀하시던, 유학 준비를 위해 영어 공부를 하라던 것은 혹시 서양사나 학교에서 꼭 필요로 하는 공부를 시켜 주실 거라는 말씀이었던 걸까. 나는 지레짐작으로 미술 유학을 시켜 주실 거라고 생각했는데, 그러고 보니 학교에는 동경 우에노 출신의 쟁쟁한 최고 실력자 선생님이 두 분이나 계셨다. 새파란 애송이 졸업생을 키우느라 애쓸 필요가 있었겠는가.

그날 내가 눈치 빠르게 총장님 말씀을 받아 '제가 서양사 공부를 하고 올까요? 학교에서 받은 은혜를 생각하면 무슨 일이든 제가 할 수 있는 일이라면 다 하겠습니다'라고 대답했더라면 총장님을 기쁘게 해드렸을 텐데……. 그랬더라면 나는 현재의 나와는 아주 다른 인생을 살고 있겠지. 물론 아이들은 없을 테고 지금쯤 은퇴해 그림 그리는 사람을 부러워하며 라인댄스나 즐기고 있을지도 모른다.

김 총장님 비서실에서 "중요한 모임이 있으니 경기여고 강당으로 꼭 나오라"는 명령조의 연락이 왔다. 누구 말씀인데 거역할 수 있겠는가. 몹시 바쁜 날이었지만 학교 일을 대강 마무리하고 시간에 늦을세라 서둘러 그곳에 도착했다. 벌써 꽤 여러 명의 중년 여성들이 모여 있었다. 얼른 보기에 이대 교수 몇 명에 창덕여고 박승호 교장님도 계시기에 가볍게 인사드리고 머리를 드니 김활란 박사님이 이쪽으로 걸어오신다.

"저…… 금년도 이대 미술과 졸업생입니다. 장차 좋은 일꾼이 될 겁니다. 미술과 대표로 불렀습니다."

다들 박수를 치셨다.

"김순련입니다" 하며 나도 얼른 머리를 숙였다.

저쪽에 앉은 젊은 분이 달려와서 자기 옆에 앉으라고 끌고 갔다.

"나는 정훈모라고 해요."

"아, 소프라노……?"

"음악을 하는 사람이니 나오라고 했는데 저분들은 다들 어른이신데 저는 27세밖에 안 된 애기잖아요. 김 선생이 금년 졸업생이라니 저보다 젊을 거라서 안심이 돼요" 한다.

앉은 순서대로 소개를 하기 시작했다. 경기여고 박은혜 교장, 서울여대 고황경 학장과 언니 되시는 고봉경, 경찰총감, 임영신 장관, 상명여고 배상명 교장, 모윤숙 시인, 소설가 최정희 선생, 이대 최이순 교수와 언니 되시는 최이권 선생, 이대 김애마 교수, 역시 음악과 김영의 교수, 영문과 박마리아 교수, 성신여고 이숙종 교장, 중앙여고 황신덕 교장과 언니 되시는 황애덕 선생, 교육가이신 박인덕, 송금선 선생 등등 지금 기억나는 분들을 대강 적어 보았다. 우리나라 여걸들이 몽땅 모인 자리라 애송이인 나는 기가 죽을 수밖에 없었다. 그날 모임에서 대한민국에 '여학사협회'라는 단체가 탄생하게 되었고, 만장일치로 회장에 김활란 박사가 뽑혔다.

6·25가 터지자 임시 수도인 부산에서는 모든 질서가 무너져 뒤죽박죽이 되었고, 정부 안팎에서 처리해야 할 대소사를 남자들 힘만으로는 감당해낼 수가 없게 되었다. 게다가 외국 사절까지 밀려오는데 귀한 손님을 제대로 대접하는 길을 모르니 김활란 박사가 팔을 걷어붙이고 나섰다. '여학사협회'를 동원한 것이었다. 명석한 두뇌에 경륜을 쌓은 고급 여성 인력들이 전쟁이 나는 바람에 일손을 놓고 있는 상태이다 보니 너도 나도 애국하는 마음으로 김 회장 밑에 모였다.

김활란 박사의 선견지명으로 불과 몇 달 전에 조직된 협회는, 회원들이 지닌 실력을 나라를 위해 한껏 발휘할 수 있도록 했다. 연륜과 경력을 갖춘 회원들은 전쟁이 끝날 때까지 대한민국의 큰 버팀돌이 된 것으로 안다. 이리저리 떠도느라 나는 그런 좋은 경험을 못 해본 것이 아쉽기만 하다.

1960년대 초, 소위 군사혁명 주체 중 한 사람인 김종필 씨가 화가들에게 6·25를 기념하는 '전쟁 기록화'를 그리게 한 적이 있다. 내게도 연락이 왔는데 500호짜리를 그리라는 것이었다. 나는 그런 대작은 그려 본 일이 없으니 못 그리겠다고 펄쩍 뛰었다.

"이번 목우회 회원전에 낸 작품도 큼직하던데……?"

"그게 겨우 80호인데 저는 아직 100호도 그려 보지 못했어요. 안 됩니다. 그렇게 큰 사이즈를 들여놓을 작업실도 없고요."

"작업실은 주체 측에서 마련해 드릴 수 있을 겁니다. 현재 몇 분은 벌써 학교 교실을 비워 시작했습니다."

그 당시 화가들은 재료 구하기가 어려워 아주 아껴 쓰며 일했는데 일본에서 최고품 재료를 무진장 들여다 놨으니, 제작에 필요한 재료를 얼마든지 써도 된다는 것이 큰 매력으로 다가왔다. 그러나 일본 식민지 시절에 '후지다 쯔구지'나 '미야모토 사부로'의 전쟁화를 화보로 본 기억이 떠올랐다. 나는 '아직은 도저히 안 되겠다. 헛된 꿈은 버리자'고 생각했다.

그 후 꽤 시간이 흘렀고 그 일에 대해 거의 잊고 있을 때 기록화 전시가 있었다. 제일 인상에 남았던 작품은 1000호짜리 임직순 씨의 '도솔산 작전'이었다. 같은 목우회 회원으로 거의 한 달에 한 번씩 월례회 때면 만나는 사이인데, 말수도 적고 조용한 분이 활달한 필치로 빈틈없는 구도에 신비를 띤 색조를 써서 전율을 느끼게 하는 걸작이었다. 여류로는 유일하게 천경자 선생 이름이 눈에 띄었다.

장내를 한 바퀴, 두 바퀴 돌면서 얻은 결론은 '한번 도전해 보는 건데 그랬구나. 500호라는 바람에 질겁하고 물러섰는데, 구도를 잡는 눈이 있으니 공간을 잘 자르고, 형태를 표현하는 기술을 익혀 놓았으니 사이즈가 크다는 것은 큰 문제가 되지 않을 수 있었겠구나. 자신 있는 필치는 내지 못하겠지만 인물 표현이 주가 되니 어려운 일은 아니었을 텐데, 자신감을 얻을 수 있는 좋은 기회였는데 놓치고 말았구나'였다. 아쉬운 마음이 컸다.

평생을 화가라는 이름을 달고 다녔는데 번듯한 대작 한 점 남기지 못한 것이 부끄럽다. 어쭙지 못한 작품이라 하더라도 두고두고 정부 창고 구석에 먼지를 뒤집어쓰고 누워 있는 500호짜리 작품이 있다면, 대작을 남겼노라고 만족하며 눈을 감을 수 있을까? 나도 잘 모르겠다.

연꽃밭 Oil on canvas 1989

예고 출신 '5인전'

한국에서 처음으로 '예술고등학교'라는 간판을 걸고 이화여고 구내에서 수업을 시작했을 때, 당시 젊은 화가들은 쌍수를 들어 환영했다. 그리고 그곳에서 무언가가 이루어질 것을 기대했던 기억이 새롭다.

그런데 그 무엇인가가 틀림없이 일어나고 말 것이라는 예감은 적중해 지금 '월셔'에 있는 '앤드류 샤이어 화랑'에서 뜻있는 행사가 벌어지고 있다. 남이 하지 않는 화법으로 세인을 놀라게 했다던가, 동상 청부를 맡아 벼락부자가 됐다던가 하는 따위의 속된 얘기가 아니다.

LA에서 활발히 활동하고 있는 다섯 명의 화가들이 예술고등학교 시절 영어 선생님이셨던 유정식 박사를 위해 그분이 펴내고 있는 '코리언 뉴스'의 재정을 돕기 위해 전시회를 하고 있는 중이기 때문이다.

화랑 주인인 최혜숙 씨도 예고 출신이라고 한다. 작년에 이 화랑을 개업하며 첫 번째 전시회를, 역시 예고 때의 은사였던 김창열 씨를 파리에서 초청해 성대히 시작하였는데 LA에 거주하는 동창들의 도움이 많았던 것으로 알고 있다.

'선생'은 가르치는 기술자라는 개념을 가지고 사는 미국이지만, 아니 미국뿐이랴. 한국에서 학생을 가르치고 있는 내 친구는 데모하러 나가는 학생들에게 밀려 넘어진 것이 동티가 나서 꽤 여러 달 고생했다는 말을 들었다. 사회가 이처럼 점점 매몰차고 각박해지는데 마음 깊은 곳에 잔잔한 사랑의 샘을 갖고 있는 젊은 사람들이 내 주변에서 함께 호흡하며 작품 활동을 하고 있다는 것이 뿌듯하기만 하다.

행복한 마음으로 시간 가는 줄 모르고 장내를 돌아보았다. 소품이라고는 하지만 결코 소홀히 하지 않고 열정을 다해 그렸다는 점이 좋았고, 자신의 분신과도 같은 소중한 작품들을 어릴 적 은사를 위해 기쁜 마음으로 바쳤다는 그 슬기로운 행동이 '과연 예고 동창이구나!' 하고 무릎을 치게 한다.

아름다운 뜻으로 시작된 일이니, 그림이 많이 팔려 여러 따뜻한 공간에 가서 걸리고, 많은 사람들이 작품을 감상하며 정신적 행복을 찾는 계기가 되었으면 한다.

하얀 꽃 이야기 Oil on canvas 2003

한국종합전람회

해방 후 한국 미술계를 산 사람으로서 내가 본 바 이런저런 일들을 적어보는 것도 뜻이 있을 듯하여 기억을 더듬어 본다.

국전이 생기기 전인 1947년으로 기억한다. 대한민국 최초의 대대적인 미술전람회가 문교부 주최로 열렸는데 장소는 경복궁 회랑이었다. 중앙에 넓은 하늘이 쳐다보이고 회랑 벽에 쭉 돌아가며 작품들이 걸렸다. 천장이 없는 전시장은 좀 산만하고 아늑한 분위기는 아니었으나 그런대로 대작을 볼 때는 얼마든지 뒤로 물러서서 멀리 보며 감상하는 맛도 괜찮았던 기억이 난다.

미술과에서는 전시회가 열리는 동안 오후 실기시간을 자유로이 이용하여 기성작가들 작품을 보며 공부하라고 허락하였다. 학교 기숙사에 있던 나는 신촌에서 경복궁까지 그 먼 거리를 걸어다니며 행복한 매일이었다. 그 전시회를 통하여 많은 화가들 작품과 이름을 익혔으며, 이제 겨우 석고 데상에만 매달리며 에노구 튜브도 만져 보지 못하는 초보 미술학도에 불과하지만 "나도 해봐야지" 하는 다짐을 하게 되었다.

첫날 흐뭇한 마음으로 천천히 돌고 있는데 '여인좌상 김인승'이란 대작 앞에서 발을 떼지 못하고 쳐다만 보면서 옛날 생각에 잠기게 되었다. 여학생 때 신문에서 손바닥만 한 흑백사진을 보았다. '여인좌상 김인승' 그 그림을 눈이 아프도록 들여다보며 "나도 화가가 됐으면!" 하는 간절한 소망을 품게 되었는데 그때 사진과 같은 모델임에 틀림없는, 색채도 오묘하고 아름다운 진품 대작을 대하게 된 현실이 꿈만 같았다.

기초도 없이 연필 장난이나 하던 시골 여학생이 감히 화가가 돼보겠다고 저 죽음의 38선을 기를 쓰고 넘어온 내가 아니었던가? 이렇게 많은 훌륭한 작품들을 한눈에 볼 수 있다니……. 매일 오후가 되면 열심히 나와 전시장을 돌고 또 돌았다.

우리의 지도교수 심형구 과장의 '수변', 요절한 천재화가 김재선 씨의 '꿩', 박고석 씨의 석양을 배경으로 소년이 서 있는 여름 풍경, 남관 선생의 이글이글 불타는 태양의 정열적인 아름다움에 넋을 잃고 쳐다보던 일들, 60여 년 전의 일이었건만 아직도 머리에 생생히 떠오른다.

어느 날 한 점 한 점 꼼꼼히 보며 다니는데 '십율 백영수'라는 작품 앞에서 열심히 쳐다보게 되었다. 밤을 줍고 있는 여인들을 소재로 한 꽤 큰 작품이었는데 멀리 떨어졌다 다가섰다 하면서 보고 있는 나의 머리 뒤로 검정 우산이 다가와 하늘을 가려 주는 게 아닌가? 깜짝 놀라 돌아보니 어느 새 보슬비가 내려 어깨 위를 적시고 있었건만 나는 미처 모르고 있었다.

우산을 내민 사람은 매일 전시장을 지키고 서 있던 문교부 직원이었다.

"아까부터 먼 발치로 지켜보고 있었는데 내 작품을 열심히 봐줘서 고맙다"고 했다. 그는 오사카 미술학교에 다녔는데 해방이 되자 고향으로 돌아와 우리나라에서 처음으로 종합전시회가 열리게 되어 보람을 느끼며 봉사하고 있다고 했다.

그 시대에 의욕적으로 훌륭한 작품을 만들고, 소박하기 그지없던 그 전시장에서 보여준 선배 화가들을 존경하는 마음 아직도 변함이 없다. 다 나에게는 스승이었기에…….

개인전

　해방이 되자 각 대학들은 일제에 얽매였던 굴레를 벗어 버리고 발빠르게 새로운 출발을 시작하게 된다. 경성제국대학은 서울대학으로, 한때 경성여자전문이라고 교명을 바꿀 것을 강요당했던 이화전문은 이화여자대학으로 재편성하는 과정에서 미술과를 신설하기로 신청했는데, 문교부에서 미술과는 시기상조라고 반대를 했다던가.

　그러나 김활란 박사는 해박한 지식으로 설득을 하고 밀어붙였다. 그리하여 대한민국에 처음으로 미술과가 탄생하였다. 초대 과장은 심형구 선생이었다. 다음 해인 1946년에는 서울대학에도 미술과가 생기고 초대 과장은 장발 선생이었다.

　내가 기억하기로는 해방 후 제일 처음 있었던 개인전은 동화백화점신세계 3층 전시실에서 열렸던 '윤봉숙 자수전'이다. 동경여자미술학교 자수과 출신으로, 이대 자수과를 맡고 계시던 장선희 선생의 미술학교 후배였다. 일제시대에 개인전을 연 분이 몇 명 된다고 들었으나 해방된 조국에서 회화가 아닌 자수로 20대의 신인이 당당히 선봉장이 된 셈이니 그 의욕이 놀랍다고 칭찬이 자자했다.

전시장에 들어서니 사방 벽면을 가득 채운 크고 작은 아름다운 작품들이 단번에 시야에 튀어 들어와 나의 혼을 사로잡는다. "아~ 이럴 수가!" 자수로 이렇게 훌륭한 효과를 낼 수 있다니 도무지 믿어지지 않았다. 자수라 하면 어머니가 베갯모에 수를 놓던 모습을 본 것이 전부였던 시골뜨기 초보 미술학도였으니 대경실색했던 것은 당연하였고, 후에 알고 보니 수본을 그린 사람은 중견 동양화가였다 하니 작품들이 품위가 있고 짜임새가 있었던 것 같다. 수본부터 본인이 그리고 직접 수를 놓은 줄 알았던 내가 자수에 대해 너무 몰랐던 옛날이야기이다. 지금은 어떻게들 하는지 아직도 남의 분야라 잘 모르겠다.

윤봉숙 씨는 전시회를 성공리에 마치고 얼마 후 불의의 사고로 요절하고 말았는데 아까운 사람이 빨리 갔다고 선배들이 아쉬워하던 일이 생각난다.

그 다음에 같은 동화백화점 화랑에서 열렸던 '김세용 양화 개인전'도 많은 반응을 불러일으켰다. "작품이 좋다"는 평과 "뭐가 뭔지 모르겠다"는 말을 동시에 듣는 듯했으나 전시회로서는 성공했다고 생각한다.

키가 장대 같은 미남 청년이 한쪽 발에는 조리^{일본} 짚신를 신고 다른 쪽 발에는 검정 고무신을 끼고 성큼성큼 전시장을 활보하고 있었는데, 너무나 기가 막혀 우리 일행은 서로 쿡쿡 찌르며 웃음을 참느라고 얼마나 애를 썼던지……. 작가는 우리 쪽으로 다가오더니 자기 작품에 대해 설명하기 시작했다. 마티스에다 피카소의 입체파 그림을 옮겨놓은 것 같다고 속으로 생각하며 조용히 앉아서 듣고 있었는데 그 시대로서는 꽤 앞서가는 분이었다.

언젠가 한경직 목사님이 김세용이란 화가를 아느냐고 물으시면서 "아주 가까운 분의 아들인데 어릴 때 재주 있는 애라고 소문이 났었는데 고생하고 있다는 말을 듣고 걱정이 된다"고 하셨다. 나는 학생 때 그분의 제1회 개인전에 가서 뵈었을 뿐 대화도 해본 일이 없고 소식을 알 수 없다고 대답했던 기억이 난다. 김세용 씨는 만사를 잊고 작품만을 위해 산 화가라고 믿어지는 게, 언젠가 백 몇십 번째 개인전을 열었다는 소문을 들었다. 여전히 짝짝이 신을 걸치고 다닌다던가……. 아마 이제는 안정된 노화백으로 잘 지내고 있을 것이다.

1948년이었던가? 광주의 여고 미술교사가 동양화를 들고 왔는데 작품이 좋으니 가보라고 해서 우리는 우르르 동화화랑으로 몰려갔다. 그분은 동경 여자미술학교 일본화과 출신으로 이미 우리와 알고 지내던 박래현 씨_{운보} _{김기창 씨 부인}의 미술학교 후배인 천경자 씨였다. 아주 소박하고 겸손한 분이었는데, 뱀과 구렁이 등 징그러운 소재가 많아 아직 미숙한 미술학도였던 우리는 왜 여류화가가 그런 그림을 그릴 수밖에 없었을까 하는 깊은 곳까지 생각하려고 하지 않았다. 천경자 씨의 제1회 개인전도 아주 성황리에 끝이 났다.

좋은 개인전을 보며 우리도 졸업하면 개인전을 할 수 있는 화가가 될 줄로 착각했는데 평생 한 번도 개인전을 못하고들 간다는 것을 알았을 때 나는 자신에게 다짐하였다. "나는 끝까지 간다!" 하고.

사진 속의 여인

고향이 어데십니까
독도와 다케시마의 차이
실향민
흥남부두와 미국 군함
어떤 영웅
남과 북
신상옥 감독
감자
몰라서 그랬심더
사진 속의 여인
시카고에서 온 전화
거울을 보며
라디오를 들으며
버스는 즐거워
삶과 문화

코스모스 Oil on canvas 1996

고향이 어데십니까

'고향이 어데십네까?'

나 자신에게 물어 본다. 갈 수 없는 고향을 까맣게 잊고 살아야 하는 처지인데, 정말 오래간 만에 고향에서 살던 어린 시절을 아련하게 떠올리며 묘한 기분에 잠긴다.

조명이 미치지 않는 자리여서 좀 어둑어둑한 게 다행이었고, 삐걱대는 의자는 꽤 딱딱한 편이었으나 나의 상념을 깰 만큼 싫지는 않았다.

그때도 아마 봄이었지. 북쪽, 두만강에 가까운 중소도시에 하나밖에 없는 극장이었다. 그해에도 어김없이 서울에서 연극단이 왔다. '사랑에 속고 돈에 울고'. 손수건으로 얼굴을 가린 여자 그림이 붙은 커다란 간판이 극장 앞에 걸렸다.

동네 조무래기들이 저마다 손가락질을 하며 한마디씩 하는 통에 뾰족 탑 창문을 열고 고깔을 입에 댄 아저씨가 목청을 돋워도 무슨 소리인지 통 감을 잡을 수가 없었다. 조용하던 시골 도시가 순식간에 흥청망청 활기가 넘치며 집집마다 화젯거리가 풍부해진다.

〈고향이 어데십네까〉 이 연극은 38선을 넘어오느라 생사를 모르는 누님을 그리워하는, 이제는 중년이 된 동생 얘기를 담고 있다. 몇백만 달러가 오가는 큰 사업을 하는 특별한 사람의 얘기가 아닌, 후줄근하게 앞치마를 두르고 도마질을 하는 우리 친구 얘기이기에 태평양을 건너와 고향을 등지고 사는 떠돌이 가슴에 깊이 닿을 수밖에 없었다.

그래서 주제를 보고 손수건을 준비하고, 스토리 전개에 따라 울게 되어 있는 거지만, 이렇듯 잔잔한 여울이 밀려오는 듯한 느낌을 갖게 해주며 공감하게 만드는 것은 아마추어의 영역을 벗어난 만만치 않은 연기력 덕분이라고 생각한다.

경력을 보면, 위진록 씨는 직업적인 연기자가 아니다. 해방이 좀 늦게 되었더라면 성실하고 진지한 교육자가 됐을 것이 분명하다.

38선을 넘은 후 잠시 하겠다고 들어간 서울중앙방송국에서 그는 공교롭게도 6·25 발발과 9·28 수복 방송을 맡게 되었다고 한다. 그리고 동경극동사령부 방송요원으로 뽑혀 아나운서가 되어 버린 것이 아닐까 상상해도 큰 차질은 없을 성싶다.

일제 때의 사범학교는 전천후 인간을 양성하는 곳이었다. 언제 어떤 사람 앞에서도 막히는 일 없는 유능한 선생님을 키우자는 게 교육 목표였던 것으로 안다. 설마 사범학교에서 연극 교육까지 받았으랴마는 그러한 교육적 바탕이 오늘에 와서 위씨의 저력이 되었음은 부인할 수 없을 것이다.

수필집도 두 권씩이나 펴내어 현재 '아세아서점'이라는 책방 주인인 위씨는 이번 연극에서 또 다른 얼굴로 훌륭한 탤런트임을 보여주었다. 모노

드라마이기에 이만큼 느낌을 살릴 수 있었던 것은 아닐까?

나는 연극을 배운 적도 없고 해본 적도 없고, 겨우 몇 편의 연극을 보았을 뿐이다. 짧은 소견에 무엇을 말할 수 있을까마는 이번 연극은 주제에서부터 점수를 따고 들어갔고, 연기에서 꽃을 피웠다는 느낌이 든다.

어쩐지 가만히 있을 수 없는 이상한 기분이 들어 내 눈에 비친 것을, 가슴을 울린 것을, 나 나름대로 본 대로, 느낀 대로 적어 보았다.

수족관 Oil on canvas 1994

독도와 다케시마의 차이

내가 '다케시마'라는 섬 이름을 처음으로 들은 것은 독일에서였다. 1964년, 같은 기숙사에 일본에서 온 노처녀 유학생이 있었다. 동양인은 우리 둘뿐인 데다 나하고 말이 통하니 자주 내 방에 들르곤 했다.

나는 그때 서른 중반을 넘긴 네 아이의 엄마로, 좀 더 배워 보겠다고 기를 쓰고 버티는 판이었으니 말벗을 찾아 희희낙락할 처지가 아니었다. 그리고 사실인즉 몸을 너무 혹사하는 바람에 기숙사에 돌아오기가 무섭게 침대에 쓰러지고 마는 형편이어서 늘 요시에게 미안하다는 생각을 하고 있었다. 그녀는 늘 살그머니 방문을 열어 보고는 "기무상, 또 자고 있네" 하며 조용히 사라지곤 했으니까.

어느 날 학교에서 돌아오자 뒤따라온 그녀가 막무가내로 내 손을 잡아 끌고 자기 방으로 갔다.

"고향에서 라멩을 부쳐 왔거든요."

냄비 속에서 가느다란 국수 요리가 보글보글 끓고 있었다. 그날 내가 생전 처음 먹어 본 라면 맛은 그야말로 천하일미였다.

우리는 몇 달 동안 같은 기숙사에서 지내는 동안 퍽 친숙해졌다. 하루는 나보고 "이승만 라인을 어떻게 생각하느냐?"고 물었다. 나는 처음 들어 보는 말인데, 무슨 뜻이냐고 되물었다.

요시에는 정색을 하며 말했다.

"우리나라 일본이 너희 나라를 식민지로 만들고 여러 가지 불이익을 준 것을 알고 있어요. 그러나 일본해의 이승만 라인은 너무했어. 너희 나라에서 자기 멋대로 바다에 선을 긋고 일본 어부들이 고기잡이를 나가면 모조리 나포해 가니 이런 경우가 어디 있어? 선조 대대로 그 바다에서 고기를 잡아 생계를 유지하던 일본해 연안에서 이대로는 안 된다고 여론이 들끓고 있어."

그녀는 흥분해서 말을 많이 했고, 그때 '다케시마'라는 섬 이름도 나왔지만, 나는 그때까지 '독도'라는 한국 이름을 가진 우리 섬이 동해 바다에 떠 있다는 사실조차 모르는 멍청이였다.

그래서 '이승만 대통령이 미국을 등에 업고 한판 정치력을 과시했나 보다. 할아버지 뚝심 있다. 전에 일본 수상에게 대마도는 옛날부터 한반도에 속했던 땅이니 돌려받는 게 옳다'고 주장했다는 신문기사를 읽은 기억을 떠올렸다. 나는 요시에에게 '평화선'이란 말은 들어 봤지만, 정치는 모른다고 말했다.

작년 12월쯤이었던가. 한국의 노 대통령이 정상회담을 위해 일본 고이즈미 수상을 만나는 자리에서 '다케시마'라는 고유명사를 입에 담았다고 한다. 나는 그 말을 들었을 때 '아차! 저 한마디 때문에 호된 곤욕을 치르겠구나. 그리고 한국에서는 머지않아 전국이 발칵 뒤집히는 대소동이 벌어질 수도 있겠구나. 저걸 어쩐다지?' 하며 마치 철부지 막내아들을 개울가에 내놓은 엄마라도 되는 양 몹시 당황했던 까닭은 독일에서 만났던 요시에의 얼굴이 떠올랐기 때문이었다.

그때부터 40년이나 지난 지금, 이승만 대통령의 일방적인 선언이었던 '평화선'이 무너진 지는 오래다. 그런데 서로 신경전만 벌일 뿐 근본적인 해결책을 찾을 노력을 하지 않는 이유를 모르겠다.

대한민국 최고 통치자의 입에서 '다케시마'라는 섬 이름이 나왔으니, 일본 땅임을 인정했다며 '이제 우리 섬을 찾으러 갑시다' 하고 시마네 현에서 나서도 할 말이 없게 생겼다.

기가 막힌다. 내가 볼 때 대통령이 독도를 함부로 넘보지 말라는 뜻에서 경고성 발언을 한다는 것이, 말재주를 부리다 아차! 하는 순간에 입에서 미끄러져 나온 모양이다. 그러나 일국의 최고 책임자로서 제대로 경륜을 쌓은 정치가라면 온 세계가 지켜보는 그런 자리에서 함부로 아무 말이나 내뱉을 수는 없다고 본다.

"그 누가 자기네 땅이라고 우겨도 독도는 우리 땅" 목이 터져라 노래 부르는 것도 애국하는 길이겠지만, 더 시급한 것은 상대가 찍 소리 못하게 왜 우리 땅인지 조목조목 따져서 제시하고, 그것을 온 세계에 급속히 퍼뜨리도록 머리를 써야 한다.

절대 욕하지 말고 품위 있는 영어를 골라 쓰는 것도 애국하는 길이다. 애꿎은 어린 아들 손가락까지 자르고, 분신자살을 기도하고, 한강 물에 뛰어들고, 아무리 순수한 애국심에서 나왔다 해도 생명을 경시하는 후진국에서 볼 수 있는 불길한 힘으로 세계는 본다. 이제 그런 짓은 그만 하자.

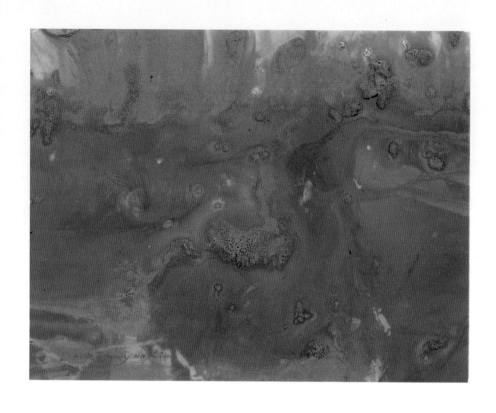

태초에 20 x 25.5cm Acrylic 1989

실향민

지금 우리 눈앞에 한 초로의 남자가 병든 몸을 웅크리고 딱딱한 침상에 누워 있다고 하자. 이따금 컹컹 힘없는 기침을 하고 피골이 상접한 몸을 가까스로 움직여 돌아눕는다. 꾀죄죄하고 초라한 모습으로 언제나 혼자인 그는 병에 걸려도 아무도 돌봐줄 사람이 없으니 그냥 그렇게 드러누워 자기 신세를 한탄하며 울고 있을 수밖에 없다.

그가 어디서 왔고, 왜 그가 가족이나 일가친척조차 없는 고독한 외톨박이가 되었는지 딴 사람들에겐 전혀 관심 밖의 일이다. 그가 무려 38년이란 긴 세월을 쭉 그렇게 혼자 외로이 살고 있었는데도 그런 그의 생활을 부자연스럽다고 느끼는 사람은 아무도 없다.

그런 상태를 머릿속에 그리며 TV 대담을 보고 있었다. 남북통일이라…… 통일을 정말 원하는 사람이 몇 명이나 될지 의심스러울 정도로 아무도 나서지 않고 세월만 흐르고 있다.

그가 아직 이십대 청년일 때 6·25가 터졌다. 38선 이북에 살던 그는 길어야 한 달쯤으로 생각하고 소풍이라도 떠나듯 배낭을 메고 환히 웃으면서 "갔다 올게!" 하며 가족에게 손을 흔들고 국군 트럭에 몸을 실었다고 한다. 중공군의 개입으로 유엔군이 후퇴를 시작하던 무렵의 일이었다.

유엔군은 후퇴에 후퇴를 거듭하여 드디어 그는 흥남부두에서 LST에 올랐다. 그리고 3년이 지난 후 남북통일을 보지 못한 채 정전이 되었고, 모든 피난민들은 휴전선 이남에 정착할 수밖에 도리가 없었다. 그들은 하루아침에 고향을 잃고 손 쓸 새도 없이 사랑하는 가족과 생이별을 당한 것이다.

일 년이 지나고, 또 일 년이 지나는 동안 혼자 살던 사람들은 어쩔 수 없이 각각 새 배우자를 만나 가정을 꾸렸다. 그 무렵, 여학교 동창생의 남편이던 그의 이야기를 전해 들었다.

그는 새 장가를 들라고 곁에서 아무리 좋은 색싯감을 권해도 딱 잘라 거절한다고 했다. 게다가 술을 마시면 아내에게 주려고 산, 그 당시 꽤나 유행하던 비로드 치맛감을 손바닥으로 쓰다듬으며 눈물을 흘린다는 것이었다.

그로부터 이십 년이 지났을 때도 그는 여전히 남북통일만을 기다리고 있다고 했다. 주위에서 동정하며 칭찬하던 사람들도 점점 그를 멀리하게 되었다. 그의 성격이 너무 완고하고 필요 이상으로 결벽하다며 수군거렸다. 그러나 나는 그가 남보다 몇 배나 더 마음이 여리며, 자기 아내를 진심으로 사랑하기 때문이라고 생각한다.

내가 몰래 38선을 넘을 결심을 하고 있던 어느 날 오후, 불쑥 친구가 찾아왔다. 그녀의 부친은 그 일대 제일가는 자산가로 나의 부친과 마작 친구였다. 두 집 어른들이 가깝게 지내시다 보니 딸들인 우리도 곧잘 어울려 다니곤 했다.

그녀는 옥색과 분홍색 하부다에*일본 명주 천을 내놓으며 부탁했다. 곧 결혼할 예정인데 경대보에 그림을 그려 달라고 부탁하며 얼굴을 붉히는 것이었다. 나는 '페인텍스' 재료를 가지고 있었으므로 기꺼이 승낙했다. 며칠 후 경대보에 그림을 그려서 가져갔더니 그녀는 책상 서랍에서 사진 한 장을 꺼내 보여주며 행복한 미소를 지었다.

그리고 얼마 지나지 않아 고향을 떠나게 된 나는 영영 그 친구를 만나지 못했다. 반 친구들은 그녀를 '할머니'라고 불렀다. 마음이 따뜻하고 너그러워서 언제나 웃으며 남의 일을 잘 돌봐주었기에 얻은 별명이었다.

할머니, 그녀도 지금쯤은 진짜 할머니가 되어 남쪽 하늘을 바라보며 한숨짓고 있겠지. 출신 성분이 크게 문제가 되는 북한에서 자산가의 딸이었던 그녀가 남쪽으로 떠난 채 돌아오지 못하는 남편을 기다리며 보낸 38년은 과연 어떤 나날이었을까? 상상하기조차 끔찍스럽고 가슴이 아프다.

남의 땅에 악마의 막대기를 휘저어 무자비하게 38선을 그은 사람들. 루스벨트, 처칠, 스탈린 세 사람 모두 이제 이 세상에 없으니 누구를 원망하랴. 조그만 나라에 태어나 아무 힘이 없는 사람들은 그저 울고만 있을 수밖에 없는 것일까. 정치란 그래서 무서운 것이다.

예를 들어 보자.

여기 가족을 토런스에 두고 LA에 나온 가장이 있다. 그런데 정치적 이유로 40여 년 가까이 집에 못 돌아간다고 상상해 보자. 이 얘기를 미국사람들에게 하면, 그런 엉터리 같은 일이 어떻게 있을 수 있냐며 웃고 말 것이다.

그러나 생각만 해도 소름끼치는 그런 일이 한국에는 비일비재하다. 그런데도 어느새 한국에 사는 사람들조차 그런 아픔을 이제는 남의 일로만 여기며 편안한 얼굴로 살아가고 있다. 겨레를 돌보겠노라 목청을 돋우고 나선 정치가들까지도 자신이 직접 당한 일이 아니니 태연하다. 북녘 하늘이 건너다보이는 언덕 위에 기념비 하나 세워 주고 그것으로 됐다고 생각하는 모양이다.

어느 날 갑자기 경인국도에 철책이 세워지고 서울에 나온 남편이 인천 집으로 못 돌아간다고 하자. 노사분규 때문에 발이 묶여 사무실 책상 위에서 하룻밤 잤다는 얘기가 아니다.

38년 동안 인천에 사는 처자식과 형제까지도 원수로 여기며 살아야 한다면……. 그렇다고 제 맘대로 맞붙어 볼 수도 없고, 큰 나라들의 형편에 맞추어 악수하라는 말이 떨어지기만을 기다리고 있어야 한다면……?

죽기 전에 한 번이라도 가족을 만나기만을 애타게 갈망하는 사람들, 그러면서도 속수무책으로 오로지 기다리는 것밖에 할 수 없는 사람들은 어떻게 하라는 말인지? 사람들은 이제 그 일의 잔혹성마저 느끼지 못한 채 늙어 가고 있다.

오랫동안 잊고 있었던 숙부님들, 사촌들의 모습이 아스라이 떠오른다. 내게도 고향이 있었던가. 그 옛날 철없이 놀던 어린 시절의 기억들이 머릿속에 펼쳐지며 가슴을 아리게 한다.

말띠들의 행진 Oil on canvas 2004

흥남부두와 미국 군함

혼자 살 수밖에 없는 형편이 되어 이 아파트로 옮긴 지 오늘로 꼭 칠 년이 되었다. 감상에 젖어 사진첩을 넘기다가 손을 멈추었다. '레인 빅토리LANE VICTORY'.

어쩌면 이 글을 읽다가 '아! 그 LST!' 하실 분이 계실지도 모르겠다.

1950년 북한군이 쳐들어오는 바람에 미국을 비롯한 연합군이 참전해 압록강변까지 밀고 올라갔다. 그런데 느닷없이 중공군이 건너와 인해전술로 마구잡이 공세를 펴는 바람에 한국군을 비롯한 연합군은 서울 근방까지 후퇴를 해야 했다.

함경선을 따라 진군하던 미군은 퇴로가 막히자 LST를 세워둔 흥남부두에 집결해 살아남은 미군과 무기를 싣고 후퇴할 계획을 세웠다. 한국인 통역 겸 의무관인 현봉학 박사는 부두를 가득 메운 피난민들이 살려 달라고 아우성치는 광경을 내려다보다가 '저 사람들을 태워 달라'고 눈물로 간청했다.

당시 함대 사령관이었던 에드워드 아몬드 장군은 무기보다 인명을 살리기로 결심하고 무기를 한 곳에 모아 불지른 후, 울부짖는 북쪽 인민 십만여 명을 싣고 부두를 떠났다.

그때 LST 여섯 척 중에서 칠천여 명을 싣고 떠났던 '레인 빅토리'가 지금 폐선이 되어 샌 패드로 부두Berth 46, 2900 Miner st. San Pedro에 조용히 묶여 있는 것이다.

우리가 그곳을 찾았을 때, 지금은 노인이 된 그때의 용사들이 '레인 빅토리'에서 무료봉사를 하고 있었다. 십만 명의 생명을 살려낸 그 순간의 감격과 고맙다고 눈물 흘리며 좀처럼 배를 떠나지 못하던 이들의 모습을 가슴에 담은 채…….

남편이 한국 사람들이 많이 찾느냐며 말을 걸었다. 그러자 그는 찾아오는 한국 사람이 많지 않은지 "그때 그 LST가 바로 이 배인 줄은 잘 모를 거예요"라고 대답했다. 섭섭한 마음을 품을 만한데, 마음이 참 넓은 분이라는 생각이 들었다.

그곳을 떠나 우리 부부는 냉면집에 들렀다. 그리고 LST를 타고 왔다는 분들과 남편이 나누는 얘기를 옆에 앉아 들었다.

"연합군이 들어오자 이제 새 세상이 왔다고 태극기를 만들어 들고 몰려나갔어요. 그런데 입버릇이 되어 '이승만 괴뢰군 만세' 하고 태극기를 흔들어댔으니, 하하하……. 북으로 진격하던 트럭들이 서둘러 되돌아오기에 이상해서 물어봤지요. 그랬더니 사흘 후에 다시 오겠다는 거예요. 만세를 불렀으니 그 사이 인민군이 들이닥치기라도 하면 무사할 리 없다 싶었지요. 사흘이라고 하니, 앉아서 당하기보다 걸어서 트럭을 쫓아가 보자 생각하고 걷기 시작했는데 점점 분위기가 스산해지고 짐을 진 사람들이 길을 메우기 시작했어요. 결국 도착한 곳이 홍남부두였으니……, 홀로 남은 어머님을 다시는 못 뵙게 되고 말았지요. 그 대신 남쪽에 와서 가족도 생기고 미국까지 와서 살게 됐으니……."

"이 배를 따라가야 산다! 악착같이 매달려 보려고 서로 밀치고 아우성인데, 쇳덩이로 만든 군함이 너무 높아서 기어올라갈 수도 없고 발을 동동 구르다 지쳐 버렸지요. 그때 장정들만 나와서 저 자루를 지고 올라오라고 했어요. 그런데 올라갔던 사람들이 내려오지 않는 겁니다. 옳지, 데리고 가는구나! 눈치를 채고 노인이고 소년이고 너도나도 거기 있는 자루를 한 자루씩 메고 죽어라 뛰어 올라갔지요."

"짐을 내려놓으니 코쟁이들이 구석으로 들어가라고 했지요. 한 사람이라도 더 살려야 한다며 더 끼여 앉으라고 소리를 질렀어요. 어찌나 촘촘히 앉았던지 운신하기도 힘들었어요. 이제 살았구나 싶으니 부두에 세워놓은 가족들 때문에 눈물을 훔치는 사람도 있고……."

"배를 타지 못한 사람들을 향해 부두에 남아 있는 식량을 가지고 들어가라고 알려준 후, 탱크 장갑차 등 그 아까운 무기들을 모아 놓고 불을 지르더니 배가 떠납디다."

"자꾸 눈물이 흐르는데…… 언제 다시 올 수 있을까, 이 배가 가는 곳에서 우리를 반가워할까 여러 가지 생각들이 떠올랐어요. 뒤를 돌아보니 육지는 보이지 않고 하늘 높이 무기가 타는 연기가 솟아오르고 있었습니다. 미국이란 나라는 정말 대단한 나라구나 싶었지요."

냉면이 불어서 엉망이 되도록 이야기는 그칠 줄 모르고 이어졌다. 남편이

하던 말이 새삼스레 떠오른다.

"레인 빅토리가 내가 탔던 배가 아니라 하더라도 샌피드로 부두에 와보면 좋을 것 같아요. 일 년에 한 번쯤 흥남부두를 떠나던 그날이든지, 아니면 다른 날이라 하더라도 아이들과 함께 소풍을 겸해 LST 갑판도 밟아 보고, 평생을 두고 그때 일을 잊지 못해 기쁨으로 봉사를 하고 있는 노인들과 악수도 하고, 살 만한 기념품이 없으면 아이들에게 야구 모자라도 한 개씩 사서 씌워 주면 좋지 않을까 싶습니다."

1992년 3월 '레인 빅토리'에서 찍힌 내 모습은 훨씬 젊어 보인다. 지금도 '레인 빅토리'는 그곳에 있을까. 십만 명이나 되는 생명을 살려낸 현봉학 박사와 에드워드 아몬드 장군은 지금 어디 살고 계실까. 근황을 아시는 분이 있다면 널리 알려, 함께 즐길 수 있는 잔치라도 벌이면 좋겠다.

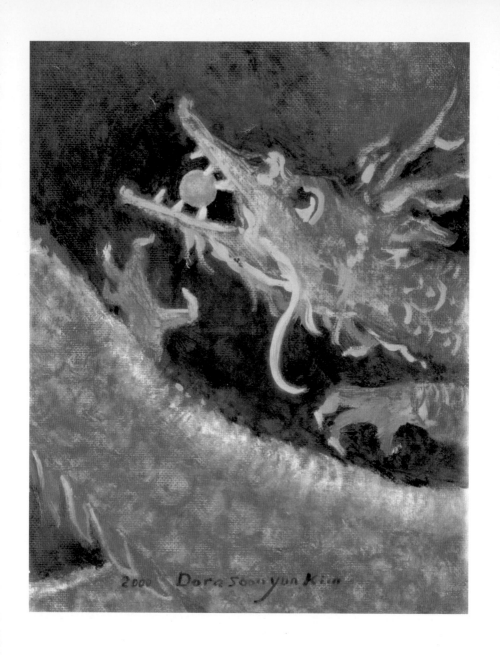

용   Oil on canvas   2000

어떤 영웅

긴 복도를 한참이나 돌아서 병실에 도착했다. 아담한 방 안에 그분은 눈을 감은 채 조용히 누워 있었다.

"우리 엄마가 왔어요."

딸애가 환자의 귀 가까이 다가가 영어로 말하자, 그는 눈을 가늘게 뜨고 왼손을 들어 허공을 두어 번 휘저으며 무엇인가 찾는 듯한 손짓을 했다.

딸애가 얼른 "엄마, 손을 달래요" 했다.

나는 뜨겁게 밀려오는 감정을 누르며 그분의 노랗고 가느다란 손을 잡았다. 조금만 힘을 주어도 부서질 것 같은 깡마른 손이었다.

며칠 전 서울 갔다 돌아온 딸애가 책을 한 권 들고 왔다. 《영웅 김영옥》이란 신간이었다. 나는 영웅이라 하면 이순신 장군이나 넬슨 제독을 떠올리는 축인데 왜 코널 김 얘기를 쓰며 영웅이라 붙였는지, 저자가 있다면 당장 물어 보고 싶은 심정이었다.

내가 하와이에 살며 그곳 사람들의 자랑거리인 2차 대전 때 하와이 출신

100대대 용사들의 무용담을 담은 손바닥만 한 책자를 읽은 적이 있다.

세계 2차 대전 초기에 일본의 기습 공격으로 진주만은 완전히 쑥밭이 되고 말았다. 그 보복으로 일본계 일반 주민들이 이적 행위를 할 수 있다는 명목을 내세워 사막의 수용소로 몰아넣게 되었다. 그런데 일본계 청년들이 미국 시민으로서의 충성심을 보이기 위해 자원입대를 했다.

사병은 전원 일본계 2세였고 지휘관만 백인이었던 100대대는 유럽 전선에서 최고로 용감했으며 혁혁한 전공을 세운 부대가 되었다. 전쟁이 끝나고 100대대 귀환 행진이 뉴욕 브로드웨이에서 있었는데, 마천루 꼭대기로부터 테이프와 색종이가 눈보라 치듯 쏟아져 내려오는 광경이 참으로 감동적이었다는 내용이었다.

그런데 지휘관 중에 백인 성씨가 아닌 김Kim이라는 소대장이 있어서 의아하게 생각되어 남편에게 물어 보았다.

"응, 그 사람 한국계 2세야. 2차 대전 때 용감한 장교로 알려져 있지. 아마 그때 계급이 좀 더 높았더라면 작전장교로 실력을 떨쳤을 텐데 대위로 있다가 전쟁이 끝나고 제대했으니……. 한국전쟁이 나자 현역으로 복귀했고, 자원하여 격전지에 배치되어 잘 싸웠다고 하더군. 솔직히 말해서 전쟁 초기에 한국군이 제대로 싸울 줄을 알았나, 어디. 무기도 제대로 갖추지 못한 채 큰소리만 치는데, 김일성이 선전포고도 없이 그대로 밀고 내려왔으니……. 코널 김처럼 2차 대전 때 연합군으로 나가 싸운 경험이 있는 용사들이 아니었더라면, 지도 위에서 대한민국은 사라지고 말았을 거야. 부상당하고 후송된 줄 알았는데 군사고문단에 다시 나왔더라고. 두어 번 만났는데 조용하고 겸손한 사람이었어."

남편은 자기가 아는 대로 말해 주었다.

이삼 년 전 USC University of Southern California 에서 코널 김에 관한 영화를 상영한다고 초대해서 가보기로 했다. 학교 강당에서 하는 학예회와 비슷할 거라고 상상하고 갔는데, 극장 문을 여는 순간 재향군인 제복을 입은 동양인 할아버지들이 자리를 메우고 서로 반기며 화답하는 광경이 시야에 들어왔다.

그랬다, 그 자리는 바로 100대대였다가 지금까지 살아남은 용사들이 재회하는 자리였다. 미 정부는 근래 들어 2차 대전 때의 전공戰功을 재검토해 100대대 용사들에게 최고 훈장을 수여했다. 그러나 코널 김은 제외되었다. 그가 속한 부대가 특별한 공을 세웠을 때마다 그는 사령관이나 직속 부대장이 직접 건네준 훈장이 누구보다 많다고 한다.

그런데 훈장을 받으려면 그것들을 하나하나 서면으로 기록해 상부에 올려야 하는데, 코널 김은 그렇게 하지 않은 것이다. 성격상 자랑을 하기보다 쑥스러워하고, 꼼꼼하게 챙기기보다 겸손한 성품인지라 "내가 혼자 싸운 것도 아니고, 부하들이 있었기에 한 것을 가지고……"라며 오히려 자기 혼자 포상 받은 것을 미안해했다. 그래서 그 숱한 훈장들을 박스에 담아 차고 한 구석에 처박아 두었다고 한다.

그런 상황이다 보니, 기록에 올라가 있지 않은 상태에서 육십 년이 지난 지금 귀한 최고 훈장을 함부로 줄 수는 없는 일이었을 거라고 짐작한다. 그래서 당시의 전우들과 부하들이 뭉쳐, 미 정부 최고 훈장감인 코널 김에 관한 영화를 만들어 정부에 건의하기로 했다.

즉, 그날 그 자리는 100대대 부하들이 과거의 상관에게 바치는 보은의 한

마당이었는데, 나는 영문도 모르고 동참하게 되어 참으로 소중한 경험을 나누게 된 것이다.

《영웅 김영옥》 책표지에는 이렇게 적혀 있다. "한국, 프랑스, 이탈리아 최고 무공훈장 수훈, 미군 전투 교본을 다시 쓰게 한 전설적인 작전장교, 한반도 휴전선 60km 북상의 주역, 국경을 초월한 영원한 인도주의자, 여성 아동 빈민 등 사회적 약자의 수호자, 한국인임이 자랑스러운 독립운동가의 아들." 저자는 코널 김이란 한국의 아들이 왜 영웅인지 끈기 있게 발로 취재해 흥미진진한 다큐멘터리로 꼼꼼하게 풀어 보여주고 있다.

전화벨이 울렸다.

"엄마, 코널 김이 지난밤에 가셨어요."

딸애의 목소리였다.

삼가 고인의 명복을 빕니다.

흰 새들의 고향   Oil on canvas 2003

남과 북

얼마 전 북한 조선국립교향악단의 서울 공연 모습을 TV에서 봤다. 남북 양쪽 연주자들이 한자리에 어울려 누가 남쪽 사람인지 북쪽 사람인지 전혀 구별이 안 되는 가운데 혼연일체가 되어 아름다운 선율을 만들어내는 광경 은 참으로 감동적이었다.

과연 음악이다. 예술이 해내는구나! 이렇게 한 발짝 한 발짝 통일로 가게 되겠지. 어쩌면 가까이 와 있을지도 모를 통일을 꿈꾸며 여러 가지 공상과 감상에 젖어 구름 위를 걷듯이 며칠을 보냈다.

그런데 라디오에서 이런 말이 흘러나오고 있었다. 남북 합동 연주회가 열 리던 날 비가 왔는데, 벽에 붙인 포스터가 비에 젖고 있는 것을 본 북쪽 여성 연주자가 항의를 했다고 한다. 그 포스터에는 남북 최고 지도자의 사진이 찍 혀 있었는데 "왜 우리 장군님을 비를 맞게 했느냐? 장군님을 홀대했으니 연 주를 못하겠다"며 마구 울어댔다고 한다.

당황한 주최 측은 그 포스터를 떼어 물기를 잘 닦고 그녀에게 보여주며

'장군님' 혼자 찍은 것이 아니고 우리 대통령도 함께 찍은 것이다, 두 분 모습이 다 담긴 포스터이니 '장군님'만 소홀히 한 것이 결코 아니다, 비는 자연 현상이라 우리는 그대로 받아들이며 아무도 신경 쓰지 않고 산다, 그러니 마음을 풀기 바란다며 빌고 달랬다 한다. 그런 해프닝이 있은 후 겨우 연주가 시작됐다고 하니, 이렇게 다른 세계에 사는 남과 북이 어찌 쉽게 통일을 꿈꿀 수 있으랴.

해방 직전이었다. 서울에 올라온 여학교 때 친구 세 명이 모처럼 만나기로 약속했는데, 그중 한 친구인 정애는 나왔는데 태전이가 나타나지 않았다. 정애와 나는 멀지 않은 곳에 있는 태전이네 학교 기숙사로 찾아갔다.

우리를 본 태전이는 당황해하며 기숙사에서 사건이 일어나 전 사생이 자숙하고 있다고 했다. 그 사건이란, 어떤 한국인 학생이 뒷걸음질을 치다가 신문지를 밟았는데 그 신문에 천황의 사진이 나 있었다는 것이다. 마침 그때 옆에 있던 일본인 학생이 사감 선생에게 '천황 폐하'의 사진을 밟았다고 일러바쳐 문제가 됐다고 한다.

고등계 형사가 와서 문제의 한국인 학생을 데려갔는데 퇴학은 물론이고 '천황 폐하'에 대한 불경죄로 처벌될 거라며 전 기숙사생에게 외출금지를 시켰다고 했다. 우리는 그런 줄도 모르고 태전이를 찾아갔으니, 한국 학생들이 무슨 꿍꿍이속으로 모인 건 아닌지 오해를 받을까 봐 태전이는 몹시 난처한 얼굴이었다.

긴 세월 동안 까맣게 잊고 있었던 암울했던 일제강점기의 그날 일이 왜 지금 머리에 떠올랐을까.

신부 Oil on canvas 1989

신상옥 감독

신 감독은 남편의 고교 시절 단짝이었다. 결혼을 하고 신랑이 메고 온 이불 보따리와 함께 작은 사이즈의 캔버스가 따라왔기에 물어 보았다.

"응, 신태서라고 나랑 1학년 때부터 하숙을 같이하던 녀석인데 그림을 잘 그렸어. 졸업하자 나는 만주로 튀고 태서는 미술 공부한다고 동경으로 갔지. 내가 그림 그리는 색시와 결혼하게 됐다니까 자기는 이제 그림 그릴 생각이 없고 결혼 선물 살 형편도 안 되니, 색시더러 덧칠해서 쓰라고 말해 달래. 그 친구 지금 영화감독 되려고 최인규 감독 똘마니로 들어갔거든."

젊은 여인의 상반신을 그리다 만 것 같은 그 '6호 F' 캔버스는 내가 덧칠해 쓸 새도 없이 사라지고 말았다. 김일성이 선전포고 없이 밀고 내려오는 통에 남쪽 시민들이 혼비백산해 몽땅 버리고 피난을 떠나야 했으니 말이다. 그런 신 감독이 눈을 감았다는 소식을 라디오에서 듣고 여러 가지 일들이 머리에 어지럽게 떠올라 며칠 동안 도무지 일이 손에 잡히지 않았다.

피난 다니다 내가 부산에 머물고 있을 때 전방에 있던 남편이 잠시 들렸다.

"오는 길에 태서를 찾아보니 지금 영화 찍을 준비를 하고 있다며 이 사진을 줬어. '신상옥 감독'이라고 부르기로 했대. 계집애같이 상옥이가 뭐냐고 했더니 씩 웃더군."

세트장을 향해 서 있는 청년의 뒷모습이 희미하게 찍혀 있는 그 사진으로는 어떻게 생긴 사람인지 도무지 가늠할 수가 없었다.

신상옥·최은희 콤비의 작품 중 제일 처음 본 것은 〈무영탑〉이라는 영화였다. 대사는 별로 없고, 긴 흰옷을 입은 미인이 스크린을 흐느적흐느적 걷고 있던 기억이 난다. 당시로서는 어쩔 수 없는 한국 영화의 기술적인 한계가 아니었을까 싶다. 그 다음에 본 〈활빈당〉이란 영화 역시 대사가 별로 없었다. 그러나 화면이 전보다 깨끗해졌고 남장을 한 최은희가 두루마기 자락을 휘날리며 언덕 위에 서 있던 수려한 모습이 지금도 눈에 선하다.

나는 해방이 될 때까지 5~6년 동안 새로 이사한 집 근처에 있는 조그만 영화관에서 일어 자막이 붙은 서양 영화를 프로가 바뀔 때마다 행여 놓칠세라 부지런히 보고 다녔다. 〈모로코〉, 〈창살 없는 감옥〉, 〈사랑의 노래〉, 〈남국의 유혹〉, 〈부르그 극장〉 등, 수없이 많은 외화들을 수박 겉핥기식으로 섭렵했던 탓에, 얘기 줄거리나 간신히 찍어내는 당시 한국 영화에 대해서는 흥미를 느낄 수 없었던 것 같다.

1960년에 신상옥 감독의 〈로맨스 빠빠〉를 봤을 때 비로소 편안한 마음으로 실컷 웃어대며 즐길 수 있었다. 그것은 나 나름대로 서양 영화 못지않은 영화를 한국에서 만들었구나 하는 흐뭇함에서였을 것이다.

60년대 한국 영화계는 신 감독 부부의 독무대였다 해도 부인할 사람이 없을 것이다. 한국에서는 처음 보는 와이드스크린에 시원하게 펼쳐지는 선명하고 아름다운 색채에 압도되어 잠시도 화면에서 눈을 떼지 못하고 손에 땀을 쥐게 했던 〈성춘향〉, 동남아시아에 한국 영화의 진면목을 아낌없이 과시한 〈빨간 마후라〉 그리고 〈연산군〉, 〈내시〉, 〈사랑방 손님과 어머니〉, 〈열녀문〉 등 쏟아내는 작품마다 대단한 화제를 불러일으켰다.

한번은 대문을 두드리는 소리에 나가 보니, 신 감독 부부였다. 팬들이 하도 쫓아다녀 택시를 타고 이리저리 피해 다니다가 청구동까지 오게 되었다는 것이다. 두 사람은 몹시 지쳐 있었다. 부부를 안방에 들이고 자리를 깔며 '인기도 좋지만 고달픈 인생이구나' 하는 생각이 들었다.

그런데 복도 쪽 미닫이가 빠끔히 열리더니 노트 두 권이 들어왔다. 우리 딸애들 짓이었다. 아우성을 피해 도망온 집에도 사인을 받겠다는 팬이 있을 줄이야!

80년대 말이라고 기억한다. 전화벨이 울렸다. 수화기를 든 남편은 전화를 받다 말고 벌떡 일어섰다.

"어디 있습니까? 만날 수 있습니까? 네, 지금 가겠습니다. 그렇게 하지요. 흰색 크레시터 도요타."

수화기를 내려놓고 멍하니 발코니 쪽을 내다보던 남편이 말했다.

"가지. 상옥이 부부가 LA에 왔대. 지금 가면 만날 수 있대. 아무에게도 말하지 말고 우리 부부만 오래. 모르는 사람 전화야."

'국무부 보호를 받고 있다는 소문만 듣고 있었는데……'

남편은 입을 꾹 다문 채 해안가 고급 주택지를 꼬불꼬불 운전하고 있었다. 소년 시절 하숙집에 보따리를 풀 때부터 하와이에서 마지막 만났을 때 신 감독에게 "너 그 마누라 버리면 죄 받는다"고 소리지르던 일까지 모조리 곱씹고 있는 듯 심각한 표정이었다. 그리고 그는 혼잣말로 중얼거렸다.

"자식, 기어코 데리고 왔구나. 그 마누라 떼놓고는 못 살지. 마누라는 동지니까."

Lotus Garden Oil on canvas 1993

감자

낡은 잡지책을 뒤적이고 있으려니 감자에 대한 특집이 얼른 눈에 띈다.

'감자는 성인병을 방지한다'느니, '장수촌 사람들이 장수하는 비밀은 간식으로 먹는 감자에 있다'느니, '감자에 함유돼 있는 칼륨은 혈압을 내리게 하는 작용을 한다' 혹은 '스트레스를 풀고 위장을 지키는 감자의 두 가지 비타민' 등등 감자에 대해 재인식을 하라고 외치는 내용이다.

그야말로 감자 만만세다! 감자만 먹고 있으면 이 세상은 온통 장밋빛이라는 어투에서 절로 웃음이 난다. 그럼, 아침식사로 감자를 곧잘 먹는 나는 나도 모르는 사이 스트레스를 풀고, 위장을 지키며, 혈압을 스스로 조절하고 있는 셈이다. 여타 성인병도 방지하면서 저 높은 장수봉을 향해 힘차게 걷고 있는 셈인가? 어찌 되었건 오늘 아침에도 나는 아무 생각 없이 감자 한 톨을 구어 토마토, 셀러리와 우유 한 컵을 곁들여 먹었다.

"아, 맛있다. 감사합니다"이렇게 말하는 것은 나의 건강법이다 중얼거리다가 문득 엉뚱한 '감자' 생각이 떠올라 혼자 웃고 말았다.

우리가 어렸을 때, 양말 해진 구멍에서 발의 일부가 비죽이 보이는 것을 '감자'라고 했다. 지겹도록 질겨진 요즈음 양말밖에 모르는 젊은 사람들에겐 대체 무슨 소리인지 감이 잡히지 않겠지만, 우리는 한때 그 약한 양말 때문에 얼마나 골치는 앓았던가?

지금까지도 잊히지 않는, 내가 초등학교 5학년 때의 일이다. 그날 불행하게도 아무 예고 없이 수업식 예행연습이 있었다. "우총대 김아무개" 하고 이름을 부르기에 "네……" 하고 기운차게 대답한 것까지는 좋았는데, 아래를 내려다보니 엄지발가락이 큰 밤톨만큼 얼굴을 내밀고 있는 것이 아닌가?

대답을 했으니 안 나갈 수 없었다. 얼른 양말 끝을 잡고 앞으로 힘껏 당겨서 발가락 밑으로 구겨 넣고 발가락을 오므려 힘을 단단히 주며 조심스레 걸어 나갔다. 차디찬 널마루가 얼마나 길게 느껴지던지……. 제발 아무 일이 없기를!

다행히 교장선생님 앞까지는 무사히 나갔다. 그런데 통신부를 받아들고 세 발짝 뒷걸음질하는 단계에서 그만 양말 끝이 불쑥 튀어나오고 말았으니 이를 어쩐단 말인가. 나는 '감자'만은 보이지 않으려고 한사코 발끝을 오물거리다가 그만 중심을 잃고 약간 휘청했다.

양편에 쭉 늘어선 선생님들이 이제는 너무나 훌륭하게 정체를 드러낸 '감자'를 보시고 키득키득 웃었다. 쥐구멍이라도 있으면 당장 숨어 버리고 싶은 심정이었지만 '감자' 구멍에는 들어갈 수 없는 노릇이었다.

질 나쁜 양말밖에 만들 재간이 없던 나라는 전쟁에 지고, 우리는 독립을 했다. 그리고 전쟁에서 이긴 나라가 '나일론'이라는 억세게 질긴 섬유를 만들어내는 바람에 요즘 사람들은 '감자'가 무엇인지 모르며 산다.

감자는 오로지 살찌는 음식으로만 인식이 되어 있다. 그런데 이 책에는 '감자는 건강하게 마르는 비밀 병기'라는 제목 하에 성분을 분석하고 조리할 때의 주의사항까지 친절히 적혀 있으니 참 알다가도 모를 일이다.

태평성세를 누리던 루이 14세가 호의호식 끝에 쓰러졌을 때 백약이 무효하여 절망적이던 것을 구한 것은, 아프리카에서 감상용으로 병실에 보내왔던 감자꽃 줄기로 만든 수프였다니…… .

따라서 서양 사람 중에서 감자를 제일 먼저 먹은 사람은 루이 14세였고 그 후부터 감자가 식용食用으로 널리 보급되었다는 얘기는 그럴듯하고 재미있다. 내게 유익한 얘기임에 틀림없으니, 이제부터는 장바구니에 감자 몇 알씩 집어넣으며 남편의 눈치를 살피던 일은 불필요한 일이 되었으니, 이 아니 기쁠쏘냐?

말　75.5 x 60.5cm Oil on canvas 1987

몰라서 그랬심더

내가 하와이에 있을 때였다. 그날 나는 쇼핑센터에 장보러 갔다가 일본계 식당에서 간단히 점심을 먹고 있었다. 쇼핑센터 한구석에 널찍하게 자리 잡은 그 식당은 메뉴가 다양하고 값도 어지간하여 마음 편히 들를 수 있는 곳이라 언제나 손님이 들끓었다.

그날도 예외는 아니어서 입구의 팻말 앞에 차례를 기다리는 줄이 길게 만들어져 있었다. 이미 자리에 앉은 사람들은 열심히 먹고 빨리 일어서야 할 의무감에 사로잡힌 듯 부지런히 젓가락을 놀리고 있었다.

그때 갑자기 입구 쪽이 시끌벅적했다. 구릿빛으로 잘 그을린 억세 보이는 사나이들이 한 무리 들어서고 있었다. 그리고 기다리라는 팻말을 못 본 건지 아니면 영어를 잘 읽을 줄 모르는지, 차례를 기다리느라 줄 서 있는 사람들은 아랑곳하지 않고 금방 손님이 나간 자리에 다짜고짜 우르르 몰려와 앉아 투덜거리며 소리를 질렀다.

"상을 와 빨리 안 치우고……."

꼭 '한일관'이나 '진고개' 식당쯤에서 하던 짓이다. 한국 선원들이구나 싶으니 마음이 쓰여 시선이 자꾸 그쪽으로 쏠리는 것을 어찌할 수가 없었다. 그들은 세상 돌아가는 형편을 모르는 채 큰 소리로 왁자지껄 떠들며 무엇이 그리 기쁜지 하하하 손뼉을 치고 웃어대며 질서를 완전히 뒤엎고 있었다.

종종걸음으로 잽싸게 돌아다니며 상냥하게 서비스를 하던 종업원 아가씨들은 멋대로 자리를 점령한 채 떠들어대는 이 무법자들을 어찌해야 할지 몰라 울상이었다. 더러는 노골적으로 얼굴을 찡그리며 그쪽을 완전히 무시한 채 딴 손님들 돌보느라 겨를이 없다는 태도였다.

'이럴 때 뭐라고 말해 줘야 하지 않을까? 같은 한국 사람인데……. 저들은 자기가 하는 짓을 모르고 있지 않은가?' 나는 가슴이 두근거리고 답답해졌다. 여전히 망설이고 있는 자신이 안타깝기만 한데, 갑자기 한 젊은이가 테이블을 탁 치며 "와타—!" 하고 소리를 질렀다.

가게 안의 손님들과 종업원들이 일제히 못마땅한 얼굴로 쳐다봤다.

'어이구, 저걸 어쩌나! 마치 영도 선창가 목로주점에서 하던 짓거리구나!'

그러나 서부의 무법자를 방불케 하는 그들은 더 이상 무시당하는 것을 참을 수 없다는 듯이 모두 표정이 단단히 부어 있었다. 그중 제일 늙수그레한 남자가 벌떡 일어서더니 좌중을 노려보며 버럭 소리를 질렀다.

"오이 강꼬꾸진다또 나메루노까?" _{한국 사람이라고 업신여기느냐 는 뜻}

종업원들은 무슨 뜻인지 몰라 일제히 일손을 멈추고 적의에 찬 눈으로 그를 쏘아보았다. 자칫하면 경찰이라도 부를 기세다. 일본계 식당이라 유까다를 입고 있지만, 아가씨들은 일본인 3, 4세쯤이거나 타 인종들이어서 일본어를 모르는 눈치라 그나마 다행이었다.

더는 참을 수가 없어서 젓가락을 놓고 벌떡 일어나 그쪽으로 걸어갔다.

"모두 일어서서 입구 쪽으로 나가 저 줄 뒤에 서세요! '여기서 기다리라'는 저 팻말이 안 보이세요? 다들 몇 분씩 줄을 서서 순서를 기다리고 있는데 함부로 들어와 앉으면 안 됩니다. 남들이 하는 것을 좀 보세요. 눈치껏 해야지 행패를 부리러 온 건 아니잖아요? 큰 소리로 시비를 걸면 여기서는 곧 경찰을 불러요. 그렇게 되면 망신이고요. 당신네들이 한국 사람인 걸 저 사람들은 몰라요. 돈 주고 당당히 사먹는 게 손님인데 누가 한국 사람이라고 괄시를 해요? 고마워해야지 옳지! 질서를 지키지 않으니 저 사람들이 싫어하는 거예요. 나도 한국 사람입니다. 제발 저 줄 뒤에 가서 서세요!"

이민을 오지 않고 한국에서 입후보를 했더라면 차점쯤에 들었을 만큼 열변을 토했다. 그러고 나니 왠지 모르게 목구멍이 콱 막히면서 눈시울이 뜨거워졌다. 불쌍한 코리언들. 해방이 되고 세월이 얼마나 지났는데, 아직도 일제 36년에 대한 자격지심을 버리지 못한 채 당당하게 처신을 못 하고 있다니! 일제를 경험해 보지 못한 젊은이들마저 덩달아 무시당하고 싶은 망상에라도 사로잡힌 건 설마 아니겠지.

"아주머니 한국사람입니꺼? 몰라서 그랬심더. 용서하이소. 자, 모두 줄 서자, 어이?"

이목구비가 단단해 보이는, 그중에서도 상급자인 듯한 장년이 먼저 일어서면서 한마디 했다.

이게 어디 내가 용서하고 자시고 할 일인가. 유까다만 보아도 일본을 의식할 만큼 예민한 친구들이 눈치는 없어 가지고…….

"처음부터 서라카문 서재."

"무슨 순서가 이리 복잡하노"

저마다 한마디씩 하면서 일어섰다.

호반 *24″ x 18″ Oil on canvas 1988*

사진 속의 여인

오래간만에 옛 친구에게서 보내온 사진을 들여다보니 얼굴이 너무나 달라져 있다. 윤곽이 네모진 편이어서 여자 얼굴로는 좀 딱딱해 보이는 인상이긴 했으나 잘 빚어진 이목구비가 제자리를 잘 잡고 있어서 꽤 매력적이던 그녀가 어찌된 영문인지 퉁퉁 불어터진 것같이 살이 쪄서 유들유들한 인상마저 풍기고 있으니…….

게다가 날씬하고 잘록한 허리는 간 곳이 없고, 숫제 절구통이 돼버렸다. 다다미장만큼 떡 벌어진 어깨하며 도대체 누구의 사진인가 싶어질 정도로 모든 게 달라져 보인다.

6·25 때 그녀의 남편은 북쪽으로 끌려갔다. 유복한 가정의 아들이었던 그는 그녀와 결혼을 하자 둘이 손에 손을 맞잡고 38선을 넘어왔다. 그런데 서울에 있는 대학에 강사로 나가고 있던 그가 적 치하의 서울에서 반동분자 색출에 걸린 것이다. 이유인즉, 대지주의 아들이며 인텔리이고 38선을 넘어왔다는 것이 죄목이었다고 한다.

갓 젖을 뗀 어린 아들과 또 다른 생명을 잉태하고 있던 새댁은 어찌해야 할 바를 몰랐다. 그녀는 남편이 끌려들어간 큰 대문 앞에서 남편이 풀려나오기만을 기다릴 뿐, 할 수 있는 게 없었다. 그런 경황 중에 달이 차서 딸아이를 분만했다.

그리고 가을이 지나고 겨울이 왔다. 끝내 남편은 돌아오지 않았고 중공군의 개입으로 유엔군은 철수를 거듭했다. 급기야 서울 시민에게도 피난 명령이 내려졌다. 주위의 권유로 그녀도 어쩔 수 없이 두 아이와 더불어 무개차의 짐짝 위에 올라탔다.

열흘쯤 걸려 그녀가 도착한 곳은 부산역이었다. 역전 광장은 피난민들로 들끓고 있었다. 다행히 친절한 사람들을 만나, 여자 혼자의 몸으로 어린 아이들을 둘씩이나 보살피고 있다는 이유로, 이불 호청 네 귀퉁이를 막대기에 묶어 만든 지붕 아래로 세 식구가 끼어들 수 있었다.

그렇게 생지옥 같은 집단 생활을 하는 동안 홍역이 돌아 아들애가 드러눕게 되었다. 그녀는 밤을 새워 간호를 했다. 그리고 아침이 되면 보따리를 풀어 갖고 있는 물건을 모조리 길바닥에 펴놓고, 팔리는 대로 약으로 바꾸어 아이에게 먹였다.

몸도 마음도 피곤에 지치고 값나갈 만한 것이 거의 남아나지 않게 되었을 무렵, 아들애가 겨우 병을 털고 일어나 죽을 먹게 되었다. 이제 한숨 돌리려는가 싶었는데, 이번에는 딸아이가 홍역을 앓게 되었다. 진이 빠진 그녀는 더 살고 싶은 마음이 사라져 버렸다.

불덩이처럼 열이 나는 아기를 들쳐업고 영도다리를 향해 달렸다. 알지 못하는 사이 내리기 시작한 비가 바닷바람을 타고 더욱 거세어졌다. 비는 죽음을 서두르고 있는 모녀의 얼굴과 몸뚱이를 마구 두들겨패고 달아났다. 그러나 그녀는 비 따위는 안중에도 없었다. 영도대교 난간에서 시커먼 물속으로 풍덩 뛰어드는 순간만을 생각하며 지금까지 줄달음쳐 왔구나 생각하니 눈물이 하염없이 흘렀다.

얼마나 시간이 흘렀을까? 등에 업힌 채 조용해진 아기의 발을 꼬집어 보니, 아직 숨이 붙어 있었다. 불쌍한 것! 이 사랑스러운 것을……. 한참 동안 넋을 잃은 채 다리 난간에 체중을 맡기고 초점 잃은 눈으로 미친 듯이 날뛰는 파도를 바라보았다.

그러는 사이 어느새 비가 멎었다. 하늘이 뿌옇게 밝아 올 무렵 그녀는 터벅터벅 역전 광장으로 돌아왔다. 그녀의 몰골을 보고 놀란 이웃들이 흠뻑 젖은 아기를 받아 안았다. 그녀는 그대로 쓰러져 깊은 잠 속으로 곯아떨어졌다. 전쟁이라는 괴물이 한 여인의 일생을 이렇게 바꾸어 놓은 것이다. 그 표본과도 같은 그녀를 어떻게 위로해야 할지…….

두 아이는 어느새 자라나 훌륭한 사회인이 되었다. 30년이 지난 지금 아무리 이를 갈아도 되돌려받을 수 없는 것이 인생이고 보면, 차라리 사진에서처럼 유복한 중년부인형으로 변모한 그녀의 모습에 위로를 받는 것이 나을 것 같다.

늘 지니고 다니던 청년의 사진은 그전보다 더 누렇게 변색이 되었겠지. 늙을 줄 모르는 남편의 사진과 지금의 자기 사진을 비교해 보며 그녀는 어떤 느낌을 받을까? 전쟁이란 참으로 무서운 것이다.

숲   Oil on canvas 2003

시카고에서 온 전화

시카고에서 전화가 왔다. 첫 마디 대화로는 얼른 누군지 감이 잡히지 않아 더듬거리며 머리를 굴리고 있는데, 확 떠오르는 얼굴이 있었다.

그래, 그때 아마 갓 스물을 넘겼다고 했지? 흥남 철수 때 홀로 무작정 LST에 끼여 앉아 모진 뱃멀미 끝에 떨어진 육지가 거제도라고 했던가? 북에서는 함흥 의과대학 학생이었다는데, 자유세계를 찾아 기를 쓰고 넘어온 남쪽에서 몸을 의지한 곳은 군대였다.

그 부대 대대장이었던 남편은 "똑똑하고, 순수하고, 혈혈단신인데도 구김살 없이 명랑하다"고 칭찬하곤 했었지. 이제는 칠십을 넘겼을 이 장로님 목소리로 옛모습을 떠올리는 데는 그리 긴 시간이 필요치 않았다.

1951년, 바로 6·25가 터진 다음 해 중공군의 인해전술에 밀려 다 이긴 전쟁이 끝을 못 보고 전선에서 일진일퇴하며 격전이 벌어지고 있을 때였다. 그러나 후방 시민들은 그런대로 평온한 생활을 하고 있었다. 남편의 부대는 동해안 일대의 철로와 연변도로를 보수하고 지키는 업무를 맡고 있었는데,

대대본부가 삼척에 있었다.

부산은 피난민이 넘쳐 발 디딜 짬이 없고 물가는 천정부지로 오르기만 하는데 서울은 미수복지구라 돌아갈 수가 없었다. 그러니 후방부대 가족들은 부대가 이동할 때마다 근처에 방을 얻고 떠돌이 생활을 할 수밖에 없었다. 피난민에게서는 방세를 받지 않았으니 전쟁 때문에 월급이 끊겼어도 그럭저럭 버티며 살아갈 수가 있었다.

어느 날 남편이 엉뚱한 부탁을 했다.

"1대대 본부 요원으로 장교가 나까지 일곱 명인데, 식사 때문에 문제야. 끼니마다 한결같이 소금물에다 콩나물 넣고 푹 끓여 한 그릇 주니 정말 힘들어. 어때, 장을 봐줄 테니 점심 한 끼 부식을 만드는 수고 좀 해주겠어요? 밥은 우리가 가지고 나올게."

그 말을 듣고 나는 쾌히 승낙했다. 일선에서는 생명을 내놓고 싸우고들 있는데 점심 한 끼쯤 봉사를 못하랴. 장까지 봐주겠다는데…….

다음 날 아침 홍안의 미소년이 함석 들통을 들고 나타났다.

"사모님! 뭐든지 시켜 주십시오."

내게 경례를 하며 소리를 질렀다. 이것이 이 장로님과의 첫 대면이었다.

삼척시장에는 인근 어장에서 모여든 생선들이 펄펄 뛰고 있었다. 값도 싸고 종류도 다양했다. 나는 아기를 업은 채 앞서서 걸으며 '이거 몇 마리' 하면 이 하사가 들통에 받아 넣고 돈을 셈하고, 야채장사 앞에 가서 '이거 몇 단' 하고 손으로 가리키면 척척 처리를 해주었다.

생선조림이나 찌개, 채소무침 단 두 가지로 재료를 바꿔 가며 양을 충분히 했다. 끼니마다 콩나물국 공세에 단단히 혼이 났던 장교들은 맛있다고 좋아들 했다. 나는 보람을 느끼며 즐겁게 봉사를 계속했다.

그날도 여전히 시장에 나가 돌아다니는데, 누가 우리 뒤를 멀리서 밟고 있는 듯이 느껴졌다. 드디어 그가 다가오더니 이 하사가 들고 있는 들통을 빼앗아 내 손에 쥐어 주면서 나를 노려보았다.

"아주머니! 이 군인은 대한민국에 생명을 바친 군인입니다. 아주머니의 남편이 누군지는 모르지만 이렇게 자기 집 종 부리듯 해도 되는 건가요?"

이 하사가 당황해 설명을 하려 하기에 내가 막았다. 아기를 업은 아낙이 묵직한 들통을 들고 헌병에게 야단을 맞고 있으니 좋은 구경거리라 사람들이 모여들기 시작했다. 죽을 맛이었다. 삼척1대에 주둔한 병력 중에서 남편의 계급이 제일 높다고 들었는데 이 마당에 그의 이름이 나오면 안 된다. 당장 '아무개 마누라가 사병을 제 머슴 부리듯 하더라'고 삼척 바닥에 소문이 날 테니, 나는 필사적으로 머리를 조아렸다.

"정말 잘못했습니다. 용서하십시오. 정말 잘못했습니다."

후에 그 말을 들은 남편은

"아 그래? 대한민국에 그런 뼈대 있는 헌병이 있었어? 진짜 군인이구나!"

얼마나 부끄럽고 초라했는데, 남편은 나에 대해 미안한 생각은 전혀 없는 듯했다. 원인 제공자인 남편의 태도는 실망스러웠지만, 나는 내색을 하지 않았다. '지금은 전쟁 중이고 그는 군인이다. 언제 격전지에 나가 다시 못 돌아올지도 모른다'는 생각이 들어 늘 웃으며 지냈기 때문이다.

이 장로님과 두 번째이자 마지막으로 만난 것은 열 번째 내 집이었던 청구동 집에서였다. 그 집에 중령 한 분이 찾아온 것이다. 그간 이 하사가 장교가 되었다는 소식은 듣고 있었지만 벌써 중령이라니!

"이동휘 하사가 왔습니닷!"

그는 귀티 나는 얼굴에 홍조를 띠며 절도 있게 경례했다. 대견하고 반가웠다. 지금은 장로가 되신 이 중령님, 어떻게 변했을까 자못 궁금하다.

나리 20˝x 16˝ Oil on canvas 1988

거울을 보며

　결혼할 때 남편은 새댁인 나를 보고 '2파이알$_{\pi R}$'이라고 불렀다. 얼굴이 너무 둥글어 원이라는 뜻이다. 그 후 좀 더 익숙해지니, '비단이 장사 밍월이'라고 고쳐 부르게 되어 나는 그렇게 부르면 "네~" 하고 대답을 하곤 했었다. 그래도 그때는 얼굴 형태는 어찌되었건 하나하나가 붙어야 할 자리에 제대로 가 붙어 있었던 것으로 기억한다.

　그런데 요즈음 거울을 보면 신기하리만큼 달라져 있는 것을 느끼게 된다. 우선 제일 먼저 시선이 가는 눈부터 보자. 이것이 가늘고 쬐그맣게 줄어든 것이 우선 놀랍다. 영 생기가 없고 처져 버린 두 눈이 서로 기를 쓰고 줄다리기를 하며 붙어 있는 듯이 보인다.

　초등학교에 다닐 때 눈이 크다고 남자아이들이 '왕사발'이라고 별명을 붙였던 그 눈이라고 누가 믿어 주랴. 그 위에 솜털 같은 몇 오라기 가는 털이 겨우 눈썹이랍시고 자리를 차지하여 원래 볼품없던 과거를 말해 주고 있다.

　그럼 약간 밑으로 내려가 내 코는 어떤가? 천지가 온통 뒤집어져도 이것만은 중심을 떠나면 존재 가치가 없어지겠기에 그리 되었는지, 기를 쓰고 한 가운데 버티다 보니 두 공기통이 나팔 구멍처럼 넓어 보인다. 본디 모양은 그나지 나쁘지 않았던 것 같은데 은진미륵같이 둔중하여 이게 어디 여자의 코인가 싶다.

그 아래 입을 보자. 당장에라도 안면에서 미끄러질 것 같아 웃음이 난다. 거의 한계선까지 내려와 가까스로 턱 위에 걸려 있다. 내 것이기었기에 다행이지 남의 얼굴을 쳐다보고 이렇게 편히 웃을 수가 있겠는가.

초등학교에 들어가자 담임선생님이 "입을 벌리는 사람은 바보입니다" 했다. 나는 아름다운 멋쟁이 선생님의 말씀이니 틀림없으리라 믿고 언제나 어금니를 악물고 공연히 입을 벌려 바보가 되지 않으려고 애썼다. 잠이 들어 의식이 전혀 없어도 입만은 꼭 다물고 자는 아이가 되었는데, 그 후유증이 지금 여실히 나타나고 있으니 양쪽 턱 밑의 가죽이 늘어져 영락없는 불도그 Bulldog 같지 않은가.

얼굴 군데군데 검버섯 같은 반점이 눈에 띄는데 여기에는 내놓고 말하기 부끄러운 사연이 숨어 있다. 대학교 4학년 여름방학 때 바닷가에 가서 어찌나 까맣게 태웠던지 도저히 그 꼴로 강의실에 들어갈 수 없을 것만 같았다.

한 친구가 친절히 가르쳐 준 약을 사다 발랐더니 두드러기가 생기고 까만 딱지가 앉더니 얼마 안 되어 그것이 떨어지고 그 밑에서 뽀얀 피부가 나타나지 않는가. '옳지, 됐구나!' 그때의 기쁨이란!

그런데 등교할 날이 지난 후 생긴 딱지는 여전히 남아 있기에 생각다 못해 손톱 끝으로 살짝 건드려 보았다. 각질이 어렵지 않게 부슬부슬 떨어져 나갔다. 얼마나 다행인가. 딱지를 말끔히 떼고 세수를 하고 보니 억지로 뗀 곳은 보일락 말락 흔적이 조금 남아 있었다.

나이가 들며 그 흔적도 없어지고, 오랫동안 그 일을 전혀 의식하지 않고 지내왔는데 요즘 들어 문제가 생겼다. 그 딱지 뗀 자리가 두드러져 보일 만큼 꺼멓게 착색이 되기 시작한 것이다. 원래 아름다움으로 이름이 날 얼굴이 아니긴 하지만, 어쩌자고 그런 짓을 하여 흉까지 만들고 말았는지…….

입의 위치를 약조금이라도 끄집어 올려 볼 양으로 입술에 힘을 주니 보조개가 팬다. 내가 어렸을 때 어머니가 사뭇 걱정스런 말투로 동네 부인과 대화하는 것을 들은 적이 있었다.

"보조개가 들어가면 타관 물을 먹는다는데……."

그 후부터는 어른들이 "너 왜 볼이 들어가니?" 하고 장난으로 물으면 "타관 물 먹으려고요"라고 지체없이 대답하던 일이 어제 일만 같다.

그런데 진짜로 그 당시엔 상상조차 할 수 없었던 머나먼 타국에 와서 이렇게 늙어 가고 있다.

공원에서 29 x 24cm Oil on canvas 1985

라디오를 들으며

라디오를 듣다가 웃음이 터져 나와 아래위 틀니가 몽땅 도망갈 뻔했다. "사람이 뚱뚱하면 만질 곳이 많아서 좋다고 하라." 세상 남편들에게 해주는 충고인 듯한데, 한국 남자들 입에서 그런 말이 쉽게 나올 수 있을까?

만질 곳이 많아서 어쩌고 하면, 듣는 쪽은 '평소에 내 체형에 대해 신경이 많이 쓰이나 보다' 혹은 '저 사람이 무슨 저의를 품고 아부를 하는 걸까?' 하고 생각할 수 있을 거다. 그런 말을 곧이곧대로 믿고 기뻐할 여인네가 얼마나 될지 모르겠다.

남자 자신이 많이 뚱뚱하든지, 혹은 뼈만 앙상해 진심으로 살집이 좋은 여성에게 호감을 느끼고 있다면, 그런 식으로 징그러운 말까지 동원해 빙빙 돌려 말할 것 없이 '같이 있으니 좋다, 고맙다' 정도로 끝내고 지긋이 미소라도 던져 주면 가화만사성이지 않을까. 부부란 그런 것이 아니겠는가?

미치도록 사랑한다며 죽네 사네 난리를 치고 요란스럽던 부부도 "살다 보니 그저 그렇고 그렇더라"고 실토하는 걸 들은 적이 있다.

1950년에 결혼하고 재산목록 1호로 아끼던 라디오가 있었다. 신랑의 동기생이 고물상을 돌아다니며 부품을 모아 손수 정성껏 조립해 결혼 선물로 준 것이었는데, 니스칠까지 말끔히 해 신품 같았다.

6월 25일 주일예배가 끝나자 한경직 목사님이 광고하셨다.

"38선 전역에서 김일성 군대가 쳐들어와서 격전 중이니 휴가 나왔던 군인은 소속 부대를 따질 것 없이 지금 거리에 세워진 군 트럭으로 모이라."

광고가 끝나자 교회 안이 웅성웅성 시끄러워지며 저마다 한마디씩 했다.

"뭐 김일성 군대야 가끔씩 내려와 집적거리지 않습니까?"

"아니 이번엔 심상치 않은 것 같아. 휴가 나온 군인들까지 소집하는 걸 보니……."

서둘러 거리로 나왔다. 큰길에 군 트럭이 줄지어 서 있고 군복 입은 청년들이 훌쩍 뛰어오르니, 트럭이 꼬리를 물고 떠난다. 서둘러 집에 돌아와 라디오를 켰다. 가슴이 떨리고 아무 생각도 떠오르지 않는데, 라디오는 "정부를 믿고 시민들은 동요하지 말라"는 말만 되풀이했다.

끼니때가 돌아와도 먹을 생각이 나지 않아 라디오만 쳐다보며 앉아 있었다. 고물 부속품을 조립한 라디오는 찌직찌직 하며 잡음이 심했다. 같은 말을 되풀이하고 있으니 다음에 무슨 말이 나올지 다 알면서도, 행여나 신나는 소식을 들을 수 있을까 하여 라디오 앞을 떠나지 못했다.

그렇게 멍청하게 앉아 이틀 밤을 새웠다. 27일 오후가 되어 언니가 달려왔다. "태릉 뒷산에 인민군이 들어와 길에 피난민이 넘쳤는데 이 집은 왜 태평이냐"며 함께 떠나려고 왔단다.

라디오만 쳐다보며 밖에 나가 보지 않았으니 날벼락이었다. 비는 억수같이 쏟아지는데 작은 보따리 한 개씩 이고 피난길에 올랐다. 모든 것을 버리고 떠나는 마당에 라디오 같은 것은 안중에 없었다.

그렇게 우리는 가보 제1호를 잃었다. 아직까지 지니고 있었더라면 소장 가치가 꽤 높아지지 않았을까? 그 라디오는 체신부 장관을 지낸 고 배덕진 장군의 수공예품이었다.

라디오가 이렇게 재미있다는 것을 알게 된 것은 혼자 살게 되면서부터이니 벌써 6년이 넘었다. 혼자 히히거리고 낄낄대며 라디오가 전해 주니 세상일을 앉아서도 훤히 다 알 수 있다. 얼마나 고마운가. 다이얼을 고정시켜 놓고 귓전을 스치는 소리를 흘려들으며 팔을 움직인다.

그러다가 듣고 싶은 대목이 나올 차례다 싶으면 살짝 볼륨을 올린다. 번듯하게 볼 만한 작품이 어디 그리 쉽사리 나오겠는가. 그렇다고 놀고만 있을 수 없는 것이 화가의 길이다. 슬슬 작업을 하다가 피곤하면 쉬고, 배가 고프면 무엇이든 찾아 먹는다. 하루가 가고 이틀이 가고 그렇게 사는 나 자신이 행복하기만 했었다.

그러던 어느 날 새벽 침대에서 내려오려는데 다리가 세워지지 않아 풀썩 주저앉고 말았다. 대바늘로 찌르는 듯한 무서운 통증이 다리 오금을 바로 세울 수 없게 했다.

'이제 내가 그렇게 되겠구나!'

양쪽 무릎에 가죽을 대고 두 손바닥에 일본 나막신을 끼고 기어다니던 어릴 때 시골 저잣거리에서 본 아저씨 모습이 눈앞에 떠올랐다.

나는 이렇게 늙었으니 그 아저씨처럼 기어다닐 힘도 없는데……. 푸수수한 회색 머리에 얼굴에는 까만 딱지투성이인 초라한 내 모습이 왠지 웃음이 나와 한참 웃다 보니 어느새 눈물로 변했다. 나는 퍼질러 앉아 오래오래 눈물을 쏟았다.

5개월이 지난 지금은 여러 고비를 넘겨 지팡이도 떼고 모진 고통도 없어졌으니, 다시 마음 편히 라디오를 즐기고 있다. 미합중국에 감사하며 나를 도와주신 분들에게 큰절을 올린다.

나무와 새 40 x 50.5cm Oil on canvas 1989

버스는 즐거워

버스 파업이 끝나서 얼마나 고마운지 모르겠다. 작년 이맘때 교통수단을 버스에 의존할 수밖에 없게 됐을 때, 벤치에 앉아 옷 속으로 스며드는 냉기에 오들오들 떨며 LA에도 겨울이 있다는 것을 알았다.

미국에 온 후 29년 동안 운전을 해준 남편에게 당연한 일처럼 생각하고 한 번도 고맙다고 하지 않은 것이 후회된다. 조금은 서글프고 외롭다는 생각이 들기도 했지만, 곧 익숙해져서 마음의 여유를 갖고 버스 안을 둘러보게 되었다. 쉴 새 없이 타고 내리고 변화가 많아 재미있다.

부리부리한 눈망울의 사내아이가 팔다리를 휘저으며 우람한 엄마 팔에 안겨 올라온다. 나는 피식 웃으며 입을 다문 채 맘속으로 아이에게 말을 건다. '너 이담에 미국 대통령이 되어 볼래? 그래, 넌 될 수 있겠다. 미국이 그래서 좋은 곳이 아니. 그런 꿈을 꿔 보자꾸나.'

버스를 타면서 얻은 값진 소득은 우리 한인들 매너가 괜찮다는 것을 알게 된 일이다. 슈퍼마켓에 가면 무례한 짓을 하는 한인들을 가끔 보게 되지만,

버스를 타는 이들은 하나같이 매너가 좋다.

할머니들도 짐을 무릎 위에 두거나, 큰 것은 다리 사이에 내려놓아 남에게 방해가 되지 않도록 한다. 탈 때도 등을 밀거나 새치기하는 사람을 보지 못했다. 민주사회에서 남들이 하는 것을 보고 자기를 다스릴 줄 아는 지혜로운 우리 할머니들이 나를 즐겁게 한다. 그뿐이 아니다. 나를 크게 감동시켰던 기막힌 사연을 여기 적어 본다.

그날 나는 너무 지쳐 있었다. 버스를 세 번씩 타야 하는 거리에 남편은 오늘 내일 하며 누워 있었다. 새벽에 가고, 낮에 가보고, 그래도 마음이 놓이지 않아 저녁때 또 가보고, 그러다 보니 하루에 열여덟 번씩 타고 내리느라 제 정신이 아니었다.

주머니에 손을 넣어 보니 패스가 잡히지 않았다. 갈아탈 때 분명히 보여주고 탔는데 없어진 것이다. 암담했다. 신분증부터 새로 내야 할 판이니 수속을 한다고 돌아다닐 시간도, 마음의 여유도 없었다. 그래서 동전을 넣으며 며칠을 버텼다.

그러던 어느 날 우체통에 주소를 밝히지 않고 전화번호를 썼다가 지워 버린 흔적이 있는 'KIM…' 이라는 분이 보낸 흰 봉투가 들어 있었다. 열어 보니 천만뜻밖에도 내 '노인 패스'가 튀어나왔다. 번거롭게 수속을 하기 위해 쫓아다닐 필요가 없어진 것도 고마웠지만, 그보다 우리 한국사람 중에KIM이니 한국 분일 거라 믿는다. 이런 분이 계시다는 사실이 놀랍고 감격스러웠다.

펜으로 까맣게 지워진 전화번호를 햇빛에 대고 이리저리 돌려 가며 비슷한 번호를 추측해 가며 몇 군데 전화를 걸어 봤지만 허사였다. 우표라도 보내 드려야 했는데…… 이 일은 나의 버스 인생(?) 중에 으뜸가는 기쁜

사건이었다.

또 얼마 전의 일이다. 사람이 별로 타지 않은 버스 안이었다. 반바지 차림의 늘씬한 백인 아가씨가 서 있었다. 그 앞자리에는 남미계 여인이 아기를 안고 있었는데, 아기가 장난감을 떨어뜨렸는데도 모르고 있는 것 같았다. 서 있던 백인 아가씨가 얼른 몸을 굽혀 장난감을 집으려 하는데, 차체가 휘청하는 바람에 놓쳐 장난감은 의자 밑으로 굴러들어갔다. 백인 아가씨는 반바지를 입은 무릎을 바닥에 꿇고 앉아 의자 밑으로 손을 뻗어 장난감을 집어 아기에게 건네줬다.

나 같으면 저렇게까지 했을까? 장난감을 그냥 집어 주는 정도밖에는 하지 못했을 거다. 작은 일 같지만 바로 저 모습이 미국이란 나라의 저력이 아닐까 싶었다.

버스는 이래저래 즐겁다. 턱없이 기다리게 할 때도 있지만 좀 더 기다리면 오겠지. 더운 날이면 버스 안은 시원할 테지. 추우면 훈훈한 버스가 곧 오겠지. 버스는 나에게 희망을 주며 감사하는 마음을 준다.

고양이 Oil on canvas 1989

삶과 문화
– 한글 표기 'ㅎ'과 'ㅍ'

여러 해 전에 한국에서 잘 알고 지내던 분이 오셨기에 남편이 운전을 하고 구경 다녔는데 한 곳에 차를 세우자, 이분이 급히 내리면서 대뜸 큰 소리로 "파인, 파인!" 하고 외쳤다. 저쪽에 있는 미국사람이 놀란 표정으로 우리를 건너다본다. 그도 그럴 것이 소나무라고는 한 그루도 없는 곳을 보며 "소나무, 소나무"를 외쳐 댔으니 무슨 연고인가 싶었을 게다.

남편이 얼른 "한국식 발음이다"라고 설명하자 미국사람은 머리를 끄덕이며 눈앞에 펼쳐진 아름다운 숲을 건너다보며 "화인!" 하고 엄지손가락을 치켜들었다. 손님은 자기가 한 일을 모르는 듯했다. 보아 하니 영어를 곧잘 하는 분이었는데도…

언젠가는 신문사에 칼럼을 보내며 '후리웨이'라고 썼는데 인쇄되어 나온 것을 보니 '프리웨이'로 정정돼 있어서 웬일인가 했더니 한국에 '외래어표기법'이 생겼다고 했다. 꽃은 어느새 '홀라워'가 아니고 '플라워'로 변했다니 자꾸만 웃음이 나왔다. 외국사람이 플라워라고 하면 꽃으로 알아듣겠는가?

"자네는 미국에서 무슨 공부를 하겠는가" 하고 물었을 때 "나는 파인아츠를 하겠습니다"라고 대답했다.

"? ? ?" 아무리 똑똑하고 한국에서 영어 공부를 많이 했다 해도 무슨 공부를 하고 싶다는 말도 알아듣게 제대로 못 한다면 낭패가 아닌가? 'ㅎ'를 'ㅍ'로 바꿔 놓은 사실 때문에 말이다.

'패션'이라는 단어는 또 어떤가. 소리 나는 대로 '횃션쇼'라고 쓰면 부드럽고 아름다운 분위기를 느끼게 되는데 하필이면 광기마저 연상케 하는 '패션쇼'라니 외래어표기법이 낳은 코미디의 극치라고 보는 것은 내가 너무 늙었기 때문일까?

나는 오래전부터 이건 안 되겠다는 생각을 하면서도 국내에서 필요에 따라 생각 있는 어른들이 심사숙고하여 만들어낸 '법'일 터이니 외국에 나와 돌아다니며 귀에 익은 약간의 상식으로는 나설 입장이 못 된다고 생각하고 있었다. 그런데 얼마 전에 좋은 책이 나왔다는 기사를 보게 되었다.

'한글은 어떤 영어도 표기 가능'의 저자인 김덕길 박사는 생화학 전공자로 동부에서 34년간 한국어권과는 멀게 살았는데 은퇴 후 LA에 와서 일종의 문화적 충격을 받았다고 한다. 실제 발음과는 너무나 다른 표기법을 접한 김 박사는 머리를 싸매고 열심히 연구하여 책을 내게 되었다 한다. 나는 아직 그 책을 못 보았으나 과학자가 심혈을 기울여 쓴 것이니 전문성을 가진 훌륭한 저서일 것이 분명하다.

김 박사는 책을 들고 한국에 가보았지만 별로 호응을 받지 못한 것으로 이 기사는 적고 있다. 당시 국내는 정권 말기라 코앞에 닥친 문제들도 버거운 판에 법으로 정해진 일을 새삼 들추어낼 엄두를 낼 형편이 아니었지 싶다. 책 내용이 좋다고 느꼈다 하더라도.

새 정부에 기대를 걸고 우선 희망을 가지고 지켜보는 자세가 필요할 줄로 안다. 진취성 있고 똑똑한 우리의 젊은 세대가 세계로 나아가 여러 분야에서 지도자가 되고 있는데 외래어표기법의 희생물이 되어 바보 취급을 받는 딱한 현실을 똑바로 잡아 주길 바랄 뿐이다.

만일 한국 출신 심판이 반칙이 심한 선수들에게 "자, 이제부터는 페어플레이를 합시다"라고 주의를 주었다 하자. 외국인 선수들은 머리를 갸우뚱하며 "다음 경기는 짝짓기놀이를 하려는가 보다" 이렇게 되지 않는다는 보장이 없다. ㅎ를 ㅍ로 그냥 두는 한.

연보

1927	함경북도 웅기 출생
1944	함경 동라남 공립고등여학교 졸업
1949	이화여대 미술대학 서양학과 졸업
1964	독일 SCHBäB-GMüND 국립미술학교(staatliche Kunstschule)에서 조각·금속공예 연구
1956~1962, 1964~1967	녹미회 회장
1960	제1회 개인전(국립중앙공보관 화랑)
1960	동남아 미술사절단 참가(대만·필리핀·싱가포르·말레이시아·태국·베트남·캄보디아·홍콩·일본 순방)
1961	한국 현대 미술 동남아 순방전 출품(대만·필리핀·싱가포르·말레이시아·태국·베트남)
1961	대한미술협회 상임위원
1963	목우회 회원
1965	목우회 이사
1968	한국미술 말레이시아전 출품(Kuala Lumpur)
1969	자매전(금속공예가 故 김기련과, 삼보화랑)
1970	미술센터 도라장 설립
1971	한국여류미술가 종합전 주재
1971	여류 12인 초대전(동방화랑)

1972	제2회 개인전(도라장 화랑)
1972	하와이로 이주(당시 한국미술협회, 목우회, 기독교미술인협회, 녹미회 회원)
1977	제3회 개인전(여성백인회관 초대, 서울)
1980	제4회 작품전(Cho's Gallery, Los Angeles)
1981	남가주로 이주(남가주 미술가협회 가입)
1983	제5회 작품전(가람화랑, 서울)
1985	제6회 작품전(삼일당화랑 초대, Los Angeles)
1987	제7회 작품전(회갑기념, 그로리치 화랑 초대, 서울)
1989	제8회 작품전(여성백인회관, 서울)
1990	원로작가 3인 초대전(Andrew-Shire Gallery, Los Angeles)
1991	2인 초대전(Simmonson Gallery, Los Angeles)
1991	5인 초대전(Tigress Gallery, Los Angeles)
1993	제9회 작품전(현대미술관, 서울 삼성동 현대백화점, 서울)
1995	제10회 작품전(롯데화랑, 서울)
1997	제11회 작품전(고희 기념, Sabina Lee Gallery, Los Angeles)
1999	원로작가 초대전(Modern Art Gallery, Los Angeles)
1999	우리들의 50년 세월전(조선화랑 기획, 서울)
2004	제12회 작품전(희수기념, 한미연합회 초대, 도산홀, Los Angeles)